KB044181

AGATHA CHRISTIE COMPLETE COLLECTION

PARKER PYNE INVESTIGATES

AGATHA CHRISTIE COMPLETE COLLECTION

PARKER PYNE INVESTIGATES

파커 파인 사건집 애거서 크리스티 단편집 | 김시현 옮김

Gets the first

London

Are you happy?
If not, consult Mr. Parker Pyne,
17 Richmond Street

IRISH

황금가지

PARKER PYNE INVESTIGATES

정식 한국어 판 출간에 부쳐

나는 한국에서 우리 할머니의 작품을 정식으로 출간한다는 소식을 듣고 무척 기뻤다. 할머니가 1920년부터 1970년 무렵까지 오랜 세월에 걸쳐 집필한 작품들은 21세기인 지금 읽어도 신선하고 재미있다. 등장 인물들이 워낙 자연스러워서 요즘 사람들과 다를 바 없고 이들이 등장하는 상황과 장소가 전 세계 사람들의 애정과 향수를 자극하기 때문이다. 한국 독자들은 이번에 새로 나온 정식 한국어 판을 통해 그동안 접하지 못했던 애거서 크리스티의 일부 작품들을 읽을 수 있을 것이다. 덕분에 한국에 새로운 세대의 애거서 크리스티 팬들이 탄생할지도 모르겠다는 생각을 하면 가슴이 벅차다.

애거서 크리스티는 대표적인 두 명의 주인공으로 기억되는 작가이다. 14권의 작품에 등장하는 마플 양은 영국의 작은 시골 마을에서 평온한 나날을 보내며 뜨개질과 수다로 소일하는 미혼의 할머니이지만, 놀라운 기억력과 날카로운 두뇌 회전으로 주변에서 벌어진 살인 사건을 해결한다.

그리고 마플 양과 상반되는 성격을 지닌 에르퀼 푸아로는 자신만만하고 콧수염을 포함한 자신의 외모와 벨기에라는 국적에 대한 자부심이 상당하다. 그는 이집트와 이라크를 비롯한 세계 각지에서 수수께끼를 해결하며 『오리엔트 특급 살인 *Murder On The Orient Express*』, 『나일 강의 죽음 *Death On The Nile*』, 『애크로이드 살인 사건 *The Murder Of Roger Ackroyd*』 등 애거서 크리스티의 여러 대표작에 모습을 드러낸다.

황금가지의 대담하고 참신한 표지와 전반적인 디자인 덕분에 작품의 성격이 잘 살아난 것 같아 기쁘다. 또한 한국 독자들이 할머니의 원작이 지닌 참된 묘미를 느낄 수 있도록 충실한 번역을 위해 애써 준 점도 높이 사고 싶다.

할머니의 작품이 20세기의 그 어떤 작가들보다 많이 팔리고 있는 이유는 나이와 국적에 상관없이 읽을 수 있는 재미와 감동을 갖추었기 때문이다. 모쪼록 한국 독자들도 황금가지에서 선보이는 애거서 크리스티 작품들을 즐겁게 감상하기를 바란다.

매튜 프리처드
애거서 크리스티의 손자
ACL 이사장중년 부인

차례

중년 부인

고성이 서너 차례 오가더니 날 좀 내버려 두라는 격한 외침과 함께 문이 쾅 하고 닫혔다. 패킹턴 씨는 시티(런던의 금융 및 상업 중심지 ― 옮긴이)행 8시 45분 차를 타기 위해 집을 나왔다. 패킹턴 부인은 아침 식사가 차려진 식탁에 그대로 앉아 있었다. 얼굴은 벌겋게 달아올라 있었고 입술은 꾹 다문 채였다. 눈물을 터뜨리지 않은 유일한 이유는 마지막 순간 슬픔이 분노로 바뀌었기 때문이다.

"이럴 수는 없어. 이럴 수는!"

패킹턴 부인은 수심에 잠겨 있다가 다시 중얼거렸다.

"추잡한 계집년! 교활한 여우 같으니! 조지도 참, 어쩜 저렇게 어리석을까!"

분노가 엷어지며 슬픔이 되돌아왔다. 눈시울이 젖어 들더니 탄력을 잃은 뺨 위로 한 방울, 두 방울 눈물방울이 도르르 흘러내렸다.

"이대로 두고 볼 수는 없어. 하지만 어떻게 한다지?"

무기력과 고독감이 깊은 절망과 함께 삽시간에 그녀를 에워쌌다. 패킹턴 부인은 천천히 조간신문을 집어 들어 또다시 1면에 난 광고를 읽었다.

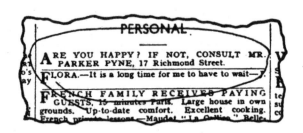

개인 광고란

— 행복하십니까? 그렇지 않다면 파커 파인 씨와 상담하십시오. 리치먼드 가(街) 17번지.

— 플로라, 오래도록 기다리고 있다오. Y.

— 하숙인 구함. 프랑스인 주인에다 정원이 딸린 넓은 집! 편안한 최신 인테리어! 맛있는 요리!

"헛소리야! 말도 안 되는 헛소리지!"

그러면서도 그녀는 이어서 중얼거렸다.

"뭐, 한번 가 본다고 해서 손해 볼 건 없겠지……."

이리하여 11시쯤 패킹턴 부인은 다소 긴장된 표정으로 파커 파인의 사무실에 나타났다.

묘하게도 파커 파인의 얼굴을 보는 것만으로 패킹턴 부인의 초조한 마음이 편안하게 가라앉았다. 파커 파인은 뚱뚱하다고 할 정도는 아니지만 제법 덩치가 있고, 딱 품위 있을 만큼 머리가 벗어졌으며, 두터운 안경 너머로 자그마한 눈이 초롱초롱 빛나는 사람이었다.

파커 파인이 자리를 권하며 친절한 어조로 물었다.

"여기 앉으십시오. 신문 광고를 보고 오셨습니까?"

"네……."

패킹턴 부인은 뭐라 더 말하려다 그만두었다.

그러자 파커 파인이 활기차면서도 사무적으로 말했다.

"행복하지 않으시군요. 사실 이 세상에 행복한 사람은 몇 안 되지요. 실제로 행복한 사람이 얼마나 드문지 아신다면 깜짝 놀랄 겁니다."

"그래요?"

대꾸를 하긴 했지만 패킹턴 부인은 다른 사람이야 행복하든 말든 무슨 상관이랴 싶었다.

"그야 뭐 관심 없으시겠지요. 하지만 제게는 무척 흥미롭답니다. 지난 35년 동안 정부 기관에서 통계 자료를 수집하고 정리하는 일을 했었지요. 은퇴를 하고 나니 그동안 축적한 경험을 새로운 방식으로 이용해 보면 좋겠다는 생각이 들더군요. 아주 간단한 일이랍니다. 불행은 기껏해야 크게 다섯 가지로 분류되지요. 제가 장담합니다. 병의 원인만 파악하면 그 치료법은 찾아낼 수 있습니다. 말하자면 제가 의사가 되는 것이지요. 의사는 우선 환자의 병을 진단합니다. 그리고 처방전을 내리지요. 사실 어떤 방법도 먹히지 않을 경우가 있기도 합니다. 그럴 때는 미리 솔직하게 그러하다고 말씀드립니다. 하지만 패킹턴 부인, 일단 제가 치료 가능하다고 하면 사실상 반드시 치료가 됩니다."

정말이란 말인가? 말도 안 되는 허풍 아닐까? 아니면 진담일까? 패킹턴 부인은 희망 어린 눈길로 그를 응시했다.

"자, 이제 부인의 병을 진단해 볼까요?"

파커 파인이 온화하게 웃으며 말했다. 그러고는 의자에 편안히 등을 기대며 손을 깍지 끼었다.

"남편분과 관련된 문제로군요. 전반적으로 보았을 때 지금까지 행복한 결혼 생활이었습니다. 부군께서 하시는 일도 성공적이고요. 그런데 젊은 여자가 끼어들었군요. 아마도 부군의 직장에서 일하는 아가씨가 아닌가 싶군요."

"타자수예요. 순 화장발에 교활한 여우 같은 년이죠. 덕지덕지 처바른 립스틱하며 실크 스타킹하며 머리는 또 얼마나 지지고 볶았는지……."

패킹턴 부인의 입에서 말이 콸콸 쏟아져 나왔다.

파커 파인은 위로하듯 고개를 끄덕였다.

"사실 그런 것은 전혀 해가 되지 않습니다. 단언컨대, 부군께서 하시는 말이 문제가 아닌가요?"

"그래요."

"순수한 우정일 뿐인데 왜 안 되느냐, 따분하게 지내는 아가씨한테 약간의 기쁨과 활력을 선사하는 것이 뭐가 어떻다는 말이냐, 가없게도 얼마나 지루하게 사는지 모른다, 뭐 이런 식으로 말씀하시겠죠."

패킹턴 부인은 고개를 세차게 끄덕였다.

"헛소리예요. 순 헛소리라고요! 그이는 그 계집애랑 강으로 놀러 가지요. 나도 강을 좋아한다고요. 5~6년 전만 해도 골프에 방해가 된다며 싫다던 사람이······. 그런데 그 계집애를 위해서라면 골프건 뭐건 기꺼이 내동댕이치죠. 내가 연극을 보러 가자고 하면 너무 피곤하다며 늘 마다해요. 그런 양반이 그 계집애를 데리고서는 춤을 추러 가다니······. 춤이라니! 그러고는 새벽 3시에나 기어 들어와요. 나는······ 나는······."

"그러면서도 부군께서는 여자가 질투심이 심하다느니, 터무니없는 일에 괜한 질투를 느낀다느니 하며 도리어 부인을 탓하시지요?"

패킹턴 부인은 이번에도 고개를 주억거렸다.

"그래요."

그러고는 조금 놀란 듯이 물었다.

"어쩜 그리 잘 아시나요?"

파커 파인은 대수롭지 않다는 듯 대꾸했다.

"다 통계 덕분이죠."

"정말 비참해요. 조지에게 그동안 온갖 헌신을 아끼지 않았는데······. 결혼 초엔 뼈가 빠지도록 일했어요. 남편이 성공한 데는 나도 한몫했다고요. 다른 남자라고는 쳐다본 적도 없어요. 그이가 번

듯하게 입고 나갈 수 있도록 늘 마음 쓰고, 맛있는 음식을 요리하고, 알뜰하게 살림한 끝에 겨우 좀 살 만해졌지요. 이제는 하고 싶은 일도 하고 놀러도 다니면서 인생을 즐길 수 있겠다 싶었는데, 어쩜 이럴 수가!"

패킹턴 부인은 힘겹게 뒷말을 삼켰다.

파커 파인은 진지한 표정으로 고개를 끄덕였다.

"그 심정 잘 압니다."

"그럼…… 무슨 좋은 수가 없을까요?"

거의 속삭이듯 패킹턴 부인이 물었다.

"그럼요, 있고말고요. 해결책이 있습니다. 아무렴요!"

"그게 뭔가요?"

패킹턴 부인이 휘둥그레진 눈으로 잔뜩 기대하며 답을 기다렸다.

파커 파인은 나직하면서도 단호히 말했다.

"제가 말씀드린 대로만 하시면 됩니다. 참, 수수료는 200기니(영국의 옛 화폐 단위로, 1기니는 시대에 따라 1~1.5파운드에 해당되었다 — 옮긴이)입니다."

"200기니라고요?"

"네. 그 정도 금액은 충분히 감당하실 수 있으리라 믿습니다. 문제를 해결하는 데 필요한 비용이지요. 행복은 육체적 건강만큼이나 중요한 법 아닙니까."

"일이 다 해결된 후에 내면 되겠죠?"

"아닙니다. 선불로 주셔야 합니다."

패킹턴 부인은 자리에서 일어났다.

"아무래도 어려울 것 같군요……."

"덜컥 돈부터 내자니 꺼려지지요?"

파커 파인은 쾌활하게 덧붙였다.

"당연합니다. 한두 푼도 아니고 거액이니까요. 하지만 저를 믿고 맡겨 주십시오. 위험을 감수하고라도 선불로 수수료를 지불할 것! 이것이 바로 제가 요구하는 조건입니다."

"200기니나요?"

"네, 200기니입니다. 거액이긴 하지요. 내키지 않는다면 그냥 돌아가셔도 됩니다. 그럼 안녕히 가십시오, 패킹턴 부인. 마음이 바뀌면 언제든지 연락을 주십시오."

파커 파인은 변함없는 태도로 웃으며 패킹턴 부인과 인사를 나누었다.

고객이 방에서 나가자 그는 책상 위에 있는 버저를 눌렀다. 안경을 쓴 날카로운 인상의 아가씨가 들어왔다.

"파일 부탁해요, 레몬 양. 그리고 곧 일거리가 생길 거라고 클로드한테 연락해요."

"새 고객인가요?"

"그래요. 지금은 주저하고 있지만 다시 올 거예요. 십중팔구 오늘 오후 4시쯤 올 테니, 오면 들여보내도록 해요."

"스케줄 A인가요?"

"그래요. 다들 자기 경우는 독특하다고 생각하는 걸 보면 기이하

단 말이야. 참, 클로드한테 미리 귀띔해 둬요. 지나치게 요란하면 안
된다고. 향수는 뿌리지 말고 머리는 되도록 짧게 자르라고 해요."

4시 15분, 패킹턴 부인은 다시 파커 파인의 사무실에 나타났다.
그녀는 수표첩을 꺼내어 수표를 쓰고는 그것을 파커 파인에게 건넸
다. 영수증이 주어졌다.

"이제 어떻게 하나요?"

패킹턴 부인이 희망에 찬 눈으로 그를 바라보았다.

파커 파인은 웃으며 대답했다.

"이제 집으로 돌아가서 기다리십시오. 내일 첫 우편으로 지시 사
항이 도착할 겁니다. 부인께서는 그대로 이행해 주시기만 하면 됩
니다."

패킹턴 부인은 기대감에 들떠 집으로 돌아갔다. 패킹턴 씨는 방
어적인 태도로 귀가했다. 아침 식탁에서의 풍경이 되풀이된다면 한
판 붙고 말겠다고 단단히 벼르고 있었다. 하지만 상대방이 전혀 싸
울 기미를 안 보이자 곱절로 마음이 놓였다. 아내는 평상시와는 달
리 깊은 생각에 잠겨 있었다.

패킹턴 씨는 라디오를 들으며 사랑스러운 낸시에게 모피 코트를
선물하면 어떨지 고민했다. 순순히 받을까? 낸시는 자존심이 무척
셌다. 그녀의 마음을 상하게 하고 싶지는 않았다. 하지만 추위 때문
에 툴툴거리는 모습이 안쓰럽기 그지없었다. 낸시의 트위드 코트는
싸구려라 제대로 방한이 되지 않았다. 어쩌면 낸시가 기분 나빠 하
지 않을지도 모른다.

조만간 저녁에 다시 함께 외출할 수 있으리라. 낸시 같은 아가씨와 고급 레스토랑에 가는 것은 크나큰 기쁨이었다. 그에게 시기의 시선을 보내는 젊은이가 한둘이 아니었다. 낸시는 너무도 아름다웠다. 그리고 그를 좋아했다. 그녀는 그에게 전혀 나이 들어 보이지 않는다고 했다.

문득 고개를 드니 아내가 자신을 바라보고 있었다. 불현듯 죄책감이 들며 괜히 짜증이 났다. 속 좁고 의심 많은 여편네 같으니라고! 아내는 그가 눈곱만큼의 행복이라도 누리는 꼴을 보지 못한다.

패킹턴 씨는 라디오를 끄고 침실로 들어가 버렸다.

다음 날 아침 패킹턴 부인은 뜻밖에도 두 통의 편지를 더 받았다. 하나는 유명 미용 전문가의 예약 확인 편지였고, 다른 하나는 의상 디자이너의 예약 확인 편지였다. 세 번째 편지는 파커 파인에게서 온 것인데, 그날 점심을 리츠 호텔에서 함께 먹자는 내용이었다.

남편은 사업상 꼭 만날 사람이 있어서 저녁은 밖에서 먹을지도 모르겠다고 말했다. 패킹턴 부인이 멍하니 고개를 끄덕이자 패킹턴 씨는 그저 폭풍을 면한 것에 좋아라 하며 집을 나섰다.

미용 전문가는 대단했다. 어쩜 이렇게 자신을 소홀히 다루셨나요, 대체 왜 이리 방치하셨나요, 진작 손을 보셨어야죠, 하지만 아직 너무 늦은 것은 아니랍니다.

그녀의 얼굴에 온갖 조치가 취해졌다. 누르고, 문지르고, 증기를 쐬고, 진흙을 바르고, 크림을 칠하고, 분을 두드리고는 이런저런 마무리 손질이 이루어졌다.

마지막 순간 거울이 눈앞에 대령됐다.

패킹턴 부인은 속으로 감탄했다.

'세상에나! 한참은 젊어 보이잖아!'

옷을 맞추는 것 역시 마찬가지로 흥미진진했다. 자신이 세련되고 현대적인 여성으로 거듭나는 듯했다.

패킹턴 부인은 약속 시간인 1시 30분에 맞추어 리츠 호텔에 들어섰다. 흠잡을 데 없는 차림새로 기다리고 있는 파커 파인을 보니 훨씬 신뢰감이 느껴졌다.

그는 노련한 눈길로 패킹턴 부인의 머리부터 발끝까지 훑어보며 말했다.

"매혹적이십니다. 부인을 위해 화이트레이디(진을 베이스로 하여 코앙트로와 레몬 주스를 첨가해 만든 칵테일 — 옮긴이)를 미리 주문해 두었습니다."

패킹턴 부인은 칵테일에 별다른 취향이 없었던지라 이의를 제기하지 않았다. 그녀는 그 흥미로운 액체를 조심스레 홀짝이면서 자상한 지도자의 말에 귀를 기울였다.

"패킹턴 부인, 부군께서 '정신을 차리게' 해야 합니다. 무슨 뜻인지 아시죠? 이를 위해 젊은 친구 한 사람을 소개해 드리겠습니다. 오늘은 그와 함께 점심을 드십시오."

그 말이 떨어지기 무섭게 한 젊은 남자가 홀을 두리번거리며 안으로 들어왔다. 그는 파커 파인을 발견하고는 우아한 걸음새로 가까이 다가왔다.

"이쪽은 클로드 루트렐입니다. 클로드, 여기 이 귀부인은 패킹턴 부인이라네."

클로드 루트렐은 서른도 채 안 되어 보였지만 몸가짐이 우아하고 유쾌했으며, 완벽한 차림새에다 대단한 미남이었다.

"이렇게 만나 뵙게 되어 영광입니다."

그가 나직이 인사했다.

3분 후 패킹턴 부인은 2인용 자그마한 식탁에서 새로운 지도자를 마주 보고 있었다.

처음에는 수줍었지만 클로드 루트렐과 함께 있자니 이내 마음이 편안해졌다. 그는 파리를 잘 알았고, 리비에라(프랑스의 칸과 이탈리아의 라스페지아 사이에 위치한 지중해 연안 지대로, 유럽 최고의 휴양지로 손꼽힌다 — 옮긴이)에서 많은 시간을 보냈다고 했다. 그가 문득 댄스를 좋아하느냐고 물었다. 패킹턴 부인은 좋아하긴 하지만 남편이 저녁 외출을 싫어해서 요즘에는 통 춤을 출 기회가 없었다고 대답했다.

"하지만 부인을 집에만 가둬 두는 것은 너무도 몰인정한 처사입니다."

클로드 루트렐이 미소를 짓자 입술 사이로 매력적인 치열이 드러났다.

"요즘 여성들은 남자의 질투심에 무조건 인내하지만은 않아요."

패킹턴 부인의 입에서 남편은 자신에 대해 눈곱만큼도 질투하지 않는다는 말이 곧바로 튀어나올 뻔했다. 하지만 그녀는 꾹 참았다.

어쨌든 그의 말이 그른 것은 아니니 말이다.

클로드 루트렐은 나이트클럽에 대해 경쾌하게 설명했다. 패킹턴 부인은 다음 날 저녁 그와 함께 그 유명한 레서 아케인절에 가기로 했다.

남편한테 그 사실을 알릴 생각을 하니 약간은 불안했다. 세상에 별일도 다 있다며 비웃을 것이 뻔했다. 하지만 고민할 필요는 전혀 없었다. 너무 초조해한 나머지 아침 식탁에서 미처 말하지 못했는데, 2시에 남편이 전화를 해서 시내에서 저녁을 먹고 온다고 했기 때문이다.

그날 저녁은 대성공이었다. 패킹턴 부인은 처녀 시절 갈고닦은 상당한 춤 실력과 클로드 루트렐의 뛰어난 가르침 덕분에 요즘 유행하는 스텝을 금방 익힐 수 있었다. 클로드는 그녀의 드레스와 헤어스타일에 감탄했다(그날 아침에도 패킹턴 부인은 미용사에게 머리 손질을 받고 왔다.). 작별 인사를 하자 클로드는 그녀의 손에 더없이 황홀한 키스를 했다. 몇 년 만에 처음으로 누린 즐거운 저녁이었다.

매혹적인 열흘이 정신없이 이어졌다. 패킹턴 부인은 클로드와 점심을 먹고, 차를 마시고, 탱고를 추고, 저녁을 먹고, 춤을 추고, 가볍게 술을 마셨다. 클로드는 비참했던 어린 시절에 대해 모두 들려주었다. 그의 아버지가 전 재산을 날려 버린 이야기, 비극적인 사랑과 그로 인해 생긴 여성 전체를 향한 쓰라린 감정에 대해서도 남김없이 털어놓았다.

열하루째 되던 날 두 사람은 레드 애드머럴에 춤을 추러 갔다. 패킹턴 부인은 남편 역시 그곳에 와 있다는 사실을 알아차렸다. 패킹턴 씨는 부하 직원인 젊은 아가씨와 함께 있었다. 두 커플 모두 춤을 추고 있었다.

"안녕, 조지."

춤을 추다 저쪽 커플과 마주치자 패킹턴 부인은 가벼운 어조로 인사를 건넸다.

패킹턴 씨의 얼굴이 처음에는 붉으락푸르락 달아오르다가 경악으로 하얘지는 것을 보고 패킹턴 부인은 속으로 무척 고소했다. 남편의 경악 속에는 죄책감이 확연하게 뒤섞여 있었다.

패킹턴 부인은 주도권이 자신한테 온 것 같아서 유쾌했다. 가엾은 양반! 자리에 돌아가 앉은 패킹턴 부인은 다시 남편과 그 여자를 바라보았다. 저 뚱뚱한 몸뚱이, 훌러덩 벗겨진 머리, 촌스럽게 통통 튀는 스텝! 남편은 20년 전에나 유행했을 법한 춤을 추었다. 불쌍한 양반, 얼마나 젊어지고 싶었으면! 게다가 남편과 함께 춤을 추고 있는 아가씨는 가엾게도 억지로 즐거운 척하고 있었다. 남편은 볼 수 없겠지만 그의 어깨 너머로 지루함이 덕지덕지 내려앉은 여자의 얼굴이 훤히 보였다.

그런 모습을 보니 패킹턴 부인은 자기 쪽 상황이 훨씬 낫다는 생각이 들어 마음이 절로 흐뭇해졌다. 그녀는 완벽하기 이를 데 없는 클로드를 힐끗 바라보았다. 그는 영리하게도 침묵을 지키고 있었다. 그녀의 마음을 이리도 잘 헤아리다니! 남편이란 존재는 시간이 지날수록 필연적으로 아내의 신경을 긁게 마련이지만, 반대로 클로드는 그녀의 신경을 전혀 자극하지 않았다.

패킹턴 부인은 다시 클로드를 바라보았다. 서로의 시선이 마주쳤
다. 우수에 잠긴 듯하면서도 아름답고 낭만적인 검은 눈이 부드러
운 미소와 함께 그녀의 눈을 지그시 응시했다.

"다시 한 번 추실래요?"

그가 나직이 속삭였다.

그들은 다시 춤을 추었다. 환상적이었다!

두 사람을 쫓고 있는 패킹턴 씨의 시선이 확연히 느껴졌다. 문득
남편의 질투심을 유발하자는 것이 원래의 계획이었음이 떠올랐다.
하지만 까마득한 옛날 일만 같다! 이제는 남편이 자신을 질투하기
를 더 바라지 않았다. 도리어 그가 속상해할까 봐 안쓰러웠다. 무엇
때문에 속상해야 한단 말인가? 이제는 모두가 행복한데…….

패킹턴 부인은 패킹턴 씨보다 한 시간이나 늦게 귀가했다. 패킹
턴 씨는 어찌해야 할지 몰라 쩔쩔매는 듯했다.

"음…… 들어왔네."

패킹턴 부인은 그날 아침 40기니를 주고 산 이브닝드레스용 숄을
벗었다. 그러고는 상냥하게 대꾸했다.

"음, 들어왔어."

패킹턴 씨가 헛기침을 하더니 조심스럽게 말을 꺼냈다.

"에…… 그곳에서 당신을 만나 조금 놀랐어."

"그래?"

"나는 그냥 그 아가씨가 워낙 안돼 보여서 기분 전환이라도 시켜

쥐야겠다 싶었어. 요즘 집안일로 고민이 많다나? 그냥…… 돕고 싶은 마음뿐이었지. 당신도 잘 알잖아?"

패킹턴 부인은 고개를 끄덕였다. 가엾은 조지. 통통 튀며 신나게 춤을 추었지.

"그나저나 당신이랑 같이 있던 그 젊은이는 누구야? 나는 모르는 사람 같던데……."

"루트렐이라고 해. 클로드 루트렐."

"어떻게 만난 사람인데?"

"아, 누가 소개해 주었어."

패킹턴 부인은 모호하게 대답했다.

"당신이 춤을 다 추러 오다니 정말 놀랐어. 그 나이에 말이야. 여보, 어리석은 짓은 하지 말아."

패킹턴 부인은 미소를 지었다. 그녀로서는 세상 전부가 아름답게 보일 만큼 기분이 좋았기 때문에 예민하게 반응하지 않았다. 그저 상냥히 대꾸했다.

"여자의 변화는 무죄라는 말도 있잖아."

"그래도 조심해야 해. 제비족 같은 놈팡이들이 오죽 많아야지. 중년 부인 중에는 더러 바보짓을 하는 사람도 있잖아. 그냥 조심하라고 경고하는 거야. 당신이 그런 처지가 되는 모습을 보고 싶지는 않으니까."

"춤을 추니 운동도 되고 좋기만 한걸."

"뭐…… 그야 그렇지만."

"당신도 그렇지? 세상에는 뭐니 뭐니 해도 행복이 최고야. 안 그
래? 열흘 전인가…… 당신이 아침 식사 때 그렇게 말했잖아."

패킹턴 씨는 아내를 쏘아보았지만 그녀의 표정에는 비아냥거림
이 전혀 없었다. 패킹턴 부인은 하품을 했다.

"이만 자야겠어. 참, 여보, 내가 요즘 사치를 좀 했어. 곧 청구서가
날아올 거야. 액수가 좀 크지만 괜찮겠지?"

"청구서라고?"

"응, 옷이며 마사지며 머리 손질이며 잔뜩 즐기고 있거든. 그래도
개의치 않으리라 믿어."

패킹턴 부인은 계단을 올라갔다. 패킹턴 씨는 입을 쩍 벌린 채 멍
하니 앉아 있었다. 마리아는 오늘 저녁의 일에 놀라울 정도로 관대
했다. 전혀 신경 쓰지 않는 듯했다. 하지만 느닷없이 돈을 물 쓰듯 한
다는 것은 충격이었다. 알뜰의 대명사나 다름없는 마리아가 말이다.

하여간 여자들이란! 조지 패킹턴은 고개를 절레절레 저었다. 낸
시의 남자 형제들이 최근 사고를 쳤다. 그는 낸시를 도울 수 있어서
기뻤다. 하지만 시티에서의 일이 잘 풀릴 성싶지 않았다.

패킹턴 씨는 한숨을 쉬며 느릿느릿 계단을 올라갔다.

때때로 말을 들을 당시에는 무심히 흘려 넘겼다가 뒤늦게 다시
떠올라 효과를 발휘하는 경우가 있다. 패킹턴 씨가 내뱉은 몇몇 말
들이 다음 날 아침에야 패킹턴 부인의 의식에 침투했다.

제비족, 중년 부인, 바보짓.

패킹턴 부인은 자리에 앉아 용감하게 현실을 직시했다. 그녀는

신문에서 제비족에 대한 온갖 기사를 보았다. 또한 중년 부인의 어리석은 행동에 대해서도 읽었다.

클로드는 제비족일까? 아마 그럴지도 모른다. 하지만 제비족과 놀 때는 언제나 여자가 돈을 내지만 클로드는 늘 자신이 비용을 부담했다. 물론 그 돈도 클로드의 것이라기보다는 파커 파인에게서 나온 것일 테지만. 아니, 사실 그 돈은 패킹턴 부인이 낸 200기니 중 일부였다.

나는 어리석은 중년 부인에 지나지 않는 걸까? 클로드 루트렐은 등 뒤에서 나를 비웃고 있을까? 그 생각에 얼굴이 빨갛게 달아올랐다.

하지만 그래서 뭐 어떻다는 것인가? 클로드가 제비족이고 내가 어리석은 중년 부인이라고 해서 달라질 게 있는가? 갑자기 그에게 선물을 하고 싶어졌다. 금으로 된 담배 케이스 같은 것이 좋겠지?

야릇한 충동이 그녀를 에스프리(18세기에 문을 연 영국의 전통 명품점 ― 옮긴이)로 즉시 달려가게 했다. 패킹턴 부인은 담배 케이스를 골라 돈을 지불했다. 그날 클래리지 호텔에서 클로드와 함께 점심을 먹기로 약속이 되어 있었다.

식사가 끝나고 커피가 나오자 그녀는 핸드백에서 담배 케이스를 꺼내 주며 속삭였다.

"작은 선물이에요."

클로드가 미간을 찌푸리며 고개를 들었다.

"저한테요?"

"그래요. 마…… 마음에 들면 좋겠어요."

그의 손이 담배 케이스를 감싸는가 싶더니 거칠게 테이블 옆으로 밀쳐 버렸다.

"이런 걸 왜 주시는 겁니까? 받지 않겠습니다. 도로 집어넣으세요. 어서요!"

클로드는 화가 나 있었다. 검은 눈에서 불이 번쩍였다.

"미안해요."

패킹턴 부인은 중얼거리며 담배 케이스를 다시 핸드백 속에 집어넣었다.

그날 내내 두 사람 사이에는 어색함이 감돌았다.

다음 날 아침 클로드에게서 전화가 왔다.

"꼭 만나야 합니다. 오후에 댁을 방문해도 괜찮을까요?"

패킹턴 부인은 3시에 오라고 일렀다.

클로드는 매우 긴장하여 창백한 얼굴로 들어섰다. 둘은 인사를 나누었다. 어색함은 한층 더 짙어져 있었다.

클로드가 벌떡 일어나더니 패킹턴 부인을 똑바로 응시하며 말했다.

"대체 제가 뭐라고 생각하십니까? 이것을 묻기 위해 왔습니다. 우리는 친구가 아니었던가요? 그래요, 친구지요. 하지만 부인은 저를…… 여자나 후리는 제비로 여기셨군요. 여자들 등쳐 먹고 사는 제비 말입니다. 안 그런가요?"

"아뇨, 아니에요."

클로드는 그녀의 부인을 일축했다. 그의 얼굴이 더욱 파리해졌다.

"그렇게 생각하신 게 분명해요! 네, 하긴 사실이지요. 그 말을 해

드리려고 왔습니다. 사실이라고요! 부인과 함께 외출하여 즐거운 시간을 보내고, 남편을 말끔히 잊을 수 있게 하라는 지시를 받았습니다. 그게 바로 제 직업이니까요. 역겹기 짝이 없겠죠?"

"왜 내게 그런 말을 하는 건가요?"

"더 참을 수 없기 때문입니다. 더 할 수 없어요. 부인을 속일 수는 없어요. 부인은 다른 여성들과 다릅니다. 제가 믿고, 신뢰하고, 숭배할 수 있는 그런 여성입니다. 빈말로 이런다고 생각하시겠지요? 이것도 속임수의 일부라고요."

클로드가 가까이 다가왔다.

"그렇지 않다는 것을 증명해 보이겠습니다. 저는 이곳을 떠나겠습니다. 이런 추잡한 생활을 접고 반듯한 인간이 되겠습니다. 이건 모두 부인 덕분입니다."

클로드가 패킹턴 부인을 와락 안았다. 그의 입술이 그녀의 입술 위로 포개졌다. 이윽고 포옹이 풀리면서 클로드가 뒤로 물러섰다.

"안녕히 계십시오. 지금껏 저는 건달로 살아왔습니다. 하지만 이제부터는 다른 사람이 될 겁니다. 신문의 개인 광고란을 즐겨 읽으신댔죠? 매년 오늘 바로 이 날짜에 제가 보내는 메시지를 보실 수 있을 겁니다. 부인을 여전히 기억하고 있고, 훌륭한 사람이 되기 위해 노력하고 있다고요. 그러면 당신이 제게 어떤 존재였는지 알게 되겠지요. 한 가지 더 있습니다. 저는 부인에게 아무것도 받지 않았습니다. 대신 부인에게 무언가를 드리고 싶습니다."

클로드는 자신의 손가락에서 인장이 새겨진 평범한 금반지를 뺐다.

"이것은 제 어머니의 유품입니다. 부인께서 꼭 받아 주셨으면 합니다. 그럼 안녕히 계십시오."

클로드는 그대로 떠나 버렸다.

패킹턴 씨는 일찍 귀가했다. 아내는 넋이 나간 것처럼 멍하니 난롯불을 응시하고 있었다. 그를 맞는 말씨는 상냥했지만 마음은 어디 딴 곳에 가 있는 듯했다.

패킹턴 씨가 참다못해 불쑥 말을 꺼냈다.

"여보, 나 좀 봐. 그 여자 때문이야?"

"응? 뭐라고?"

"난…… 당신이 이렇게 속상해할 줄은 몰랐어. 그 여자하고는 정말 아무 사이도 아니야."

"알아. 내가 어리석었어. 당신이 행복해지기만 한다면 얼마든지 그 아가씨랑 만나도 돼."

이 말을 들은 패킹턴 씨는 기뻐해야 마땅했다. 그런데 묘하게도 오히려 약이 오르는 것이었다. 아내가 어서 한눈을 팔라고 재촉하는 마당에 젊은 아가씨랑 어울려 다닌다 한들 무슨 재미가 있겠는가? 이건 말도 안 돼! 마음껏 불장난을 하던 남자의 분방하고도 점잖지 못하던 즐거운 감정들이 쉿 소리와 함께 일순간에 사그라졌다. 느닷없이 피곤이 몰려오며 자신이 초라해지는 것만 같았다. 낸시는 사소한 불장난에 지나지 않았다.

"마리아, 우리 함께 여행이라도 가면 어떨까?"

패킹턴 씨는 주눅이 들어 물었다.

"어머, 나한테 마음 쓰지 않아도 돼. 나는 행복하게 잘 지내고 있는걸."

"그냥 함께하고 싶어서 그래. 리비에라에 가면 어떨까?"

패킹턴 부인은 남편을 향해 멍하니 미소 지었다.

가엾은 조지! 그녀는 남편을 좋아했다. 하지만 지금 와서 보니 불쌍하기 짝이 없는 위인이었다. 그녀와는 달리 그의 삶에는 비밀의 불꽃이 타오르지 않았다. 패킹턴 부인은 더욱 상냥하게 미소 지었다.

"멋지겠네."

파커 파인은 레몬 양에게 물었다.

"총 지출이 얼마지?"

"120파운드 22펜스입니다."

그 순간 문이 벌컥 열리며 클로드 루트렐이 들어왔다. 우울한 표정이었다.

파커 파인이 그를 향해 반갑게 인사했다.

"어서 오게, 클로드. 일은 잘 끝났겠지?"

"그런 것 같아요."

"반지는? 참, 어떤 이름으로 새겼나?"

클로드는 침울하게 대꾸했다.

"마틸다, 1899년으로요."

"좋았어, 광고 문구는 뭘로 한다고 했지?"

"'훌륭한 사람이 되고 있음. 여전히 기억함. 클로드.'"

"레몬 양, 메모를 해 놓도록 해요. 11월 3일자 개인 광고란. 가만 있자, 아까 120파운드 22펜스라고 했지? 그러면 10년간 게재하면 되겠군. 그러면 92파운드 6펜스가 남는 거지. 좋았어, 아주 좋았어!"

레몬 양이 사무실에서 나가자 클로드가 느닷없이 언성을 높였다.

"이봐요, 정말 싫어요. 이건 치사한 속임수라고요."

"속임수?"

"그래요, 치사한 속임수예요. 착하고 정숙한 여인에게 온갖 거짓 말을 늘어놓아 거짓 낭만에 빠지게 하다니……. 이젠 신물이 나요. 집어치우겠어요!"

파커 파인은 안경을 고쳐 쓰고는 일종의 과학적 호기심으로 클로 드를 바라보았다. 그러더니 무덤덤한 어조로 말했다.

"이런! 나는 자네가 그 악명 높은 일을 할 때도 양심의 가책을 받 았다는 이야기는 한 번도 들은 기억이 없는데……. 특히 리비에라에 서의 사건들은 뻔뻔스럽기 짝이 없었지. 개중에서도 캘리포니아 큐 컴버 킹의 아내인 해티 웨스트 부인을 등쳐 먹은 일은 돈을 위해서 라면 물불을 가리지 않는 자네의 냉혹함을 아주 잘 드러내 주었지."

그 말에 클로드가 투덜거렸다.

"글쎄, 뭔가가 달라요. 이건…… 옳지 않아요."

파커 파인은 아끼는 제자를 훈계하는 교장 선생님과 같은 어조로 말했다.

"이보게 클로드, 자네는 가치 있는 일을 한 것일세. 불행한 여인에 게 모든 여자가 꿈꾸는 것을 선사했잖나. 로맨스 말일세. 여자란 존재는 정열은 불살라 태워 버리는 반면, 로맨스는 소중히 보관하며 긴 세월이 지나서도 돌아본다네. 인간의 본성에 대해 잘 아는 내가 하는 말이니 믿어도 좋네. 여자란 그런 로맨스 하나에 의지해 수십 년은 거뜬히 살 수 있다네."

파커 파인은 헛기침을 한 다음 말을 이었다.

"그럼 패킹턴 부인 케이스는 대단히 성공적으로 마무리되었군."

"글쎄요, 어쩨 기분이 좋지 않아요."

클로드는 그렇게 중얼거리고는 사무실을 나갔다.

파커 파인은 서랍에서 새 파일을 꺼내 적었다.

철면피 제비족에서 흥미롭게도 양심의 흔적이 보임.

주의 사항: 진행 상황을 관찰할 것.

불만스러운 군인

I

월브러햄 소령은 파커 파인의 사무실 앞에서 머뭇거렸다. 그리고 다시 가지고 온 조간신문의 광고를 거듭 읽어 보았다. 내용은 단순했다.

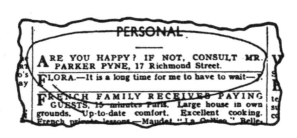

개인 광고란

— 행복하십니까? 그렇지 않다면 파커 파인 씨와 상담하십시오. 리

치먼드가(街) 17번지.

— 플로라, 오래도록 기다리고 있다오. Y.

— 하숙인 구함. 프랑스인 주인에다 정원이 딸린 넓은 집! 편안한 최신 인테리어! 맛있는 요리!

월브러햄 소령은 심호흡을 한 다음 여닫이문을 벌컥 밀고 안으로 들어갔다. 평범해 보이는 젊은 여성이 타자기에서 고개를 들더니 문득이 그를 바라보았다.

"파커 파인 씨 계십니까?"

월브러햄 소령은 얼굴을 붉히며 물었다.

"이쪽으로 오세요."

여자를 따라 안쪽 사무실로 들어가자, 온화한 인상의 파커 파인이 일어서며 그를 맞았다.

"어서 오십시오. 여기 앉으세요. 무슨 일로 오셨습니까?"

"저는 월브러햄이라고 합니다만⋯⋯."

"소령이신가요? 아니면 대령이신가요?"

"소령입니다."

"아! 최근에 해외에서 돌아오셨군요. 인도인가요? 아니면 동아프리카?"

"동아프리카입니다."

"멋진 곳이죠. 그런데 막상 고향에 돌아오게 되니 마음에 안 들었겠군요. 그것 때문에 오셨습니까?"

"그렇습니다. 그런데 어떻게 그걸……."

파커 파인은 품위 있게 손사래를 쳤다.

"제 직업인데 그쯤은 당연히 알아야지요. 저는 35년 동안 정부 기관에서 통계 자료를 수집하고 정리하는 일을 했습니다. 은퇴를 하고 나니 그동안 축적한 경험을 새로운 방식으로 이용해 보면 좋겠다는 생각이 들더군요. 아주 간단한 일이랍니다. 불행은 기껏해야 크게 다섯 가지로 분류됩니다. 제가 장담하지요. 병의 원인만 파악하면 치료법은 찾아낼 수 있습니다. 말하자면 제가 의사가 되는 것이지요. 의사는 우선 환자의 병을 진단합니다. 그리고 처방전을 내리지요. 물론 어떤 방법도 먹히지 않을 경우가 있기도 합니다. 그럴 때는 미리 솔직하게 그러하다고 말씀드립니다. 하지만 일단 제가 치료 가능하다고 하면 사실상 반드시 치료가 됩니다. 소령님, 사실 퇴역한 제국의 건설자들은, 저는 군인이야말로 제국의 건설자라고 생각합니다, 아무튼 그 96퍼센트는 불행해합니다. 막대한 책임을 지고 위험을 무릅쓰던 활동적인 생활을 접고, 대신 음울한 날씨와 제한된 수입만으로 살아가자니 물 밖에 나온 물고기처럼 느껴지는 것도 당연하죠."

"정말 맞는 말씀입니다. 권태 때문에 몸서리가 쳐집니다. 별 시답 잖은 일을 가지고 끝도 없이 수다나 떨어 대는 마을에서 살자니 지루해 미칠 지경이죠. 그렇다고 뾰족한 수가 있는 것도 아니에요. 연금을 빼면 모아 놓은 돈도 얼마 안 되니……. 코브햄(영국 잉글랜드 켄트 주에 위치한 마을 —옮긴이)에 근사한 별장을 한 채 갖고 있긴 하지만, 사냥이나 사격은 말할 것도 없고 낚시하러 다닐 여유도 없습니다. 결혼도 안 했지요. 이웃들은 모두 상냥하긴 해도 영국 밖의 일에 대해서는 깜깜하기만 합니다."

파커 파인이 위로하듯 말했다.

"문제는 하루하루가 따분하다는 것이겠지요?"

"우라지게 따분하지요."

"소령님은 짜릿하면서도 위험이 따르는 생활을 원하고 있군요?"

파커 파인의 질문에 윌브러햄 소령은 어깨를 으쓱했다.

"이 손바닥만 한 나라에서 그런 생활이 가당키나 하겠습니까?"

그러자 파커 파인이 진지하게 반박했다.

"실례되는 말씀입니다만 그것은 잘못된 생각이라고 봅니다. 제대로 찾아가기만 하면 여기 런던에도 짜릿하고 위험한 장소가 얼마든지 있지요. 소령님은 영국의 차분하고 상냥한 겉모습만 보신 겁니다. 하지만 이곳에는 또 다른 이면이 있지요. 원하신다면 그 이면으로 안내해 드리겠습니다."

윌브러햄 소령은 가만히 파커 파인을 바라보았다. 그에게는 신뢰감을 주는 묘한 분위기가 있었다. 뚱뚱할 정도는 아니었지만 제법 덩치가 있고, 딱 품위 있을 만큼 머리가 벗겨졌으며, 두터운 안경 너머로 자그마한 눈이 초롱초롱 빛났다. 믿음직한 분위기가 절로 풍겨 왔다.

"미리 경고해 드립니다만 위험이 따를 수도 있습니다."

윌브러햄 소령의 눈이 밝게 빛났다.

"그야 문제없지요."

그러다 불쑥 물었다.

"비용은 얼마지요?"

"수수료는 50파운드로, 선불입니다. 한 달 후에도 여전히 권태롭다면 기꺼이 환불해 드리겠습니다."

월브러햄 소령은 신중히 생각한 끝에 결정을 내렸다.

"좋습니다. 그렇게 하지요. 지금 바로 수표를 끊어 드리겠습니다."

거래가 이루어졌다. 파커 파인은 책상 위에 있는 버저를 누르며 말했다.

"벌써 1시군요. 숙녀분을 소개해 드릴 테니 함께 점심을 드십시오."

말이 끝나기 무섭게 문이 열렸다.

"마들렌, 여기 월브러햄 소령님과 인사하고 함께 점심을 들게나."

월브러햄 소령이 눈만 끔벅끔벅 한 것은 놀랄 일도 아니었다. 사무실에 들어온 여자는 검은 속눈썹이 기다랗게 드리워진 매력적인 눈과 육감적인 진홍빛 입술에 더없이 고운 피부를 가진 검은 머리 아가씨였다. 몸매에 어울리는 멋진 의상이 그녀의 미모를 한층 더 돋보이게 했다. 한마디로 머리부터 발끝까지 어디 하나 흠잡을 데가 없었다.

"에…… 영광입니다."

월브러행 소령이 더듬거렸다.

"드 사라 양입니다."

파커 파인이 그녀를 소개했다.

"점심을 함께하다니 기쁘군요."

마들렌 드 사라 양이 나직이 말했다.

"그럼, 여기 소령님 주소로 내일 아침까지 추가 지시 사항을 보내 겠습니다."

파커 파인의 설명을 끝으로 윌브러햄 소령은 매혹적인 마들렌과 사무실을 떠났다.

3시에 마들렌이 사무실로 돌아왔다. 파커 파인은 고개를 들고 물 었다.

"어땠나?"

마들렌은 고개를 절레절레 저었다.

"바짝 긴장하고 있던데요. 제가 꽃뱀이라도 되는 줄 알았나 봐요."

"그럴 줄 알았어. 지시한 대로 잘 했겠지?"

"네. 다른 테이블에 앉아 있던 사람들에 대해 자유롭게 대화를 나누었어요. 금발 머리에 푸른 눈을 가진, 자그마하고 다소 연약해 보이는 스타일을 좋아하더군요."

"아주 쉽게 풀리겠는걸. 스케줄 B를 준비해 주게. 목록을 한번 살펴봐야겠어."

파커 파인은 손가락으로 목록을 훑다가 마침내 어느 이름에서 딱 멈추었다.

"프레다 클레그. 좋았어, 딱이야. 올리버 부인이랑 의논해 보는 게 좋겠군."

II

다음 날 윌브러햄 소령은 편지를 받았다.

　다음 주 월요일 아침 11시 햄스테드 프라이어스 거리에 위치한 이글먼트로 가서 존스 씨를 찾으십시오. 소령님은 구아바 선박 회사에서 나온 사람이라고 말씀하시면 됩니다.

윌브러햄 소령은 편지에서 지시한 대로 월요일 아침(마침 법정 공휴일이었다.) 프라이어스 거리의 이글먼트를 향해 길을 나섰다. 길을 나서기는 했지만 도착하지는 못했다고 말해야 옳겠다. 이글먼트에 당도하기 전에 어떤 일에 휘말렸기 때문이다.
　세상의 모든 사람들이 햄스테드로 쏟아져 나온 듯했다. 윌브러햄 소령은 사람들 틈에 이리저리 부대꼈으며, 지하철에서는 숨이 막혀 죽을 뻔했다. 그는 도대체 어디 붙었는지 모를 프라이어스 거리를 찾느라 한참을 끙끙댔다.
　프라이어스 거리는 길바닥 곳곳이 팬 막다른 골목길로, 길 양편으로 집들이 서 있었다. 한때는 영화를 누렸으나 퇴락하고 만 커다란 건물들이었다.
　문설주에 새겨진 반쯤 지워진 이름들을 살피며 길을 걷던 윌브러햄 소령은 느닷없는 소리에 우뚝 걸음을 멈추었다. 금방 숨이 넘어갈 것 같은 다급한 외침이었다.

다시 소리가 들렸다. 이번에는 "사람 살려!"라는 말을 희미하게나마 알아들을 수 있었다. 막 지나친 건물의 담 안쪽에서 흘러나오는 소리였다.

월브러햄 소령은 지체 없이 다 쓰러져 가는 대문을 박차고 잡초로 덮인 진입로를 달려갔다. 정원의 나무 덤불 사이에서 웬 젊은 여인이 덩치가 산만 한 두 명의 흑인에게 붙잡힌 채 버둥거리고 있었다. 여인은 몸을 비틀고, 발을 걸어차며 용감하게 저항했다. 머리를 빼내려고 애쓰는 여인의 입을 그중 하나가 손으로 막고 있었다.

여인의 격렬한 저항에 정신이 팔린 탓에 그들은 월브러햄 소령이 다가가는 것을 전혀 눈치채지 못했다. 여인의 입을 막고 있던 남자가 턱에 강력한 주먹을 맞고 뒤로 나자빠졌을 때에야 그들은 월브러햄 소령의 존재를 알아차렸다. 나머지 사람은 깜짝 놀라 여인을 붙들고 있던 손을 풀고 몸을 돌렸다. 하지만 만반의 준비가 되어 있던 월브러햄 소령의 주먹이 날아가자 복부를 얻어맞고 뒤로 나가떨어졌다. 소령은 턱을 맞은 사람이 뒤에서 다가오자 잽싸게 방향을 틀었다.

하지만 두 사람은 이미 전의를 상실한 뒤였다. 복부를 맞은 사람이 배를 움켜쥐고 일어나 대문을 향해 냅다 도망치자, 다른 한 명도 그 뒤를 따랐다. 월브러햄 소령은 두 사람을 쫓다가 마음을 바꾸어 다시 젊은 여인에게로 돌아갔다. 그녀는 나무에 기대어 숨을 헐떡이고 있었다.

"아, 감사합니다! 정, 정말 무서웠어요."

그녀가 가쁜 숨을 쉬며 겨우 말했다.

월브러햄 소령은 자신이 우연히 구하게 된 사람을 처음으로 자세히 바라보았다. 스물한둘쯤 되어 보이는 아가씨였는데, 금발에 푸른 눈이었으며 예쁘장하면서도 다소 연약해 보이는 얼굴이었다.

"선생님이 도와주시지 않았더라면……."

아가씨는 여전히 숨을 헐떡였다.

"자, 이제 괜찮아요. 그래도 어서 여기를 떠나는 것이 좋겠군요. 녀석들이 다시 올지도 모르니까요."

희미한 미소가 여인의 입가에 떠올랐다.

"그렇게 호되게 당했는데 설마요! 아, 정말 대단하세요!"

열렬한 찬미가 담긴 눈길에 월브러햄 소령은 얼굴이 달아올라 우물쭈물 말했다.

"별것도 아니었는걸요. 당연히 도와드려야지요. 숙녀분께서 괴롭힘을 당하고 계신데 말입니다. 여기 제 팔을 잡으십시오. 걸으실 수 있겠습니까? 충격이 크시죠?"

"전 괜찮아요."

그렇게 말하면서도 여인은 그가 내민 팔을 흔쾌히 잡았다. 여전히 몸이 바르르 떨리고 있었다. 대문을 나오면서 그녀는 집을 힐끗 뒤돌아보며 중얼거렸다.

"정말 모를 일이에요. 아무리 봐도 빈집인데……."

"제가 보기에도 빈집 같습니다."

소령은 덧문이 닫힌 창과 쇠락의 내음이 물씬 풍기는 건물을 올려다보며 동의했다.

"하지만 화이트 프라이어스가 분명해요. 여기로 오라고 했는데……."

여인이 대문에 반쯤 지워진 이름을 가리키며 말했다.

월브러햄 소령이 그녀를 다독였다.

"걱정 마십시오. 금방 택시를 잡을 수 있을 겁니다. 어디 가서 커피라도 한잔 마시겠습니까?"

두 사람은 프라이어스 거리를 벗어나 사람들의 왕래가 한결 많은 거리로 나왔다. 다행히 어느 집 앞에서 택시 한 대가 승객을 막 내려 주고 있었다. 월브러햄 소령은 큰 소리로 택시를 부른 뒤, 운전사에게 주소를 대고 여인과 함께 차에 올랐다.

월브러햄 소령은 여인을 위로했다.

"굳이 말하려고 애쓰지 마시고 그냥 뒤로 편히 기대십시오. 충격이 얼마나 크셨겠습니까?"

여인은 고마움의 뜻으로 미소를 지어 보였다.

"참, 에…… 저는 월브러햄이라고 합니다."

"저는 클레그예요. 프레다 클레그."

10분 후 프레다는 자그마한 탁자 너머에 있는 생명의 은인을 감사히 바라보며 뜨거운 커피를 홀짝이고 있었다.

그녀는 부르르 몸을 떨었다.

"지독한 악몽을 꾼 것 같아요. 얼마 전까지만 해도 너무 무료해서 무슨 일이라도 좋으니 제발 일어나 달라고 빌었더랬죠! 하지만 이제 모험이라면 딱 질색이에요!"

"어쩌다 그런 곳에 가셨습니까?"

"제대로 설명하려면 저에 대해 길게 늘어놓아야 해요."

"아주 흥미로울 것 같군요."

윌브러햄 소령이 고개를 까닥 숙여 보이며 말했다.

"저는 고아예요. 아버지는 선장이었는데, 제가 여덟 살 때 돌아가셨죠. 어머니는 3년 전에 눈을 감으셨고요. 저는 시티에서 일하고 있어요. 배큠 가스 회사에서 사무원으로 있죠. 지난주 저녁에 일을 마치고 하숙집으로 돌아가 보니 웬 신사분이 저를 기다리고 있었어요. 리드 씨라고, 오스트레일리아 멜버른에서 온 변호사라고 하더군요. 무척 예의 바른 사람이었는데, 저희 가족에 대해 몇 가지를 물었어요. 오래전에 저희 아버지와 알고 지냈다면서요. 그분은 법적인 문제와 관련하여 아버지 일을 봐주었다고 하면서 저를 찾아온 이유를 설명하더군요. '클레그 양, 아버님께서 돌아가시기 몇 해 전에 어떤 금융 사업에 투자를 하셨는데, 그 수익을 지금 아가씨께서 받을 수 있을 것 같습니다.' 당연히 저는 깜짝 놀랐지요. 그 사람이 곧 이렇게 말하더군요. '물론 금시초문이라 믿기 어려우실 줄 압니다. 아버님께서도 그 투자를 전혀 중요하게 여기지 않았어요. 하지만 뜻밖에도 수익을 올리게 되었습니다. 하지만 클레그 양이 이에 대한 권리를 주장하기 위해서는 몇 가지 관련 서류가 꼭 필요합니다. 아버님의 유품 중에 그 서류가 있지 않을까 싶군요. 물론 없어져 버렸는지도 모르지요. 혹시 아버님의 서류를 아직 보관하고 계십니까?'

저는 어머니가 아버지의 물건을 모두 낡은 선원용 사물함에 간직해 두었다고 말했어요. 하지만 일전에 호기심으로 그 사물함을 샅샅이 뒤진 적이 있었지만 흥미를 끌 만한 것은 아무것도 없었죠. 그랬더니 그 변호사가 웃으며 말하더군요. '아마 중요한 서류라는 것을 모르고 그냥 넘어갔을 겁니다.' 그래서 저는 사물함으로 가서 그 안에 있는 몇 안 되는 서류를 모두 꺼내어 그에게 보여 주었지요. 변호사는 서류들을 살펴보더니 문제의 그 투자와 관련이 있는지 어떤지 그 자리에서 판단하기는 어렵다고 하더군요. 그래서 일단 모두 가지고 간 뒤에 뭐라도 나오면 저한테 연락하기로 했지요. 그러다 토요일 마지막 우편배달 때 그 변호사한테서 편지가 왔어요. 그 문제에 관련하여 논의할 것이 있으니 자신의 집으로 와 달라는 내용이었죠. 주소는 햄스테드 프라이어스 거리에 있는 화이트 프라이어스라고 했어요. 그래서 오늘 아침 10시 45분에 그곳에 갔던 거예요. 길을 찾느라 약간 늦고 말았죠. 정신없이 대문을 지나 집 쪽으로 다가가는데 웬 무시무시한 남자 둘이 덤불에서 불쑥 튀어나오지 뭐예요. 비명을 지를 새도 없었어요. 남자 하나가 손으로 제 입을 막았으니까요. 간신히 머리를 비틀어 빼내서는 살려 달라고 외쳤어요. 천만다행으로 소령님께서 그 소리를 들으셨던 거예요. 아, 소령님이 없었다면…….”

프레다는 말을 멈추었다. 말보다 더욱 생생한 감정이 그녀의 얼굴에 떠올랐다.

“마침 제가 그곳을 지나간 것이 여간 다행이 아닙니다. 맹세코 그

두 악당을 붙잡고 말겠습니다. 혹시 전에 본 적이 있는 사람들입니까?"

프레다는 고개를 가로저었다.

"왜 이런 일이 제게 일어난 걸까요?"

"단언하기는 어렵습니다. 하지만 한 가지는 분명해 보이는군요. 누군가가 아버님의 서류 중에서 무엇인가를 원하는 것 같습니다. 그 리드라는 작자도 아버님의 서류를 뒤져 볼 기회를 갖기 위해 터무니없는 이야기를 지어 낸 것 같군요. 하지만 가지고 간 서류에서 원하던 것을 못 찾은 거죠."

"세상에! 어쩐지 이상하더라니. 토요일에 집에 돌아왔을 때도 누가 제 물건에 손을 댄 것 같았어요. 하숙집 주인 아주머니가 호기심에 뒤져 보았나 했는데, 이제 보니……."

"그 작자들 짓이 틀림없습니다. 구실을 대고 아가씨의 방에 들어가서 뒤졌지만 원하는 것을 못 찾은 거지요. 결국 클레그 양이 문제의 그 서류의 중요성을 알고는 몸에 지니고 있다고 의심했겠죠. 그래서 납치 계획을 세웠고요. 만약 몸에 지니고 있었더라면 분명 빼앗겼을 겁니다. 몸에 없다 하더라도 아가씨를 가둬 놓고는 어디에 숨겼는지 추궁했겠죠."

"하지만 대관절 무슨 서류이기에……?"

프레다가 새된 목소리로 물었다.

"글쎄요. 이런 일까지 벌이는 걸 보면 그 작자에게는 아주 중요한 것이 틀림없습니다."

"그럴 만한 것이 전혀 없을 텐데……."

"그야 모르는 일이지요. 아버님은 선장이셨으니 여느 사람들이 가기 힘든 세계 곳곳을 다니셨겠지요. 그러다 자신도 그 가치를 잘 모르는 어떤 것을 얻게 되었을 수 있지요."

"정말 그럴까요?"

프레다의 창백하던 뺨이 흥분으로 발그레 달아올랐다.

"그럴 겁니다. 문제는 이제 우리가 어떻게 하느냐입니다. 경찰에 신고할 생각은 없으신가요?"

"아, 전혀요!"

"다행입니다. 나는 경찰들이 이런 일을 제대로 처리할 거라고 생각하시지 않습니다. 경찰서에 가 보아야 불쾌한 일만 당할 뿐이지요. 아가씨께 점심을 대접할 수 있는 영광을 주시겠습니까? 그런 후 하숙집까지 안전히 모셔다 드리겠습니다. 문제의 그 서류를 같이 찾아보면 좋을 것 같군요. 분명 어딘가에 있을 겁니다."

"아버지께서 없애 버리지는 않았을까요?"

"물론 그럴 수도 있지요. 하지만 그 악당은 전혀 그렇게 생각하지 않는 것이 분명합니다. 이것으로 미루어 보아도 희망은 있습니다."

"대체 무슨 서류일까요? 숨겨진 보물?"

"아니라는 법도 없죠!"

윌브러햄 소령이 탄성을 질렀다. 그의 마음속에 있던 소년들이 그 생각에 기뻐 날뛰었다.

"어쨌든 클레그 양, 우선 점심부터 해결하지요!"

두 사람은 함께 즐겁게 점심을 먹었다. 월브러햄 소령은 프레다에게 동아프리카에서 보낸 시간에 대해 속속들이 들려주었다. 코끼리 사냥 이야기에 프레다는 감탄해 마지않았다. 식사가 끝난 후에는 월브러햄 소령이 말한 대로 택시를 타고 프레다의 하숙집으로 갔다.

프레다의 하숙집은 노팅 힐 게이트 역 근방이었다. 집에 도착하자 프레다는 하숙집 주인과 잠시 이야기를 나누었다. 그런 다음 월브러햄 소령에게로 돌아와 그를 2층으로 안내했다. 자그마한 침실과 거실이 프레다의 거처였다.

"우리가 예상했던 대로예요. 토요일 아침에 한 남자가 와서는 새로 전선을 깔아야 한다고 했대요. 제 방의 전선에 문제가 생겼다면서요. 그래서 제 방에 얼마 동안 들어와 있었다지 뭐예요."

"아버님의 사물함을 좀 볼까요?"

월브러햄 소령이 요청했다.

프레다는 그에게 놋쇠 테두리를 두른 상자를 보여 주었다. 그녀가 뚜껑을 열며 말했다.

"이거예요. 별것 없어요."

소령은 생각에 잠겨 고개를 끄덕였다.

"혹시 다른 곳에 둔 서류는 없습니까?"

"없을 거예요. 어머니는 아버지의 유품을 전부 여기다 두셨거든요."

월브러햄 소령은 사물함 안을 자세히 살피다가 별안간 탄성을 질렀다.

"여기 안감에 틈이 있습니다."

그는 틈새로 조심스레 손을 밀어 넣어 더듬었다. 뭔가가 나직이 바스락거렸다.

"이 속에 뭔가 있군요."

윌브러햄 소령은 그것을 밖으로 꺼냈다. 지저분한 종이 하나가 몇 겹으로 접혀 있었다. 그는 탁자 위에 그 종이를 살며시 펼쳤다.

"괴상한 문자들뿐이에요."

"이건 스와힐리어입니다. 전부 스와힐리어로 쓰여 있어요. 동아프리카 원주민들이 쓰는 방언이지요."

프레다는 감탄했다.

"굉장해요! 읽으실 수 있나요?"

"약간은요. 정말 놀라울 따름입니다."

윌브러햄 소령은 종이를 창가로 가져갔다.

"무슨 뜻인가요?"

프레다가 떨리는 목소리로 물었다. 윌브러햄 소령은 서류를 두 번이나 꼼꼼히 읽은 다음 프레다에게로 고개를 돌렸다. 그의 얼굴에 빙그레 웃음이 번졌다.

"숨겨진 보물이 있군요."

"숨겨진 보물이라고요? 설마요! 바다 밑에 가라앉은 갈레온 선 (15~16세기의 에스파냐의 군함으로 주로 쓰인 대형 범선 — 옮긴이)에 에스파냐의 황금이라도 실려 있단 말인가요?"

"그렇게 낭만적인 것은 아닙니다. 하지만 보물임에는 틀림없지요.

상아를 숨겨 둔 곳이 어디인지 적혀 있습니다."

"상아라고요?"

프레다가 깜짝 놀라며 물었다.

"네, 코끼리 엄니 말입니다. 원래는 사냥할 수 있는 코끼리 수를 법률로 제한하고 있지만 일부 사냥꾼들은 법망을 피해 코끼리를 무수히 잡습니다. 감시단에게 걸릴 것 같으면 상아를 몰래 감추어 두기도 하지요. 엄청난 양의 상아가 쌓여 있다는군요. 이 서류에는 그곳의 위치가 꽤 정확히 나와 있습니다. 여기 보세요, 이렇게 가기만 하면 됩니다. 우리 둘이서 말입니다."

"그렇다면 엄청나게 큰돈이 되겠네요?"

"모르긴 몰라도 한 재산 될 겁니다."

"하지만 이 서류가 어쩌다 아버지의 유품 속에 들어왔을까요?"

월브러햄 소령은 어깨를 으쓱했다.

"아마도 이 조니라는 사냥꾼이 죽어 가고 있었거나 그 비슷한 상황에 처했을 겁니다. 그래서 이 사실에 대해 아무도 모르도록 스와힐리어로 써서는 아가씨 아버님에게 준 것이겠죠. 아마 두 사람은 친구가 아니었을까요? 어쨌든 아버님은 스와힐리어를 모르셨으니 이걸 대단찮게 여기셨겠죠. 물론 모두 추측일 뿐입니다. 하지만 전혀 틀린 추측은 아닐 겁니다."

프레다는 크게 한숨을 내쉬었다.

"너무 놀라워서 소름이 돋을 정도예요!"

"이제 이 소중한 서류를 어떻게 해야 할지 정해야 합니다. 여기에

두는 것은 안전하지 않을 듯하군요. 그놈들이 또다시 들어와 뒤질 수도 있으니까요. 클레그 양, 저를 믿고 맡겨 주시겠습니까?"

"그럼요. 하지만…… 소령님이 괜히 저 때문에 위험해지지 않을까요?"

프레다가 주저하듯 묻자 윌브러햄 소령은 단호하게 대답했다.

"이래 봬도 산전수전 다 이겨 낸 몸입니다. 제 걱정은 마십시오."

윌브러햄 소령은 서류를 접어 지갑에 넣은 다음 프레다에게 물었다.

"내일 저녁에 만나러 와도 괜찮을까요? 계획을 세워서 오겠습니다. 지도에 나온 장소들도 찾아보고요. 시티에서 대략 몇 시쯤 돌아오십니까?"

"6시 30분이면 돌아와 있을 거예요."

"좋습니다. 그럼 내일 만나서 논의하도록 하지요. 그런 다음 아가씨에게 저녁을 대접하는 영광을 제게 주십시오. 같이 축하를 해야지요. 자, 그럼 이만 가 보겠습니다. 내일 6시 30분에 오겠습니다."

다음 날 윌브러햄 소령은 정확히 시간에 맞춰 도착했다. 그는 초인종을 울려 클레그 양이 있는지 물었다. 그러자 하녀가 현관에서 대답했다.

"클레그 양요? 안 계시는데요."

윌브러햄 소령은 안에서 기다리고 싶지는 않았다.

"이런! 그럼 곧 다시 오겠습니다."

그는 맞은편 거리에 서서 프레다가 경쾌한 걸음걸이로 다가오길 초조하게 기다렸다. 시간이 계속 흘러갔다. 6시 45분, 7시, 7시 15분. 프레다는 여전히 감감무소식이었다. 불안감이 그를 휩쌌다. 윌브러햄 소령은 다시 하숙집으로 가서 초인종을 울렸다.

"실례합니다만 클레그 양과 6시 30분에 만나기로 약속을 했습니다. 집 안에 없는 것이 확실합니까? 아니면…… 혹시 메모를 남기지는 않았나요?"

"윌브러햄 소령님이신가요?"

하녀가 물었다.

"네."

"여기 메모가 있습니다. 인편으로 보냈더군요."

윌브러햄 소령님, 다소 기묘한 일이 벌어졌습니다. 지금 자세히 쓸 수는 없으니, 화이트 프라이어스로 와 주세요. 이 메모를 받는 즉시 달려와 주십시오.

프레다 클레그

윌브러햄 소령은 미간을 찌푸리며 생각을 했다. 그러고는 주머니에서 편지 한 통을 꺼냈다. 단골 양복점에 보내는 편지였다. 그는 하녀에게 물었다.

"실례지만 우표 한 장 구할 수 있을까요?"

"주인 아주머니께 물어볼게요."

하녀는 곧 우표를 가지고 돌아왔다. 소령은 우표 값으로 1실링을 건네주었다. 그러고는 곧장 지하철 역으로 향하다 중도에 마주친 우체통에 편지를 넣었다.

프레다의 편지 때문에 월브러햄 소령은 더없이 불안했다. 대관절 무슨 일로 바로 전날 불길한 일을 당한 곳으로 혼자 갔단 말인가?

그는 고개를 절레절레 저었다. 그런 어리석은 짓을 하다니! 리드가 다시 나타난 것일까? 혹시 프레다를 설득해 그녀의 신뢰를 산 것은 아닐까? 왜 햄스테드로 갔을까?

시계를 보니 7시 30분이 다 되어 갔다. 프레다는 그가 6시 30분에 출발했으리라 예상하고 있을 것이다. 한 시간이나 늦다니! 여간 격정스러운 것이 아니었다. 무슨 일인지 암시라도 해 주었다면 좋았을 텐데…….

편지 때문에 월브러햄 소령은 당혹스러웠다. 자립심이 강한 것 같은 어투가 프레다 클레그의 성격과는 어쩐지 어울리지 않았다.

7시 50분에야 그는 프라이어스 거리에 도착했다. 어스름이 점점 짙어지고 있었다. 월브러햄 소령은 주위를 예리하게 살폈다. 아무도 보이지 않았다. 낡을 대로 낡은 대문을 살며시 밀자 소리 없이 문이 열렸다. 진입로는 텅 비어 있었고 저택은 어둠에 묻혀 있었다. 그는 조심스레 길을 따라가면서도 끊임없이 주위를 살폈다. 불시의 습격을 받고 싶은 마음은 추호도 없었다.

그는 우뚝 걸음을 멈추었다. 창문의 덧문 틈새로 잠시나마 빛이 새어 나왔기 때문이다. 빈집이 아니었다. 집 안에 누군가 있는 것이 분명했다.

월브러햄 소령은 덤불숲으로 미끄러지듯 들어가 집 뒤쪽으로 돌아갔다. 마침내 그가 찾던 것이 눈에 들어왔다. 1층의 창문 하나가 잠겨 있지 않은 것이다. 창문 너머로는 부엌인 듯했다. 그는 창문을 올려서 열고는 손전등(오는 길에 가게에 들러 사 온 것이다.)을 켜 텅 빈 실내를 살펴본 다음 안으로 재빠르게 들어갔다.

부엌에는 아무도 없었다. 부엌에서 여섯 발자국쯤 떨어진 곳에 문이 하나 있었는데, 집 앞쪽과 연결된 것이 분명했다.

월브러햄 소령은 그 문을 열고 조용히 귀를 기울였다. 고요할 뿐이었다. 안으로 살며시 들어가서 보니 현관으로 통하는 홀이었다. 여전히 아무 소리도 들리지 않았다. 홀의 오른쪽과 왼쪽에는 각각 문이 하나씩 있었다. 그는 오른쪽 문을 택하고 잠시 기척을 살핀 뒤 손잡이를 돌려 보았다. 문제없이 돌아갔다. 그는 문을 좀 더 열고 안으로 들어갔다.

소령은 다시 손전등을 켰다. 가구도 없이 휑뎅그렁하니 텅 빈 방이었다.

바로 그 순간 월브러햄 소령은 뒤에서 무슨 소리가 들리는 듯해서 얼른 몸을 돌렸다. 하지만 너무 늦었다. 무엇인가가 머리를 강타했고, 그는 까무룩 의식을 잃고 쓰러져 버렸다.

다시 정신을 차리기까지 얼마나 시간이 흘렀는지 월브러햄 소령은 짐작도 할 수 없었다. 고통 속에서 눈을 떠 보니 머리가 지끈거렸다. 몸을 움직이려고 해 보았지만 불가능했다. 밧줄에 몸이 꽁꽁 묶여 있었기 때문이다.

금세 자신이 처해 있는 상황이 모두 파악되었다. 기억이 서둘러 제자리를 찾아왔다. 뭔가로 머리를 세게 얻어맞은 것이 분명했다.

벽에 높게 달린 가스등의 어슴푸레한 불빛 덕분에 그는 자신이 좁은 지하실에 갇혀 있음을 알 수 있었다. 주위를 둘러보던 그의 심장이 쿵 내려앉았다. 몇 발자국 떨어진 곳에 프레다가 그처럼 꽁꽁 묶인 채 쓰러져 있었기 때문이다. 그녀는 의식이 없는지 두 눈을 감고 있었다. 걱정스레 지켜보고 있자니 이윽고 한숨 소리와 함께 그녀가 눈을 떴다. 프레다의 당혹스러운 시선이 윌브러햄 소령에게 와 닿았다. 잠깐 동안 그녀의 눈에 반가운 기색이 비쳤다.

"소령님도? 어찌된 일이죠?"

윌브러햄 소령은 대답했다.

"이렇게 실망시켜 드려 정말 죄송할 뿐입니다. 그놈들이 쳐 놓은 덫에 걸리고 말았습니다. 저한테 여기서 만나자는 쪽지를 보내셨던 가요?"

프레다의 두 눈이 경악으로 휘둥그레졌다.

"제가요? 쪽지는 소령님이 제게 보내셨잖아요."

"제가 보냈다고요?"

"네, 회사에 있는데 쪽지가 왔어요. 집 대신 여기서 만나자고요."

"우리 둘 다 같은 덫에 걸려 버렸군요."

윌브러햄 소령은 한탄을 하면서 그들이 처한 상황을 설명했다.

"그렇군요. 하지만 대체 왜……?"

"그 서류를 얻기 위해서겠죠. 어제 우리를 미행한 것이 분명합니다. 그래서 제 존재를 알아차린 것이지요."

"그럼…… 빼앗겼나요?"

"어떻게 되었는지 불행히도 지금은 살펴볼 수가 없군요."

소령은 손이 묶인 것이 못내 안타까웠다.

바로 그 순간 두 사람은 흠칫 놀랐다. 갑자기 허공에서 웬 목소리가 들려왔기 때문이다.

"아, 덕분에 내가 잘 간직하고 있습니다. 절대로 잃어버리지 않을 테니 염려 마십시오."

보이지 않는 목소리에 두 사람의 몸이 바르르 떨렸다.

"리드 씨예요."

프레다가 속삭였다.

"귀여운 아가씨, 리드는 내가 가진 여러 이름 중 하나입니다. 무수한 이름 중 하나일 뿐이죠. 두 사람이 내 계획을 방해한 것은 심히 유감입니다. 그건 결코 용납할 수 없는 짓이지. 이 집에 대해서도 알고 있으니 그냥 돌려보낼 수는 없습니다. 아직 경찰에 신고하지 않았다 해도 언젠가는 할 테니까. 이 점에 대해 두 사람을 신뢰할 수 없다고 말해야 하다니 참으로 유감입니다. 물론 절대로 신고하지 않겠다고 약속하겠죠. 하지만 약속이란 좀처럼 지켜지지 않는 법 아닙니까? 더구나 이 집은 아직까지 제게 퍽 유용하거든요. 이곳은 말하자면 나의 '아지트' 같은 곳입니다. 따라서 이 집에 들어온 이상 아무도 살아 돌아갈 수 없습니다. 일단 들어오면 죽어서 나갈 수밖에 없죠. 참으로 유감이지만, 두 사람은 이제 그만 죽어 주어야겠습니다. 안타깝지만 어쩔 수 없는 일입니다."

목소리가 잠시 멈추더니 다시 이어졌다.

"피를 흘리는 일은 없을 것입니다. 전 피라면 질색이거든요. 그래서 훨씬 간단한 방법을 씁니다. 제가 알기론 고통도 덜하죠. 그럼 이만 가 보아야겠습니다. 두 사람 다 즐거운 저녁이 되기를!"

윌브러햄 소령이 외쳤다.

"이봐! 나한테야 무슨 짓이든 해도 좋다. 하지만 이 아가씨는 아무 죄도 없단 말이야. 당신한테 해가 될 짓은 절대 안 할 테니 부디 아가씨만은 풀어 줘."

하지만 아무 대답도 들리지 않았다.

그 순간 프레다가 비명을 내질렀다.

"물이 나와요, 물이!"

윌브러햄 소령은 몸을 간신히 틀어서 프레다의 시선을 좇았다. 천장 가까이에 뚫린 구멍에서 물이 줄줄 흘러 들어오고 있었다.

프레다가 신경질적으로 비명을 질렀다.

"우리를 익사시키려나 봐요!"

윌브러햄 소령의 이마에서 진땀이 났다.

"아직 끝난 것은 아닙니다. 소리쳐서 도움을 청합시다. 지나가는 사람이 분명 들을 거예요. 자, 같이 외칩시다."

두 사람은 목이 터져라 고함을 쳤다. 하지만 목이 잔뜩 쉰 다음에야 소용이 없음을 알고 멈추었다.

윌브러햄 소령은 비통하게 말했다.

"소용없는 짓인가 봅니다. 지하실이 너무 깊어요. 문 때문에 목소리가 새어 나가지 못하는 겁니다. 하긴 우리 목소리가 들릴 것 같았으면 그 짐승 같은 놈이 우리 입에 재갈을 물렸겠지요."

프레다가 한탄했다.

"아, 이건 모두 제 탓이에요. 저 때문에 소령님까지 이런 곤경에 처하게 되었어요."

"제 걱정은 마세요. 오히려 젊은 아가씨가 이런 일을 당해 너무도 안타깝습니다. 저야 전에도 사지를 수시로 들락거렸는걸요. 아직 낙심하지 마십시오. 어떻게든 탈출할 수 있을 겁니다. 시간은 많아요. 물이 흘러드는 속도로 봐서 최악의 상태까지 가려면 몇 시간은 있어야 합니다."

"정말 대단하세요! 책에서라면 모를까, 소령님처럼 용감하고 멋진 분은 생전 처음 봐요."

"뭘요, 이 정도야 상식인 걸요. 자, 이제 이 망할 밧줄을 한번 풀어 보도록 합시다."

윌브러햄 소령이 15분 동안 힘껏 이리 비틀고 저리 잡아당긴 끝에 몸을 묶고 있는 밧줄이 약간 헐거워졌다. 가까스로 고개를 숙이고 손목을 위로 올린 그는 이로 밧줄을 물어뜯기 시작했다.

일단 손이 자유롭게 풀리자 나머지 일은 아주 쉬웠다. 윌브러햄 소령은 온몸이 쥐가 나고 뻣뻣했지만 밧줄을 푸는 즉시 프레다에게로 몸을 숙였다. 프레다의 밧줄이 이내 스르르 풀렸다.

그 무렵 물은 발목께에 다다를 뿐이었다.

"이제 이곳을 탈출합시다."

그들은 문으로 연결된 계단을 올라갔다. 윌브러햄 소령은 문을 찬찬히 살폈다.

"별로 어렵지 않겠는데요. 쉽게 부서지겠어요."

윌브러햄 소령은 문을 어깨로 세게 밀어붙였다.

나무가 쩍 갈라지는 소리가 났다. 한 번 더 몸을 부딪치자 경첩이 떨어져 나갔다.

문밖으로 계단이 이어져 있었다. 그 꼭대기에 또 다른 문이 있었는데, 아래쪽에 있는 문과는 전혀 다른 종류였다. 단단한 나무인 데다 쇠로 빗장까지 질러져 있었다.

"이건 좀 어렵겠군요."

윌브러햄 소령이 말했다. 하지만 그는 곧 반색을 하며 말했다.

"이야, 운이 아주 좋은데요. 열려 있어요."

윌브러햄 소령은 문을 살짝 밀어 주위를 살핀 다음 프레다에게 따라오라고 손짓했다. 부엌 뒤쪽의 복도가 나왔다.

얼마 뒤 두 사람은 프라이어스 거리에 서서 하늘의 별을 바라볼 수 있었다.

프레다가 나직이 흐느꼈다.

"세상에! 정말 끔찍했어요!"

"이런 가엾게도!"

윌브러햄 소령은 그녀를 두 팔로 안았다.

"프레다, 정말 용감했어요. 사랑스러운 프레다, 혹시…… 그러니까 내 말은……, 당신을 사랑합니다. 나와 결혼해 주겠습니까?"

두 사람 다 만족스러울 만큼 적당한 시간이 흐른 후 월브러햄 소령이 쿡쿡 웃으며 말했다.

"우리에게는 여전히 비밀의 상아 창고가 있습니다."

"그자가 빼앗아 갔잖아요?"

소령은 다시 쿡쿡 웃었다.

"그야 자기들 착각이지요! 미리 사본을 하나 만들어 놓았어요. 오늘 밤 이곳에 오기 전에 진짜 서류는 편지 봉투에 넣어 제 재단사에게 부쳤습니다. 그 녀석들은 가짜 사본을 가져간 것이지요. 아마 지금쯤 좋아라 쾌재를 부르고 있겠군요! 이제 우리가 무엇을 해야 할지 알겠나요, 사랑스러운 프레다? 동아프리카로 신혼여행을 가서 그 비밀 창고를 찾는 겁니다."

III

사무실을 나온 파커 파인은 층계참을 지나 계단을 올라갔다. 그 건물의 꼭대기 층에는 파커 파인의 참모진이자 추리 소설로 선풍적인 인기를 끌고 있는 소설가 올리버 부인의 사무실이 있었다.

파커 파인은 노크를 하고 안으로 들어갔다. 올리버 부인이 앉아 있는 탁자는 타자기와 여러 권의 노트 그리고 아무렇게나 놓인 원고와 커다란 사과 봉지로 뒤덮여 있었다.

"정말 멋진 스토리였어요, 올리버 부인."

파커 파인이 쾌활하게 말했다.

"잘 끝났나 보죠? 다행이에요."

"그런데 물이 차오르는 지하실 말인데요, 다음에는 좀 더 독창적인 방법으로 하는 것이 어떨까요?"

파커 파인이 주저하며 제안했다.

올리버 부인은 절레절레 고개를 젓고는 봉지에서 사과를 하나 꺼냈다.

"글쎄요, 사람들은 그런 이야기를 즐겨 읽어요. 물이 차오르는 지하실이나 독가스 같은 것들 말이에요. 책에서 익히 보았던 일이 자신에게 일어나면 훨씬 더 짜릿해하죠. 대중은 보수적이랍니다. 그래서 진부한 장치를 더 좋아해요."

"그런가요? 뭐 그야 선생님이 훨씬 잘 아시겠지요."

파커 파인은 여류 작가의 46권이나 되는 성공작들을 생각하며 순순히 동의했다. 그 소설들은 영국과 미국에서 모두 베스트셀러에 올랐을 뿐만 아니라 프랑스, 독일, 이탈리아, 헝가리, 핀란드, 일본, 에티오피아 등지에서 번역되어 출간되었다.

"경비는 얼마나 들었습니까?"

올리버 부인이 서류를 꺼냈다.

"전반적으로 합당하게 나갔어요. 흑인 깡패로 연기한 퍼시와 제리는 얼마 바라지 않았지요. 배우인 영 로리머는 리드 씨 역을 맡아 5기니를 받았어요. 지하실에서의 연설은 물론 미리 녹음해 둔 거였지요.”

“화이트 프라이어스는 정말 유용해요. 헐값에 사서 벌써 열한 번이나 극적인 드라마의 배경으로 썼으니까요.”

그때 올리버 부인이 끼어들었다.

“아 참, 깜박했네요. 조니한테 5실링을 주었어요.”

“조니라뇨?”

“벽 구멍에다 물뿌리개로 물을 붓는 일을 한 꼬마예요.”

“아, 그렇군요. 참, 그런데 올리버 부인, 스와힐리어는 언제 또 배우셨습니까?”

“배우기는요!”

“그러면 대영 박물관에서 지도를 구하셨나 보죠?”

“아니에요. 델프리지 정보 센터에서 구했어요.”

“현대 상업의 정보력은 정말 놀랍군요.”

나직이 감탄하는 파커 파인에게 올리버 부인이 말했다.

“그런데 한 가지 염려되는 것이 있어요. 두 사람이 동아프리카에 가 보아야 아무것도 찾지 못할 텐데…….”

그 말에 파커 파인이 대답했다.

“모든 것을 다 가질 수는 없지요. 신혼여행을 하는 것만으로도 어딥니까.”

월브러햄 부인은 갑판용 의자에 앉아 있었다. 남편은 편지를 쓰는 중이었다.

"오늘이 며칠이지, 프레다?"

"16일이에요."

"16일이라…… 세상에!"

"왜 그러세요?"

"아무것도 아니야. 존스라는 사람이 생각났을 뿐이야."

두 사람은 더없이 다정한 한 쌍이었지만 서로에게 몇 가지는 솔직하게 다 털어놓지 않았다.

월브러햄 소령은 생각했다.

'젠장, 그곳에 가서 환불해 달라고 해야겠어.'

하지만 그는 공정한 사람이었기에 다른 면을 보기 시작했다.

'하지만 약속을 깬 것은 바로 나잖아. 존스라는 사람을 만났더라면 무슨 일이 있어도 있었을 게 아닌가. 게다가 존스를 만나러 가지 않았다면 도움을 구하는 프레다의 목소리를 듣지 못했을 거야. 그랬다면 결코 아내를 만나지 못했겠지. 따지고 보면 간접적으로나마 50파운드의 값어치는 한 거야!'

월브러햄 부인 역시 생각에 잠겨 있었다.

'그깟 광고를 믿고 3기니나 내다니 나도 참 어리석었지. 게다가 그쪽에서는 어떤 신통한 일도 안 벌였잖아. 나한테 어떤 일이 일어날지 미리 알았더라면……. 리드 씨가 나타난 뒤 놀랍게도 찰리가 낭만적으로 등장했지. 생각해 보면 그렇게라도 내가 애를 썼으니 찰리를 만나는 행운을 누리게 된 것 아니겠어!'

월브러햄 부인은 고개를 돌려 남편을 향해 숭배의 미소를 보냈다.

괴로워하는 여인

I

파커 파인의 책상 위에 있는 버저가 '뚜' 하고 점잖게 울렸다.

"네?"

파커 파인이 대꾸했다.

"젊은 숙녀분께서 사전 예약 없이 상담을 원하십니다."

비서가 말했다.

"들여보내세요, 레몬 양."

잠시 후 그는 방문객과 악수를 나누었다.

"안녕하세요. 여기 앉으십시오."

숙녀는 의자에 앉아 파커 파인을 마주 보았다. 상당한 미모의 젊은 여자였다. 목덜미까지 내려오는 짙은 갈색 머리는 구불구불 웨이브졌고, 머리에 쓴 하얀 니트 모자에서부터 다리에 신은 망사 스타킹과 세련된 구두에 이르기까지 멋들어진 차림이었다. 다만 초조해하는 기색이 역력했다.

"파커 파인 씨인가요?"

"네, 그렇습니다."

"광고…… 하신 분이죠?"

"맞습니다."

"그러니깐…… 행복하지 않은 사람을…… 상담해 준다고 하신 그 분이군요."

"네."

그녀가 불쑥 사연을 털어놓았다.

"저도 미칠 만큼 불행해요. 그래서 여기 와서…… 한번 만나 보기라도 하자 싶었죠."

파커 파인은 묵묵히 기다렸다. 더 할 말이 있어 보였다.

"저는…… 지금 지독한 곤경에 처해 있어요."

여인이 손을 초조하게 움켜쥐었다.

드디어 파커 파인이 입을 열었다.

"그렇군요. 그 상황에 대해 좀 더 말씀해 주시겠습니까?"

여자는 어떻게 해야 할지 아직 확신을 못하는 것 같았다. 하지만 절망에 찬 눈빛으로 파커 파인을 응시하다가 갑자기 말을 쏟아 내기 시작했다.

"그러죠, 그러겠어요. 마음을 정했어요. 실은 한 가지 걱정 때문에 미칠 것만 같아요. 어떻게 해야 할지, 누구한테 의지해야 할지 막막하기만 했죠. 그러다 광고를 보게 되었어요. 보나 마나 사기꾼이겠거니 싶었지만, 그래도 머릿속에서 떠나지가 않았어요. 어쩐지 믿음직스럽게 느껴졌다고 할까요? 한번 와 본다고 해서 손해 볼 거야 없겠지 싶기도 했고. 만약 아니다 싶으면 핑계를 대고 나가면 그만이니……."

"그럼요, 그럼요."

"워낙 신뢰를 요하는 상황이라……."

여자의 말에 파커 파인이 웃으며 물었다.

"저를 보니 신뢰할 수 있을 것 같습니까?"

여자는 자신의 무례를 미처 의식하지 못한 채 대답했다.

"그게 참 기묘해요. 왠지 믿음이 가니까요. 선생님에 대해 아무것도 모르잖아요! 그런데도 덜컥 신뢰가 느껴져요."

"그 신뢰를 저버리는 일은 결코 없으리라고 맹세합니다."

"좋아요. 그렇다면 다 털어놓을게요. 저는 다프네 세인트존이라고 합니다."

"네, 세인트존 양."

"부인입니다. 결혼했거든요."

"이런!"

파커 파인은 그제야 여자의 왼손 가운뎃손가락에 끼워져 있는 백금 반지를 보고는 스스로가 한심스러웠다.

"제가 어리석게도 실수를 했군요."

"결혼하지 않았더라면 이런 고민도 없었을 거예요. 그러니까 제 말은…… 이 지경으로 일이 커지지도 않았을 거라는 거죠. 제럴드 눈치를 보다가 그만 이렇게 된 거예요!"

세인트존 부인이 핸드백에서 무엇인가를 꺼내 책상 위로 내던졌다. 반짝거리는 물건이 데굴데굴 굴러서 파커 파인의 앞으로까지 왔다.

커다란 다이아몬드 알이 박힌 백금 반지였다.

파커 파인은 반지를 집어 들어 창문으로 가져가 긁어 보더니 보석 감정용 렌즈를 눈에 대고 세밀히 살폈다. 그러고는 다시 책상으로 돌아오며 말했다.

"더없이 훌륭한 다이아몬드로군요. 2000파운드는 족히 되리라 싶습니다."

"네. 도난당한 것이지요! 바로 제가 훔쳤어요! 이제 어떻게 해야 할지 모르겠어요."

"이런! 무척 흥미로운 사연이군요."

세인트존 부인이 울음을 터뜨렸다. 손수건 한 장으로는 부족할 만큼 눈물이 펑펑 쏟아졌다.

"자, 진정하십시오. 모두 해결될 수 있습니다."

부인은 눈물을 닦고 코를 풀었다.

"정말요? 정말 그럴 수 있을까요?"

"물론이죠. 자, 이제 어찌된 사연인지 자세히 말씀해 주십시오."

"사건은 제가 돈이 궁해지면서부터 시작되었어요. 보시다시피 저는 심하다 싶을 만큼 사치스러워요. 제럴드는 이 때문에 무척 못마

땅해하죠. 제럴드는 제 남편이에요. 저보다 나이가 한참 많은데, 대단히 금욕적인 사고방식을 가지고 있답니다. 빚이라면 질색을 하죠. 그래서 남편한테 말할 수가 없었어요. 친구들이랑 르 투케(프랑스 북부에 위치한 유명 휴양 도시 — 옮긴이)에 놀러 갔다가 행운을 잡아 볼 생각으로 카드 도박에 끼었어요. 처음에는 땄지요. 그러더니 잃기 시작하는 거예요. 전 계속해야 할 것만 같았어요. 그렇게 계속하고 계속하다 보니……."

"네, 네. 알겠습니다. 엄청난 곤경에 처하게 되었겠군요. 맞습니까?"

다프네 세인트존은 고개를 끄덕였다.

"제럴드에게는 도저히 말할 수가 없었어요. 그이는 도박이라면 진저리를 치거든요. 저는 이러지도 저러지도 못하고……. 그러던 참에 코브햄 근방의 도르타이머 가문을 방문하게 되었어요. 물론 도르타이머 경은 대단한 부자랍니다. 그의 아내인 나오미는 저와 학교 동창이에요. 사랑스럽고 매력적인 여자죠. 그곳에 우리가 머무는 동안 나오미의 반지에 박힌 다이아몬드 알이 느슨해져서 빠질 것 같았나 봐요. 우리가 떠나던 날 아침 나오미는 저한테 반지를 시내의 본드가(街)에 있는 단골 보석상에 맡겨 달라고 부탁했어요. 그 반지가 바로 이 반지랍니다."

그녀가 잠시 말을 멈추었다.

그러자 파커 파인이 거들듯이 말했다.

"힘드시겠지만 어려워 말고 모두 말씀해 주십시오, 부인."

"비밀은 꼭 지켜 주시는 거죠?"

세인트존 부인이 간청하듯 말했다.

"저희는 신뢰가 생명입니다. 더구나 이미 들은 것으로도 나머지 내용을 충분히 짐작할 수 있습니다."

"그래요. 맞는 말씀이에요. 이런 이야기를 내 입으로 하자니 너무도 수치스러워요. 본드 가로 가긴 갔드랬죠. 그런데 그곳에 비로라는 또 다른 가게가 있었어요. 모조 보석 전문점이었죠. 저는 갑자기 이성을 잃었어요. 반지를 가지고 가게로 들어가서는 그것과 똑같은 모조품을 만들어 달라고 했어요. 해외를 나가는데 진짜 보석을 가지고 가자니 불안해서 그렇다고 하니까 전혀 의심하지 않더군요. 납유리로 된 모조품을 받아 보니 진짜나 다름없이 훌륭했어요. 저는 레이디(영국에서는 귀족의 부인과 딸에 대한 경칭으로 성명 앞에 '레이디'를 붙인다 — 옮긴이) 도르타이머에게 등기우편으로 그 가짜 반지를 보내 버렸어요. 마침 그 단골 보석상의 이름이 새겨진 반지함을 하나 갖고 있었거든요. 그래서 그 반지함에다 반지를 넣고는 그럴듯하게 잘 포장했지요. 진짜 반지는 저…… 저당을 잡혔어요."

여인은 두 손에 얼굴을 파묻었다.

"어떻게 그런 짓을? 내가 어떻게? 그런 비열하고도 추악한 도둑질을 하다니!"

파커 파인은 헛기침을 했다.

"아직 이야기가 더 남은 듯싶은데요."

"아, 네. 그것이 6주 전 일이에요. 도박 빚을 모두 갚긴 했지만 비참한 심정이 떠나지 않았죠. 그러던 차에 얼마 전 제 친척 어르신이 돌아가셔서 유산을 받게 되었어요. 저는 당장 가서 그 반지를 되찾았지요. 여기까지는 다 좋았어요. 그런데 더 난감한 일이 벌어졌어요."

"난감한 일이라뇨?"

"우리 부부와 도르타이머 부부 사이에 싸움이 난 거예요. 도르타이머 경이 그이한테 자꾸 어떤 주식을 사라고 권했나 봐요. 남편은 시달리다 못해 도르타이머 경한테 속내를 있는 그대로 다 드러내 버렸지요. 정말 끔찍했어요! 이제는 반지를 돌려주고 싶어도 못 돌려주게 되었어요."

"익명으로 레이디 도르타이머에게 보내면 되지 않습니까?"

"그랬다가는 다 탄로 날 거예요. 갖고 있던 반지를 검사해서 모조품인 걸 안다면 곧바로 저를 의심할 테죠."

"두 분은 친구 사이라고 하셨잖습니까. 솔직히 털어놓고 용서를 구하면 어떨까요?"

세인트존 부인은 고개를 가로저었다.

"그 정도로 친한 사이는 아니에요. 나오미는 돈이나 보석에 관한 한 냉혹하기 짝이 없어요. 반지를 돌려준다면 고소하지는 않겠지만, 제가 한 짓을 모조리 소문내서 절 끝장내고 말 거예요. 제럴드도 이 사실을 안다면 저를 결코 용서하지 않을 거예요. 아, 어떻게 이런 끔찍한 일이!"

여인은 다시 울음을 터뜨렸다.

"생각하고, 생각하고, 또 생각했어요. 하지만 아무리 고민해도 해결책이 보이지 않는 거예요. 아, 파인 씨, 무슨 수가 없을까요?"

"여러 방법이 있죠."

"네? 정말요?"

"그럼요. 지금까지의 경험으로 봤을 때 가장 단순한 방법이 가장 좋은 방법입니다. 예상치 못한 복잡한 일이 일어나지 않도록 피할 수 있죠. 하지만 부인의 의견에도 일리가 있습니다. 지금 이 불행한 사태에 대해 부인 말고 아는 사람이 또 있습니까?"

"선생님만 빼고요."

"아, 저는 빼고 말입니다. 그렇다면 지금 현재 부인의 비밀은 안전합니다. 해야 할 일은 반지를 의심받지 않고 바꿔 치는 것이지요."

"그래요."

세인트존 부인의 목소리에는 간절함이 배어 있었다.

"그리 어렵진 않습니다. 시간을 두고 궁리를 하면……."

그녀가 별안간 말허리를 끊었다.

"시간이 없어요! 제가 이렇게 미칠 듯이 괴로워하는 것도 바로 그 때문이에요. 그 반지를 다시 세팅할 거래요."

"그걸 어떻게 아십니까?"

"우연히 알게 되었어요. 요전에 어느 부인과 함께 점심을 먹다가 커다란 에메랄드가 박힌 반지를 끼고 있기에 멋지다고 칭찬을 했더랬죠. 그랬더니 최신 유행을 따른 것이라며, 레이디 도르타이머도 다이아몬드 반지를 이 디자인으로 새로 세팅할 거라고 했대요."

파커 파인은 진지한 어조로 말했다.

"그렇다면 신속히 조치를 취해야겠군요. 저택에 당당하게 들어갈 수 있는 방법을 찾아야 합니다. 미천한 신분으로는 안 되지요. 하인으로 들어가 봐야 값비싼 반지를 다룰 기회가 거의 없을 테니까요. 무슨 좋은 방법이 없을까요?"

"수요일에 그 저택에서 대규모 파티가 열릴 거예요. 제 친구 말로는 나오미가 공연을 할 댄서를 구하고 있대요. 벌써 구했는지는 모르겠지만⋯⋯."

"문제없습니다. 이미 정해졌다면 경비가 더 들기는 하지만, 충분히 해결할 수 있을 겁니다. 한 가지 더 있습니다. 혹시 그 집에 두꺼비집이 어디 있는지 아십니까?"

"네, 마침 알고 있어요. 어느 날 밤 하인들이 다 잠든 뒤에 퓨즈가 나갔거든요. 홀의 뒤편에 박스 형태의 두꺼비집이 있어요. 자그마한 찬장 안쪽에요."

파커 파인의 요청에 따라 그녀는 그 집의 도면을 그렸다.

"자, 이제 모든 일이 해결될 겁니다. 그러니 걱정 마십시오, 부인. 참, 반지는 어떻게 할까요? 제가 가지고 있을까요, 아니면 수요일에 주시겠습니까?"

"아, 이건 제가 갖고 있다가 수요일에 드릴게요."

"이제 마음 푹 놓으십시오."

파커 파인은 온화하게 그녀를 위로했다.

"그런데⋯⋯ 수수료는?"

세인트존 부인이 머뭇머뭇하며 물었다.

"상황에 따라 다릅니다. 비용이 얼마나 들지는 수요일에 알려드리지요. 합당한 금액일 테니 염려 마십시오."

파커 파인은 세인트존 부인을 문까지 배웅한 다음 책상 위의 버저를 눌렀다.

"클로드와 마들렌을 들여보내요."

클로드 루트렐은 영국에서 찾아볼 수 있는 제비 중 단연 최고의 미남이었다. 마들렌 드 사라 역시 그 누구와도 견줄 수 없을 만큼 매혹적인 요부였다.

파커 파인은 흐뭇한 표정으로 두 사람을 바라보았다.

"이보게들, 일거리가 있네. 이제부터 국제적인 명성을 누리는 공연 댄서가 되는 거야. 주의해서 듣게. 클로드, 자네는 우선……."

II

레이디 도르타이머는 무도회 준비에 마냥 흡족했다. 꼿꼿이 장식을 만족스레 살펴본 다음 집사에게 마지막으로 몇 가지 지시를 하고는, 남편에게 지금까지 모든 일이 순조롭다고 말하며 좋아했다.

다만 한 가지 사소한 실망거리가 있었는데, 레드 애드머럴의 댄서인 마이클과 후아니타가 뒤늦게 공연을 취소한 것이다. (전화상으로는) 후아니타가 발목을 삐는 바람에 공연을 할 수 없어서 대신 새로운 댄서 팀을 보냈다고 했다. 파리에서 열렬한 찬사를 받은 팀이라고 했다.

제시간에 도착한 두 댄서를 보자 레이디 도르타이머는 무척 마음에 들었다. 그날 저녁은 더할 나위 없이 훌륭했다. 쥘과 산치아의 공연은 그날 밤 최고로 인기를 끌었다. 야성적인 스페인 혁명 댄스에 이어 '타락의 꿈'이라는 제목의 댄스를 선보였고, 마지막으로는 모던 댄스를 환상적으로 추어 보였다.

쇼가 끝나자 일반적인 댄스 타임이 시작되었다. 미남인 쥘이 레이디 도르타이머에게 춤을 청했다. 두 사람은 마치 하늘을 떠다니는 듯했다. 레이디 도르타이머 생애에 그처럼 완벽한 파트너는 처음이었다.

도르타이머 경은 매혹적인 산치아를 찾았지만 보이지 않았다. 무도회장을 나간 모양이었다.

사실상 그녀는 아무도 찾지 않는 홀 한구석의 자그마한 상자 옆에 있었다. 그녀의 두 눈은 보석으로 장식된 손목시계에 고정되어 있었다.

"부인은 영국인이 아니군요. 영국인일 리가 없어요. 이처럼 멋지게 춤을 추시다니!"

쥘이 레이디 도르타이머의 귀에 속삭였다.

"당신은 요정이에요. 바람의 요정! 드루슈카 페트로브카 나바루치."

"어느 나라 말이지요?"

"러시아어입니다. 영어로는 감히 말할 수 없어 러시아어로 고백했습니다."

쥘은 거짓으로 둘러댔다.

레이디 도르타이머는 눈을 감았다. 쥘이 그녀를 더욱 바짝 끌어 안았다.

그 순간 느닷없이 불이 나갔다. 어둠 속에서 쥘은 몸을 숙여 자신의 어깨에 놓인 손에 키스했다. 여인이 손을 빼려 하자 그는 그 손을 꼭 쥐고는 자신의 입으로 가져갔다. 그러자 반지가 여인의 손가락에서 빠져나와 그의 손에 떨어졌다.

레이디 도르타이머로서는 불이 1초 만에 다시 켜진 것처럼 짧게 여겨졌다. 쥘이 그녀를 향해 미소 지었다.

"여기 반지가 빠졌습니다. 제가 끼워 드려도 괜찮을까요?"

그는 그녀의 손가락에 반지를 끼워 주었다. 그동안 그녀를 바라보는 그의 두 눈이 수많은 밀어를 속삭였다.

도르타이머 경은 두꺼비집에 대해 투덜거렸다.

"어떤 머저리가 이따위 장난을 치는지 원."

레이디 도르타이머는 전혀 노엽지 않았다. 몇 분간의 어둠이 즐겁기만 하였으니 말이다.

III

목요일 아침에 출근한 파커 파인은 세인트존 부인이 기다리고 있다는 소식을 들었다.

"안으로 들여보내게."

"어떻게 됐나요?"

세인트존 부인이 초조해하며 물었다.

"안색이 너무 안 좋아 보이시는군요."

나무라듯 말하는 파커 파인의 말에 세인트존 부인은 고개를 저으며 말했다.

"간밤에 한숨도 못 잤어요. 어찌나 걱정이 되던지……."

"자, 여기 경비 청구서입니다. 기찻삯, 의상비 그리고 마이클과 후아니타에게 지불한 50파운드. 모두 65파운드 17실링입니다."

"그래요, 그래요! 그건 그렇고 어제 일은 잘 되었나요? 진짜 반지로 잘 바꿔 치셨죠?"

파커 파인은 놀란 눈으로 부인을 바라보았다.

"그럼요, 무사히 잘 해냈지요. 당연히 그렇게 알고 계시리라 생각했습니다만."

"정말 다행이에요! 어찌나 걱정이……."

파커 파인은 책망하듯 고개를 저었다.

"우리에게 실패는 용납할 수 없는 일이죠. 만약 성공할 수 없다고 생각했더라면 애초에 이 일을 맡지 않았을 겁니다. 일단 맡은 일은 기필코 성공하고 말지요."

"아무런 의심도 사지 않고 진짜 반지를 돌려주었나요?"

"아무렴요. 작전은 대성공이었습니다."

다프네 세인트존은 길게 한숨을 내쉬었다.

"가슴에 무거운 짐이 천근만근 얹힌 듯한 갑갑한 심정이 어떤 건지 모르실 거예요. 참, 모두 얼마랬죠?"

"65파운드 17실링입니다."

세인트존 부인이 핸드백을 열어 돈을 세었다. 파커 파인은 감사 인사를 하고는 영수증을 썼다.

"참 수수료는요? 이건 경비뿐이잖아요."

세인트존 부인이 나직이 물었다.

"이 경우에는 수수료를 받지 않습니다."

"아니에요, 파인 씨! 말도 안 돼요!"

"친애하는 부인, 뭐라 하셔도 수수료는 받지 않겠습니다. 동전 한 푼 손대지 않을 겁니다. 제 원칙에 어긋나는 짓은 할 수 없지요. 자, 여기 영수증을 받으십시오. 그리고……."

파커 파인은 속임수에 멋지게 성공한 마법사처럼 행복한 미소를 머금으며 주머니에서 자그마한 상자를 꺼내 책상 너머로 내밀었다. 부인이 상자를 열어 보니 그 안에 겉으로 봐서는 진짜와 다름없는 반지가 들어 있었다.

세인트존 부인이 얼굴을 찌푸리며 외쳤다.

"끔찍해요. 이렇게 혐오스러울 데가! 창밖으로 휙 던져 버릴까요?"

그러자 파커 파인이 대꾸했다.

"그래서야 됩니까. 애꿎은 사람들이 그걸 보고 얼마나 놀라겠습니까?"

"이 반지가 진짜 반지가 아닌 것은 확실하지요?"

"아무렴요. 지난번에 보여 주신 그 반지는 레이디 도르타이머의 손가락에 안전하게 끼워져 있습니다."

"그럼 됐어요."

세인트존 부인은 행복하게 웃으며 자리에서 일어났다.

그러자 파커 파인이 따라 일어서며 말했다.

"그런 걱정을 하시다니 재미있군요. 물론 클로드가 그리 명석한 편은 아니지요. 어쩌다 헷갈렸을 가능성이 없지 않습니다. 그래서 확실히 하기 위해 오늘 아침에 전문가에게 이 반지의 감정을 받았습니다."

그 말에 세인트존 부인이 의자에 털썩 주저앉았다.

"뭐라던가요?"

파커 파인은 씩 웃으며 대답했다.

"아주 뛰어난 모조품이라고 하더군요. 모조품 중에서도 최고급 수준이라고요. 이제 안심이 되십니까?"

세인트존 부인은 뭐라고 말을 하려다 입을 다물었다. 그저 그를 뚫어져라 응시할 뿐이었다.

파커 파인도 의자에 다시 앉아 자애로운 눈길로 그녀를 바라보더니, 이윽고 꿈꾸듯 느릿느릿 입을 열었다.

"남의 술수에 놀아나는 꼭두각시가 된다는 것은…… 별로 기분 좋은 역할은 아니지요. 내 직원한테 그런 임무를 맡기고 싶지도 않고요. 죄송합니다. 방금 뭐라고 하셨죠?"

"난…… 아, 아니에요."

"좋습니다. 세인트존 부인, 제가 짧은 이야기 하나를 들려주지요.

어떤 젊은 여성에 대한 이야기입니다. 제 생각에는 금발 머리인 듯합니다. 미혼이고요. 그녀의 성은 세인트존도 아니고 세례명 역시 다프네가 아닙니다. 사실상 그 여성의 이름은 어니스틴 리처즈입니다. 최근까지 레이디 도르타이머의 비서로 일했지요. 그런데 어느 날 레이디 도르타이머의 다이아몬드 반지의 알이 느슨해져서 리처즈 양이 반지를 시내로 가지고 가서 수선을 맡겼죠. 부인의 이야기와 아주 비슷하지 않습니까? 리처즈 양 역시 부인과 똑같은 생각을 했죠. 반지의 모조품을 만든 것입니다. 하지만 이 아가씨에게는 미래를 내다볼 줄 아는 선견지명이 있었습니다. 언젠가는 반지가 가짜라는 것이 발각되리라는 것을 잘 알았지요. 그렇게 되면 누가 그 반지를 시내로 가져갔는지 도르타이머 부인이 기억해 낼 것이고, 따라서 리처즈 양은 즉각 용의선상에 오르겠죠. 그래서 어떻게 했을까요? 우선 리처즈 양은 라 메르베이유에서 나온 가발을 하나 샀지요. 7번 옆가르마에……."

그는 상대방의 웨이브진 머리를 태연히 바라보며 말을 이었다.

"짙은 갈색인 듯하군요. 그런 다음 저를 방문했지요. 리처즈 양은 반지를 보여 주고는 그것이 진품임을 확신시켜 제 신뢰를 확보했습니다. 덕분에 바꿔치기 계획을 세울 수 있었고요. 그러고는 진짜 반지를 보석상에게 맡겼다가 때가 되어 레이디 도르타이머에게 돌려주었습니다. 다른 반지, 그러니까 가짜 반지는 어제 저녁 워털루 역에서 기차가 떠나기 직전 부랴부랴 건네졌지요. 리처즈 양은 클로드가 다이아몬드에 대해 잘 모를 것이라고 추측했는데, 가히 옳은 판단이었죠. 하지만 저는 모든 일이 올바르게 진행되는지 확인할 셈으로 다이아몬드 판매상인 친구에게 부탁하여 클로드와 같이 기차를 타고 가게 했습니다. 그가 반지를 보고는 즉각 이렇게 말했다고 하더군요. '이건 진짜 다이아몬드가 아니네. 아주 뛰어난 납유리 모조품이야.' 물론 어떻게 된 일인지 잘 아시겠죠, 세인트존 부인? 레이디 도르타이머가 반지가 가짜라는 것을 알게 됐을 때 무슨 생각을 가장 먼저 할까요? 불이 꺼졌을 때 손가락에서 반지를 빼냈던 매력적인 미남 댄서가 떠오르겠지요? 그러면 조사를 할 것이고, 원래 오기로 한 댄서들이 뇌물을 받고 오지 않았다는 것을 알게 되겠죠. 그 결과 자연히 제 사무실까지 추적이 될 것이고, 제가 세인트존 부인에 대해 이야기해 보아야 거짓말쟁이로 취급되겠죠. 레이디 도르타이머는 세인트존 부인이라는 사람은 듣도 보도 못했을 테니까요. 서툰 거짓말이라고밖에 여기지 않을 것입니다. 제가 그런 일을 왜 용납할 수 없는지는 잘 아시겠죠? 그래서 제 친구 클로드는 레이디 도르타이머의 손가락에 '자신이 빼낸 바로 그 반지'를 도로 끼웠던 겁니다."

파커 파인의 미소에는 더 이상 자애로움이 보이지 않았다.

"왜 수수료를 받지 않았는지 아시겠습니까? 저는 행복을 주겠다고 약속했습니다. 그런데 당신을 전혀 행복하게 만들어 주지 못했지요. 한 가지 더 말씀드리죠. 당신은 젊습니다. 아마도 이런 일은 생전 처음 벌인 것이겠죠. 반면 나는 경험이 상당합니다. 통계 자료를 수집하고 정리하는 데 꽤 오랜 세월을 보냈지요. 이 경험으로 미루어 보면 부정행위의 87퍼센트는 헛수고로 끝납니다. 87퍼센트나 말입니다. 단단히 명심하십시오!"

가짜 세인트존 부인은 자리를 박차고 일어났다.

"능구렁이 같은 늙은이! 잘도 날 속였겠다! 그래 놓고 경비를 가로채다니! 모조리……."

여자는 목이 메어 말을 더 잇지 못하고 문 쪽으로 휙 돌아섰다.

"여기 이 반지도 가져가시지요."

파커 파인이 반지를 내밀며 말했다.

여자는 반지를 잡아채어 바라보더니 열린 창문으로 내던져 버렸다.

쾅 하는 문 소리와 함께 여자는 사무실을 나갔다.

파커 파인은 흥미롭다는 듯 창문 밖을 내다보았다.

"예상대로 상당한 소동이 일어났군. 저 디스몰 데스먼드(1920~1930년대에 유행한 캐릭터 인형 — 옮긴이) 판매상이 어찌된 영문인지 몰라 당황해하는 것 좀 봐."

불행한 남편

I

파커 파인의 가장 큰 자산은 두말할 것도 없이 다른 사람과 교감을 나누는 탁월한 능력이다. 그 덕분에 고객으로 하여금 저절로 신뢰감을 불러일으킬 수 있었다. 파커 파인은 고객이 처음 그의 사무실에 들어설 때 겪게 되는 일종의 마비 상태에 대해 잘 알고 있었다. 그래서 속내를 털어놓을 수 있도록 요령껏 이끌곤 했다.

그날 아침 그는 레지널드 웨이드라는 새로운 고객과 상담하고 있었다. 파커 파인은 척 보고도 새 고객이 표현이 매우 서툰 사람임을 알아차렸다. 자신의 감정을 말로 표현하는 데 어려움을 겪는 타입이었던 것이다.

그는 떡 벌어진 어깨에 키가 컸으며, 온화하고 상냥해 보이는 푸른 눈에 피부는 멋지게 그을려 있었다. 하지만 짧은 콧수염을 당기며 초조하게 파커 파인을 바라보는 모습에서 문득 말 못 하는 짐승의 애절함이 배어 나왔다.

그가 불쑥 입을 열었다.

"광고를 보고 왔습니다. 한번 들러 보기나 하자 싶었죠. 괴상한 쇼일 수도 있겠지만 또 모르는 일이니까요."

파커 파인은 이 모호한 발언을 정확하게 해석했다.

"곤경에 처하면 모험도 무릅쓰게 되는 법이지요."

"맞아요. 바로 그겁니다. 그 어떤 모험이라도 기꺼이 감수하게 되죠. 너무도 끔찍합니다. 어떻게 해야 할지 모르겠어요. 난감할 뿐이죠. 정말 빌어먹게 난감해요."

"바로 그런 때를 위해 제가 있는 것입니다. 무엇을 해야 할지 잘 알지요! 저는 인간이 겪는 모든 종류의 고통에 있어서 전문가라고 할 수 있습니다."

"그건 굉장히 어려운 일 아닙니까?"

"그렇지도 않습니다. 인간의 고통은 크게 몇 가지로밖에 분류되지 않거든요. 질병, 권태 그리고 남편 때문에 속을 태우는 아내. 또⋯⋯."

그는 잠시 주저하다 말을 이었다.

"아내 때문에 속을 태우는 남편."

"실은 그게 바로 제 문제입니다. 정확히 맞히셨어요."

"좀 더 자세히 이야기해 주시겠습니까?"

"뭐 길게 말할 것도 없습니다. 아내가 이혼을 원합니다. 다른 놈팡이와 결혼하려고 말이죠."

"요즘에는 흔한 일이지요. 추측컨대 당신은 이혼을 원치 않으시는군요?"

"아내를 좋아합니다. 무척 사랑하지요."

그뿐이었다.

간단하고도 다소 시시한 말이었지만 웨이드 씨가 '그녀를 숭배합니다. 그녀가 밟고 지나간 땅마저도 제게는 위대해 보입니다. 아내를 위해서라면 이 몸을 갈기갈기 찢어도 좋습니다.'라고 말했다 하더라도 파커 파인에게 그처럼 진실하게 와 닿지는 않았으리라.

"그러면 뭐 합니까. 제 말은 남자란 이럴 때 무력한 존재라는 것입니다. 아내가 다른 남자를 더 좋아한다면…… 남자답게 물러서는 수밖에 더 있겠습니까?"

"부인께서는 기필코 이혼을 하셔야겠답니까?"

"네. 그렇다고 법정까지 끌고 갈 수도 없으니……."

파커 파인은 유심히 새 고객을 바라보았다.

"하지만 이곳에 오셨잖습니까? 왜죠?"

웨이드 씨는 겸연쩍은 듯 웃어 보였다.

"저도 모르겠습니다. 저는 그리 영리한 편이 못 됩니다. 그다지 좋은 수를 생각해 내지 못하지요. 그런데 여기 오면…… 뭔가 괜찮은 방법을 들을 수 있지 않을까 싶더군요. 일단 6개월의 유예 기간을 확보해 두었습니다. 아내도 동의했지요. 6개월이 지나도 아내의 생각이 변함없다면 그때는 제가 물러나야지요. 무슨 방법이 없을까요? 지금은 무슨 짓을 해도 아내의 노여움만 살 뿐입니다. 보시다시 피, 파인 씨, 저는 영리하지 못합니다! 이것이 바로 원인입니다. 저 는 공이나 치고 노는 것을 좋아하지요. 골프와 테니스를 즐기지만 음악이니 예술이니 하는 것들에 대해서는 일자무식입니다. 반면 아 내는 총명하지요. 그림과 오페라와 연주회를 좋아하니 자연히 저 같은 사람은 지겹게 느껴지겠죠. 그 머리 기른 놈팡이는 그런 것들 에 대해 잘도 알아요. 그런 분야에 대해 줄줄 늘어놓습니다. 저는 어 림도 없는데 말입니다. 아내처럼 아름답고 영리한 여인이 저 같은 멍청이와 살려면 괴로운 것도 당연하지요.”

파커 파인은 한탄하며 물었다.

“결혼하신 지 얼마나 되셨지요? 9년이라고요? 결혼 초부터 그런 태도로 일관했겠지요? 그것이 바로 실수입니다. 실수도 여간 큰 실 수가 아니지요! 부인에게 그처럼 미안해하는 태도를 보여서는 결코 안 됩니다. 그러면 자연히 부인도 그 생각을 받아들이게 되지요. 당 연해요! 차라리 자신의 뛰어난 운동 실력을 자랑스러워했어야 해 요. 예술이니 음악이니 하는 것은 ‘여편네나 좋아하는 쓸데없는 것’ 이라고 무시했어야지요. 운동을 그 정도밖에 못하느냐고 부인에게 타박을 주었어야 해요. 지나친 겸손은 결혼 생활을 실패로 이끕니 다! 어떤 여자라도 그 말이 사실이라고 믿게 되니 말예요. 부인께서 결혼을 끝장내고 싶어 하는 것도 당연합니다.”

웨이드 씨는 당혹한 표정으로 파커 파인을 바라보았다.

“그렇다면 이제 어떻게 해야 할까요?”

"그것이 문제입니다. 9년 전에 했어야 하는 것을 지금 시작하기에는 이미 늦었습니다. 새로운 전술이 필요하지요. 혹시 다른 여자에게 한눈판 적이 있습니까?"

"전혀요."

"가볍게 연애한 적도 없습니까?"

"다른 여자에게는 일절 관심이 없습니다."

"실수예요. 이제부터 연애를 시작해 보십시오."

웨이드 씨는 그만 아연해졌다.

"저기 그건…… 불가능합니다. 저는…….."

"걱정 마십시오. 제 직원이 애인 역할을 하며 선생님께 지시 사항을 알려 드릴 겁니다. 물론 선생님의 애정 표현이 단순히 연기일 뿐이라는 것은 그녀도 잘 알고 있을 거고요."

웨이드 씨는 그제야 안도했다.

"그렇다면야 좋습니다. 하지만 아이리스가 오히려 제게 더 정떨어져 하지 않을까요?"

"웨이드 씨, 인간의 본성을 잘 모르시는군요. 더구나 여자에 대해 알려면 아직 한참 멀었습니다. 여자의 관점에서 보면 지금 선생님은 그저 폐기물에 불과합니다. 그 누구도 선생님을 원하지 않지요. 아무도 원하지 않는 사람을 어떤 여자가 좋다고 하겠습니까? 어림도 없지요. 하지만 다른 각도에서 바라보면 전혀 다르지요. 남편 역시 자신만큼이나 자유를 되찾기를 원하고 있다는 사실을 부인이 알게 된다면 어떤 반응을 보일까요?"

"당연히 기뻐하겠죠."

"당연히 기뻐해야 마땅한데 실제로는 전혀 기뻐하지 않을 겁니다! 더구나 어떤 남자라도 마음껏 선택할 수 있을 만큼 매력적인 젊은 여성이 당신에게 반해 있다는 것을 알게 되면 부인의 심정이 어떻겠습니까? 결혼 생활에 싫증이 난 건 부인이 아니라 당신이고, 곧 다른 젊은 여자와 결혼하려고 한다는 소문이 쫙 퍼질 텐데 말입니다. 얼마나 속상할까요!"

"정말 그럴까요?"

"그렇고말고요. 당신은 이제 '가엾은 늙다리 레기'가 아니라 '영리하게 마누라를 갈아 치우려는 레기'가 되는 것이지요. 하늘과 땅 차이죠! 부인은 새 애인을 비리지 않으면서도 선생님의 사랑을 다시 독차지하려고 분명 애쓸 겁니다. 하지만 거기에 넘어가면 안 됩니다. 부인이 한 말을 냉정하게 그대로 반복하는 겁니다. 헤어지는 편이 서로의 행복을 위해 훨씬 낫다, 우리는 도저히 어울리지 못할 만큼 성격 차이가 크다. 부인이 했던 말이 모두 옳았고, 서로가 서로를 전혀 이해하지 못함을 깨달았다고 말하는 거죠. 뭐, 지금 다 알아 두실 필요는 없습니다. 작전이 진행됨에 따라 필요한 지시 사항은 그때그때 알려 드리겠습니다."

웨이드 씨는 여전히 회의적인 기색이었다.

"정말 이런 속임수가 먹힐까요?"

파커 파인은 신중하게 대답했다.

"100퍼센트 성공을 보장할 수는 없습니다. 부인이 그 남자를 너무

나도 깊이 사랑하고 있어서 당신이 무슨 말을 하고 어떤 짓을 하든 아무 영향을 받지 않을 수도 있습니다. 하지만 제가 보기에는 그 가능성은 지극히 낮습니다. 아마도 부인이 한눈을 파신 것은 권태 때문이 아닌가 싶군요. 당신이 현명하지 못하게 한없이 보여 준 무비판적인 헌신과 절대적인 애정이 권태를 낳은 것이지요. 제 지시대로만 하신다면 성공 확률이 97퍼센트는 된다고 감히 말씀드리는 바입니다."

"좋습니다. 그렇게 하겠습니다. 그런데…… 에…… 수수료는?"

"200기니이며, 선불입니다."

웨이드 씨는 수표첩을 꺼냈다.

II

로리머 코트 저택의 대지는 오후 햇살 아래에서 그 아름다움을 찬란하게 발했다. 기다란 의자에 누운 아이리스 웨이드는 그 풍경 속에서도 유난히 돋보이는 싱그러운 한 점 빛깔이었다. 섬세한 연자줏빛 드레스와 정교한 화장 덕분에 35살이라고는 도저히 믿기지 않을 만큼 어려 보였다.

그녀는 언제나 말이 잘 통하는 매싱턴 부인과 이야기를 나누고 있었다. 둘 다 주식과 채권과 골프 빼고는 말할 거리가 없는 운동광 남편과 사느라 고생이 이만저만이 아니었다.

"이렇게 사는 법을 배우는 거지."

아이리스가 말을 끝맺었다.

"정말 멋져!"

매싱턴 부인이 탄성을 지르고는 재빨리 말을 덧붙였다.

"그런데 저 아가씨는 누구지?"

아이리스는 피곤한 듯 어깨를 으쓱했다.

"나도 잘 몰라. 레기가 초대한 여자야. 레기의 어린 친구라나 뭐라나! 나 원 참, 웃겨서! 여자라면 생전 쳐다도 안 보던 사람이 나한테 와서 한참 헛기침을 하고 우물쭈물대더니 결국 한다는 말이 이번 주말에 드 사라 양을 초대하고 싶다지 뭐야. 웃음이 다 나더라고. 왜 안 그렇겠어? 레기가 어떤 위인인지는 너도 잘 알잖아. 암튼 좋을 대로 하라고 했지."

"어디서 만났대?"

"나도 몰라. 얼버무리는 거 있지?"

"안 지 오래되었을 거야."

"에이, 설마!"

아이리스는 이어서 말했다.

"물론 나도 기뻐. 그러니까 내 말은 덕분에 일이 한결 수월하게 됐다는 거야. 레기 때문에 걱정이었으니까. 싱클레어한테도 불쌍한 늙다리 영감을 홀로 두고 떠나자니 마음에 걸린다고, 너무 상처가 클 것 같다고 늘 말했지. 그이는 레기가 금방 상처에서 회복될 거라고 했는데, 이제 보니 그 말이 맞는 것 같아. 이틀 전만 해도 하늘이 무너질 것 같은 꼴이더니 이제는 아가씨를 불러들이잖아. 뭐, 나도 좋아. 레기가 즐거워하는 모습을 보고 싶어. 내가 질투라도 할 거라고 생각하나 본데 어림도 없지! 그래서 이렇게 말했어. '물론 친구를 초대해도 좋아요.' 저런 아가씨가 늙다리 영감을 뭐 하러 좋아하겠어? 그냥 바람이나 쐬러 내려온 거겠지."

그 말에 매싱턴 부인이 의미심장하게 말했다.

"대단한 미인이야. 위험할 정도로 매혹적이기도 하고. 내 말 허투루 듣지 마. 저런 여자는 남자를 엄청 밝히게 마련이야. 어쩐지 착한 여자 같지는 않아."

"내가 봐도 그래."

"옷차림 한번 대단한걸."

"어지간히 튀는 차림이어야지."

아이리스는 비아냥거렸다.

"그래도 아주 고급 옷이네 뭐."

"너무 화려해. 저래서야 원!"

"이쪽으로 오고 있어."

III

마들렌 드 사라와 레기 웨이드는 잔디밭을 가로질러 걸어왔다. 웃고 떠드는 모습이 마냥 행복해 보였다. 마들렌은 의자에 털썩 앉

더니 쓰고 있던 베레모를 벗고 웨이브진 검은 머리를 손으로 우아
하게 쓸어 넘겼다.

누구나 인정할 수밖에 없을 만큼 아름다운 외모였다.

"너무너무 멋진 오후예요!"

마들렌이 감탄하듯 외치고는 이어서 말했다.

"그런데 너무 더워요. 지금 제 몰골이 형편없죠?"

웨이드 씨는 신호를 듣고는 긴장된 목소리로 입을 떼었다.

"당신은…… 당신은…….."

그러다 슬며시 웃고 말았다.

"차마 말할 수가 없구려."

마들렌과 그의 시선이 마주쳤다. 서로를 완벽하게 이해하는 듯한
눈빛이었다. 매싱턴 부인은 그런 모습을 놓치지 않고 예리하게 주
시했다.

마들렌이 아이리스에게 말을 걸었다.

"부인께서도 골프를 치지 그러세요. 얼마나 재미있는데요. 지금
이라도 늦지 않았어요. 제 지인 한 분은 부인보다 나이가 훨씬 많을
때 골프를 시작해서 지금은 선수가 다 됐다니까요."

"그런 일에는 관심 없어요."

아이리스는 냉담하게 대답했다.

"운동을 잘 못하세요? 이런 안타까울 데가! 혼자 따돌림을 받는
기분이겠어요. 하지만 요즘은 교습법이 워낙 좋아져서 누구나 실력
을 높일 수 있답니다. 저도 지난여름에 교습을 받고 테니스 실력이

얼마나 늘었는지 몰라요. 물론 골프 실력은 아직 엉망이지만요."

그때 웨이드 씨가 끼어들었다.

"그렇지 않아요! 요령을 익히기만 하면 금방 늘 겁니다. 오늘 오후만 해도 2번 우드 샷이 한결 좋아졌잖아요."

"그거야 웨이드 씨가 워낙 잘 가르쳐 주시니 그렇죠. 정말 훌륭한 선생님이세요. 사람들 중에는 가르치는 것을 유독 어려워하는 이가 많아요. 하지만 웨이드 씨는 타고난 선생님이 분명해요. 정말 부러워요. 어쩜 그렇게 뭐든 잘하시는지……."

"과찬입니다. 다른 분야로는 잘하는 것 하나 없는 한심한 사람일 뿐이지요."

웨이드 씨는 당황하며 말했다.

하지만 마들렌은 아이리스를 향해 고개를 돌리며 말했다.

"부인께서는 정말 자랑스러우시겠어요. 지금까지 부군의 사랑을 붙잡고 있는 비결이 뭔가요? 정말 현명한 분이신가 봐요. 아니면 남편을 꼭꼭 숨겨 두고 계셨나요?"

아이리스는 가타부타 대꾸 없이 책을 집어 들 뿐이었다. 그 손이 바르르 떨리고 있었다.

웨이드 씨가 옷을 갈아입어야겠다고 중얼거리고는 자리를 떠나자 마들렌이 여주인에게 말했다.

"초대해 주셔서 정말 감사합니다. 여자들은 대부분 남편의 친구를 의심하게 마련인데 말예요. 그런 걸 질투하다니 말도 안 되죠. 안 그래요?"

"동감이에요. 내 평생 남편한테 질투를 부리는 건 꿈도 꾼 적 없어요."

"대단하세요! 어느 여자의 마음이나 단번에 사로잡을 만큼 매력적인 남편을 두고도 그토록 관대할 수 있다니! 처음 웨이드 씨가 결혼했다는 사실을 알았을 때 얼마나 낙심했는지 몰라요. 왜 매력적인 남자들은 한결같이 그리 일찍 결혼하는지……."

"레기를 그토록 매력적으로 생각하다니 고맙네요."

"그야 당연하지 않아요? 미남에다 황홀할 만큼 뛰어난 운동선수인걸요. 더구나 여자들에게 무관심한 태도도 우리 아가씨들이 보기엔 얼마나 매력적인데요."

"당신은 남자 친구가 많지 않나요?"

"아, 그럼요. 저는 여자보다는 남자들과 더 친하게 지낸답니다. 왜 그런지 모르겠지만 여자들은 저한테 잘 대해 주지 않아요."

"워낙 미인이라 남편을 빼앗길까 봐 걱정돼서 그렇겠죠."

매싱턴 부인이 까르르 웃으며 말했다.

"글쎄요, 때로는 가여울 때도 없지 않아요. 너무도 멋진 남자들이 지루한 부인에게 발목이 묶여 있는 걸 보면요. 왜 있잖아요, 예술가입네 교양인입네 하는 지루한 여자랑 사는 남자들은 자연히 젊고 재치 있는 사람과 이야기하고 싶어 하죠. 결혼과 이혼에 대한 요즘의 사고방식은 정말 바람직하다고 봐요. 아직 한 살이라도 젊을 때 취향과 사상이 통하는 사람과 다시 새 출발하는 게 낫죠. 결국에는 모두에게 득이 돼요. 교양 있는 부인들은 머리나 기르고 다니면서 예술 운운하는 남자를 다시 만나면 되죠. 더 이상의 불행을 피하고 새 출발하는 것이야말로 현명한 선택이죠. 안 그래요?"

"그렇죠."

주위에 감돌고 있는 냉담함을 마들렌도 의식한 모양이었다. 그녀는 차 시간에 맞춰 옷을 갈아입겠다고 중얼거리고는 자리를 떠났다.

아이리스가 분통을 터뜨렸다.

"요즘 아가씨들은 하나같이 밥맛이야. 머릿속에 대체 뭐가 들었는지."

"머릿속에 한 가지는 든 것 같던데, 아이리스. 아무래도 저 아가씨가 레기한테 반한 것 같아."

"말도 안 돼!"

"정말이야. 조금 전에 레기를 바라보던 눈길이 어땠는지 알아? 유부남이든 말든 개의치 않는 게 분명해. 레기를 차지하려고 노리고 있어. 아니꼽기도 해라."

아이리스는 한동안 말이 없더니 이윽고 모호한 웃음을 터뜨렸다.

"그러면 뭐 어때?"

잠시 후 아이리스도 2층으로 올라갔다. 남편은 옷방에서 옷을 갈아입고 있었다. 흥얼흥얼 노랫소리가 들렸다.

"재미가 좋나 봐?"

아이리스가 물었다.

"아, 뭐…… 그렇지."

"나도 기뻐. 당신이 행복하길 원하니까."

"그래, 알고 있어."

연기는 레기 웨이드의 전공이 아니었다. 하지만 자신의 행동을 의식하다가 더욱 당혹스러워진 것이 오히려 도움이 되었다. 그는 아내와 시선 맞추기를 피했으며, 아내가 말을 할 때마다 놀란 듯이 쩔쩔매었다. 너무도 부끄러웠고, 이따위 연극을 계속해야 한다는 게 끔찍했다. 이보다 더 좋은 효과를 내기란 불가능할 터였다. 누가 봐도 죄책감에 사로잡힌 남편의 모습이었다.

"서로 안 지 얼마나 됐어?"

느닷없이 아이리스가 물었다.

"누구 말이야?"

"누구긴 누구야. 드 사라 양 말이지."

"글쎄, 잘 모르겠는걸. 그러니깐 내 말은…… 어, 좀 됐지."

"그래? 그 아가씨 얘기는 한 번도 안 했잖아."

"그랬나? 깜박했나 보군."

"어련하실까!"

아이리스는 연자줏빛 드레스를 휙 돌리며 나가 버렸다.

차를 마신 후 웨이드 씨는 드 사라 양을 장미 정원으로 안내했다. 두 사람이 잔디밭을 가로지르는 동안 뒤통수에 착 달라붙은 두 쌍의 시선이 확연히 느껴졌다.

장미 정원에 이르러 그 시선에서 안전해지자 웨이드 씨는 속내를 털어놓았다.

"저, 여기서 그만두어야 할 것 같습니다. 눈치를 보아하니 아내가 내게 전보다 더 정나미가 떨어진 모양이에요."

마들렌은 웨이드 씨를 안심시키며 말했다.

"걱정 마세요. 다 잘돼 가고 있어요."

"정말인가요? 아내가 나를 싫어하게 되면 어쩌나 걱정이 이만저만이 아니에요. 아까 차 마실 때 얼마나 매섭게 쏘아보던지……."

"괜찮아요. 정말 잘하고 계세요."

"정말 그렇게 생각해요?"

"그럼요."

갑자기 마들렌이 목소리를 낮추며 말했다.

"부인께서 테라스 모퉁이를 돌아오고 있어요. 우리가 무엇을 하고 있는지 감시하려는 거예요. 자, 어서 나한테 키스하세요."

"네? 꼭 그래야 하나요? 나는……."

웨이드 씨는 안절부절못했다.

"어서 키스해요!"

마들렌이 단호히 명령했다.

웨이드 씨는 키스했다. 열정이 조금 부족했지만 마들렌이 그것을 보완하기 위해 두 팔로 그를 꼭 껴안았다. 웨이드 씨의 다리가 휘청휘청했다.

"오!"

"왜요? 싫으셨나요?"

마들렌의 질문에 웨이드 씨는 정중하게 대답했다.

"아뇨, 전혀 아닙니다. 그저…… 너무 뜻밖이라서 놀랐을 따름입니다."

그러고는 부탁하듯 이어서 말했다.

"그런데 이만하면 우리가 장미 정원에 충분히 오래 있지 않았나요?"

"그런 것 같네요. 제대로 한 방 먹였어요."

두 사람은 잔디밭으로 돌아갔다. 매싱턴 부인의 말에 의하면, 아이리스는 잠시 쉬러 들어갔다고 했다.

나중에 웨이드 씨는 불안한 표정으로 마들렌을 찾아왔다.

"아내의 상태가 매우 심각합니다. 엄청난 히스테리를 일으켰어요."

"잘됐어요."

"우리가 키스하는 것을 보았답니다."

"바라던 바네요."

"네. 하지만 일부러 보라고 키스했다고 말할 수도 없고, 뭐라고 변명해야 할지 정말 막막하더군요. 그래서 그…… 그냥 그렇게 되었다고 말해 버렸어요."

"정말 잘하셨어요."

"아내는 당신이 저와 결혼하려고 수작을 부리고 있다며, 행실이 좋지 못한 여자라고 비난하더군요. 그 말에 그만 화가 났어요. 너무도 부당하지 않습니까? 당신이야 그냥 할 일을 한 것뿐인데 말입니다. 그래서 제가 말했죠, 드 사라 양을 대단히 존경하며 전혀 그런 아가씨가 아니라고요. 그러자 아내가 또 마구 따지고 들어오는데 벌컥 화가 솟지 뭡니까."

"훌륭하세요!"

"그랬더니 저더러 나가라고 하더군요. 다시는 저와 상종도 안 할 거라며, 짐을 싸서 당장 떠나 버리겠답니다."

웨이드 씨는 완전히 낙담한 표정이었다.

마들렌은 미소 지었다.

"그 말에 대한 답을 알려 드리지요. 부인에게 말씀하세요. 집을 나갈 사람은 바로 웨이드 씨 자신이라고, 짐을 싸서 도시로 가겠다고 말이에요."

"하지만 전혀 그러고 싶지 않은걸요!"

"걱정 마세요. 집을 나갈 필요는 없어요. 남편이 런던에서 즐겁게 지내려고 나가는 것을 부인께서 가만히 보고 있지 않을 테니까요."

IV

다음 날 아침 레기 웨이드는 새로운 소식을 전했다.

"아내가 6개월 동안 같이 있겠다고 약속을 한 만큼 지금 떠나는 것은 옳지 않다고 말하더군요. 하지만 내 친구를 초대했으니 자기도 친구를 초대하지 못할 이유가 없다고 하지 뭡니까. 싱클레어 조던을 부르겠답니다."

"바로 그 문제의 남자 말인가요?"

"네. 그 자식이 내 집에 들어오는 꼴을 보느니 차라리 죽는 게 나아요!"

마들렌이 다독였다.

"허락하셔야 해요. 걱정 마세요. 제가 잘 감시할 테니까요. 부인께 곰곰이 생각해 보았는데 반대할 일이 아니라고, 내 친구의 초대에 당신이 찬성했으니 나도 찬성하겠다고 말씀하세요."

"아, 이런!"

한숨을 내쉬는 웨이드 씨를 마들렌이 더욱 격려했다.

"낙심하실 것 없어요. 모든 일이 계획대로 착착 진행되고 있답니다. 2주일 후면 걱정거리가 말끔히 사라질 거예요."

"2주일이라고요? 정말 그럴 수 있을까요?"

웨이드 씨가 한층 밝아진 목소리로 물었다.

"그럴 수 있냐고요? 확실하고말고요."

마들렌이 장담했다.

V

일주일 후 마들렌 드 사라는 파커 파인의 사무실로 들어와서는 피곤한 듯 의자에 털썩 앉았다.

"꽃뱀의 여왕께서 돌아오셨군."

파커 파인이 웃으며 말했다.

"꽃뱀이라고요?"

마들렌은 피식 웃고는 한탄했다.

"내 생전 꽃뱀 노릇 하기가 이렇게 힘겨운 적은 처음이에요. 웨이드 씨는 오로지 자기 부인밖에 모르는 사람이에요! 그쯤이면 완전히 병이에요."

파커 파인이 미소 지었다.

"그래, 그렇지. 어떤 면에서는 그 덕분에 한결 편하기도 했지. 자네의 매력을 아무 사내에게나 쉽게 노출시킬 수는 없잖나?"

마들렌이 웃음을 터뜨렸다.

"저한테 좋은 척 키스하게 하느라 얼마나 애를 먹었는지 상상도 못 하실 거예요!"

"우리 예쁜 아가씨께서 아주 색다른 경험을 하셨군. 그래, 임무는 잘 끝났겠지?"

"네, 모두 잘 마무리되었어요. 어젯밤엔 진풍경이 벌어졌어요. 참, 마지막 보고가 사흘 전이었던가요?"

"그래."

"말씀드린 대로 저는 그 버러지 같은 싱클레어 조던을 만나야 했죠. 저한테 어찌나 지분대던지……. 제 옷차림을 보고 부자라고 오해하고는 더했죠. 당연히 웨이드 부인은 매우 화를 냈지요. 자신의 두 남자가 모두 저의 환심을 사려고 난리였으니까요. 저는 누구를 더 좋아하는지 분명히 표현했어요. 싱클레어 조던을 면전에서는 물론이고 웨이드 부인이 보는 앞에서 놀려 댔어요. 옷차림이며 여자처럼 기다란 머리며 마구 비웃어 주었어요. 게다가 안짱다리지 뭐예요?"

"잘했네."

파커 파인이 신이 나서 대꾸했다.

"지난밤 결국 대폭발이 일어났어요. 웨이드 부인이 노골적으로 퍼부어 댔답니다. 저더러 가정 파괴범이라나 뭐라나. 웨이드 씨는 그러면 싱클레어 조던은 도대체 뭐냐고 반박했죠. 그랬더니 웨이드 부인이 그건 순전히 불행과 고독 탓이라고 변명했어요. 남편의 무관심을 진작 눈치챘지만 그 원인을 여태 모르고 있었을 뿐이라고 대들더군요. 얼마 전까지만 해도 완벽한 가정이었고, 자신은 늘 남편을 존경하고 사랑했으며, 남편도 이를 잘 알고 있었다면서요. 세상에서 자신이 사랑하는 이는 오직 남편 한 사람뿐이라지 뭐예요. 그래서 제가 그런 말을 하기엔 너무 늦었다고 일침을 가했죠. 웨이드 씨는 제 지시대로 자신의 역할을 환상적으로 해냈어요. 부인이 무슨 말을 하든 상관없으며 무조건 나와 결혼하겠다고 선언했죠! 부인더러는 원한다면 언제든지 그 죽고 못 사는 싱클레어와 결혼하라면서 말예요. 6개월이나 기다리는 것은 당치도 않다며 당장 이혼 절차를 밟자고 큰소리쳤지요. 며칠 내에 필요한 서류를 보낼 테니 변호사를 선임하라고요. 나 없이는 절대로 못 산다는 소리에 웨이드 부인이 가슴을 움켜쥐더니 심장이 약하니 어쩌니 하며 브랜디를 달라고 했어요. 하지만 웨이드 씨는 끄떡도 하지 않았죠. 게다가 오늘 아침에는 짐을 싸서 런던으로 가 버렸어요. 보나마나 지금쯤 부인이 남편을 쫓아갔을 거예요."

파커 파인이 유쾌하게 말했다.

"모두 잘 풀렸군. 매우 만족스러운 케이스야."

그때 문이 벌컥 열렸다. 복도에 레기 웨이드가 서 있었다.

"여기 있습니까? 어디 있나요?"

웨이드 씨가 사무실로 들어오며 외쳤다.

그러다 마들렌을 발견하더니 부르짖었다.

"내 사랑!"

그는 마들렌의 두 손을 꼭 잡았다.

"내 사랑, 내 사랑! 지난밤 일이 모두 진짜였다는 걸 알고 있겠죠? 내가 아이리스에게 말한 한 마디 한 마디는 모두 진심이었습니다. 지금까지 눈에 뭐가 씌어 있던 게 분명해요. 하지만 지난 사흘 동안 확실히 눈을 뜨게 되었어요."

"눈을 뜨다니요? 무엇에 말인가요?"

마들렌이 소심한 어조로 물었다.

"내가 당신을 사랑한다는 사실에 말입니다. 세상에 당신 말고는 아무도 필요 없습니다. 아이리스와의 이혼 절차가 마무리되면 나와 결혼해 주십시오. 마들렌, 그렇게 하겠다고 제발 말해 주세요. 진심으로 사랑합니다!"

웨이드 씨가 온몸이 굳은 마들렌을 양팔로 안기 무섭게 문이 다시 벌컥 열렸다. 이번에는 흐트러진 초록색 드레스 차림의 여인이 문간에 나타났다.

"내 이럴 줄 알고 뒤를 밟았지! 저 여자를 찾아갈 줄 알았다고!"

"제 말씀부터……."

그제야 마비에서 풀린 파커 파인이 말을 꺼냈다.

하지만 침입자는 그가 뭐라건 안중에도 없이 거침없이 말을 쏟아 냈다.

"오, 레기! 내 마음을 이렇게 갈가리 찢어 놓다니! 제발 돌아와 줘! 이 일은 없던 일로 하겠어. 골프도 배우고. 당신이 싫다는 사람 과는 절대 어울리지 않을게. 지금까지 우리 둘이 얼마나 행복……."

"우린 결코 행복하지 않았어."

웨이드 씨는 마들렌에게서 눈을 떼지 않은 채 말했다.

"젠장, 아이리스, 그 망할 조던과 결혼하고 싶어 안달하지 않았 어? 그러니 제발 얼른 가서 결혼해."

웨이드 부인이 울부짖었다.

"그따위 작자는 싫어! 꼴도 보기 싫다고!"

그러더니 마들렌을 바라보며 외쳤다.

"이 사악한 년! 어디 감히 내 남편을 넘봐?"

"그런 적 없어요."

마들렌은 당혹스러워하며 대답했다.

"마들렌!"

웨이드 씨가 고통으로 이글거리는 눈빛으로 마들렌을 응시했다.

"제발 가 주세요."

마들렌이 간청했다.

"잘 봐요. 난 지금 연기하는 게 아닙니다. 진심으로 당신을 사랑한 단 말입니다."

"아, 가 주세요! 가라고요!"

마들렌이 히스테릭하게 외쳤다.

웨이드 씨는 마지못해 문으로 향하면서도 단호히 말했다.

"다시 오겠습니다. 우리는 결국 다시 만날 거요."

그는 문을 쾅 닫으며 사무실을 나갔다.

웨이드 부인이 외쳤다.

"너 같은 년은 갈기갈기 찢어 죽여야 해! 천사 같던 레기를 저렇게 만들다니! 완전히 딴사람이 됐어."

그녀는 흐느끼며 부랴부랴 남편을 따라 나갔다.

마들렌과 파커 파인은 서로를 마주 보았다.

마들렌이 체념한 듯 말했다.

"제 탓이 아니에요. 웨이드 씨는 정말 상냥하고 친절한 분이시죠. 하지만 결혼하고 싶지는 않아요. 이렇게 될 줄은 꿈에도 몰랐어요. 저한테 키스하게 하느라 얼마나 애먹었는지 상상도 못 하실 거예요!"

"으흠! 이런 말 하기는 싫지만, 이건 모두 내 판단 착오 때문이네."

파커 파인은 안타까운 듯 고개를 젓고는 웨이드 씨의 파일을 끌어당겨 적었다.

실패: 자연적 원인에 의한 것임.

주의 사항: 이와 같은 사태를 미리 예견했어야 함.

회사원

I

파커 파인은 회전의자에 등을 기댄 채 방문객을 유심히 살펴보았다. 작지만 다부진 체격에 사십대 중반으로 보이는 남자였다. 당혹과 동경과 수줍음이 어린 두 눈에는 간절한 희망이 담겨 있었다.

그 자그마한 남자가 초조한 기색으로 입을 열었다.

"신문에서 광고를 보았습니다."

"로버츠 씨, 곤경에 처해 있습니까?"

"아뇨, 꼭 곤경이라고 할 수는 없습니다."

"불행하십니까?"

"그렇다고 말하기도 어렵군요. 감사해야 할 것들이 많으니까요."

"우리 모두 그렇지요. 하지만 군이 그런 생각을 억지로 되새기는 것 자체는 나쁜 징조이지요."

남자는 열정적으로 외쳤다.

"맞습니다. 바로 그거에요! 핵심을 찌르셨습니다."

"보다 자세히 말씀해 주시겠습니까?"

"뭐, 별반 말할 것도 없습니다. 앞에서 말한 대로 저는 감사해야 할 것들이 무척 많습니다. 직업도 탄탄한 편이고, 많은 액수는 아니지만 어느 정도 저축도 있고, 아이들도 건강하지요."

"그렇다면…… 달리 원하는 것이 있습니까?"

"그게…… 저도 잘 모르겠습니다."

남자의 얼굴이 빨갛게 달아올랐다.

"정말 바보 같지요?"

"전혀요."

파커 파인은 요령껏 질문을 하여 고객에게서 보다 깊은 신뢰를 이끌어 냈다. 로버츠 씨는 유명 회사에서 일하고 있으며, 느리지만 꾸준히 진급도 하고 있다고 했다. 결혼 생활, 번듯한 아파트를 마련하기 위한 고군분투, 자녀 교육과 '품위 유지'를 위한 노력, 매년 몇 파운드씩의 저축 계획과 절약 생활 등에 대해 남김없이 털어놓았다. 그것은 사실 생존을 위한 끊임없는 분투라는 한 편의 대하소설이었다.

로버츠 씨는 고백했다.

"어쨌든 그런 생활에 대해 잘 아시리라 생각합니다. 지금 아내는 멀리 떠나 있습니다. 두 아이를 데리고 잠시 장모님 댁에 가 있지요. 기분 전환도 하고 푹 쉬려고요. 처가댁에는 제가 머물 만한 곳이 없어서 함께 가지는 않았어요. 그렇다고 다른 곳에 갈 경제적 여력이 있는 것도 아닙니다. 그래서 집에 혼자 있다가 신문에서 여기 광고를 보게 된 겁니다. 문득 이런 생각이 들더군요. 내 나이 벌써 마흔여덟인데…… 어제나 오늘이나 늘 다람쥐 쳇바퀴 도는 것 같으니."

말을 끝맺는 그의 두 눈에는 도시 근교를 벗어나지 못한 사람의 아쉬움이 가득 배여 있었다.

파커 파인이 입을 열었다.

"10분의 찬란함을 원하십니까?"

"글쎄요, 꼭 그런 것은 아닙니다만 어쩌면 맞는 말인지도 모르지요. 아주 잠깐이라도 쳇바퀴 같은 일상에서 벗어났다가 다시 돌아오고 싶습니다. 두고두고 생각하면서 지루한 일상을 이겨 낼 수 있는 추억거리를 얻어서 말입니다."

로버츠 씨는 염려스러운 표정으로 파커 파인을 바라보았다.

"그럴 수 있을까요? 실은…… 낼 수 있는 수수료도 얼마 안 됩니다."

"얼마나 가능합니까?"

"5파운드 정도는 어떻게 마련할 수 있습니다만……."

로버츠 씨는 숨죽인 채 대답을 기다렸다.

"5파운드라…… 5파운드 정도면 일을 진행할 수 있을 것 같습니다. 어떤 위험이라도 감수할 용의가 있습니까?"

파커 파인의 마지막 말이 날카롭게 울리자 로버츠 씨의 파리한 얼굴에 희미하게 화색이 돌았다.

"위험이라고요? 아, 물론 대환영이지요. 제 평생 위험한 일이라고는 단 한 번도 해 본 적이 없답니다."

파커 파인은 미소를 지어 보였다.

"내일 다시 사무실로 오십시오. 그러면 어찌해야 할지 알려 드리겠습니다."

II

봉 브야죄르는 잘 알려져 있지 않은 모텔이다. 그곳에는 몇몇 단골 손님만이 자주 찾는 레스토랑이 있다. 하지만 대체적으로 낯선 손님은 꺼리는 곳이었다.

봉 브야죄르로 들어선 파커 파인은 종업원에게 존경 어린 인사를 받았다.

"보닝턴 씨는 와 계신가?"

파커 파인이 물었다.

"네, 늘 앉는 자리에 계십니다."

"잘됐군. 거기 합석하도록 하겠네."

보닝턴 씨는 소처럼 약간 우둔해 보이는 얼굴에 군인 분위기가 물씬 풍기는 신사였다. 그는 친구를 보고는 반갑게 인사했다.

"어서 오게, 파커. 요즘 통 안 보이더군. 여기는 발을 끊었나 했지."

"이따금씩 찾아온다네. 특히 옛 친구를 만나고 싶을 때면 말이지."

"나 말인가?"

"물론이지. 루카스, 사실은 지난번 얘기에 대해 계속 생각하고 있었다네."

"패터필드 사건 말인가? 신문에서 최근 소식을 보았나? 참, 못 읽었겠군. 오늘 석간에나 나올 테니까."

"무슨 소식 말인가?"

보닝턴 씨는 샐러드를 먹으며 담담히 대꾸했다.

"놈들이 어젯밤에 패터필드를 살해했네."

"그럴 수가!"

"뭐, 놀랄 일도 아니지. 패터필드 그 노인네가 워낙 고집불통이었어야지. 우리 말을 귓등으로 듣고는 무조건 자기가 설계도를 간수하겠다고 우겼지 뭔가."

"그래서 놈들이 가져갔나?"

"아니, 어떤 여자한테 햄 삶는 법을 전수받은 모양이야. 항상 그랬지만, 정신없는 노인네가 요리법은 금고에 넣고 설계도는 부엌에 두었지."

"천만다행이군."

"하늘이 보살핀 게지. 하지만 그걸 제네바로 누가 전달할지 걱정이야. 메이틀런드는 병원에 있고, 칼스레이크는 베를린에 있으니. 그렇다고 내가 갈 수도 없잖나. 새파랗게 젊은 후퍼를 보내는 수밖에 없는데……."

그러면서 보닝턴 씨는 친구를 바라보았다. 파커 파인이 물었다.

"여전히 같은 생각인가?"

"물론이네. 매수된 게 분명해! 증거는 없지만 단언컨대 사실이야. 변심한 인간은 냄새가 나게 되어 있어! 내가 직접 제네바로 가면 좋을 텐데……. 연맹에서 발명품을 꼭 필요로 하고 있어. 그 발명품이 어떤 국가에도 팔려서는 안 돼. 우리는 자발적으로 연맹에 발명품을 양도할 작정이야. 역사상 가장 평화적인 일인 만큼 반드시 성사시켜야 해. 후퍼 그 자식은 분명히 매수당했어. 두고 보라고! 기차에서 누군가 약을 먹였다고 하겠지! 비행기로 간다면 어느 편리한 장소에서 착륙할 테고! 그런 일을 막기 위해서라도 그 자식한테는 절대 맡길 순 없어. 기강! 그래, 기강을 바로 세워야 해! 지난번에 내가 그 이야기를 자네에게 한 것도 다 그 때문이야."

"그 당시 마땅한 사람이 없냐고 물었지."

"그래. 자네 쪽 사람 중에 마땅한 사람이 있지 않을까 싶었지. 소위 용감하답시고 성미가 불같은 작자들은 괜한 소동이나 일으키네. 내가 누구를 보내든 그런 꼴 나기 십상이야. 하지만 자네 쪽 사람이라면 전혀 의심받지 않겠지. 물론 기본적으로 용기를 갖춘 사람이라야 해."

"마침 맞는 사람이 있긴 한데……."

파커 파인이 말했다.

"위험을 무릅쓸 용감한 사람이 여태 남아 있었다니 다행이군그래. 그럼 동의한 건가?"

"물론이지."

III

파커 파인은 지시 사항을 간략히 설명했다.

"이제 잘 아시겠죠? 제네바까지 1등석 침대칸을 타고 가시면 됩니다. 10시 45분에 런던에서 출발해 포크스턴(도버 해협에 면한 영국의 항구 도시 — 옮긴이)과 불로뉴(도버 해협에 면한 프랑스의 항구 도시 — 옮긴이)를 경유합니다. 불로뉴에서 침대칸에 오르시면 다음 날 아침 8시에 제네바에 도착할 겁니다. 그런 뒤 여기 이 주소로 찾아가시면 됩니다. 주소는 이 자리에서 암기하십시오. 이 종이는 제가 없앨 겁니다. 일을 마친 뒤에는 이 호텔로 가서 추가 지시를 기다리면 됩니다. 프랑스 화폐와 스위스 화폐는 충분히 넣어 두었으니 비용으로 쓰십시오. 알겠습니까?"

"물론입니다."

로버츠 씨의 눈이 흥분으로 반짝였다.

"그런데 저…… 제가 무엇을 전달하는 것인지 말씀해 주시면 안 될까요?"

파커 파인은 인자하게 웃더니 진지한 어조로 말했다.

"러시아 왕관에 있던 보석을 따로 숨겨 놓았는데, 그 비밀 장소를 적은 암호문입니다. 볼셰비키의 스파이들이 이것을 빼앗기 위해 촉각을 곤두세우리라는 것은 말 안 해도 잘 아시겠죠? 혹시 신분을 밝혀야 할 경우에는 큰돈을 상속받아 잠시 해외에서 즐기기 위해 왔다고 말씀하십시오."

IV

로버츠 씨는 커피를 홀짝이며 제네바 호수 너머를 바라보았다. 그는 행복하면서도 조금은 실망스러웠다.

행복한 까닭은 생애 처음으로 해외에 발을 디뎠기 때문이다. 더구나 감히 꿈도 못 꿀 고급 호텔에서 묵으며, 단 1초도 돈 걱정 않고 지내다니! 개인 욕실이 딸린 방과 맛있는 음식과 친절한 서비스까지 누렸다. 어느 하나 기쁘지 않은 것이 없었다.

그럼에도 실망한 까닭은 지금까지 모험이라 할 만한 사건이 전혀 일어나지 않았기 때문이다. 변장한 볼셰비키나 신비한 러시아인은 그림자도 보이지 않았다. 지금껏 만난 사람이라고는 기차에서 출장 중이라면서 유창한 영어로 쉬지 않고 수다를 떤 프랑스인뿐이었다. 로버츠 씨는 지시를 받은 대로 세면도구 가방에 서류를 교묘히 감추고는 지시 사항에 따라서 전달했다. 숨 막히는 위험도, 아슬아슬한 탈출도 전혀 없었다. 그러니 실망할 수밖에 없는 것이다.

바로 그 순간 턱수염을 기른 키가 큰 한 남자가 "실례합니다." 하고 낮은 목소리로 속삭이더니 자그마한 탁자 맞은편에 앉았다.

"결례가 아닌지 모르겠습니다. 헌데 제 친구와 아는 사이인 듯싶군요. 이니셜이 'P. P.'인 친구 말입니다."

로버츠 씨는 즐거운 긴장감에 휩싸였다. 마침내 신비한 러시아인이 나타난 것이다.

"네, 네, 맞습니다."

"그럼 말 안 해도 잘 아시겠군요."

로버츠 씨는 낯선 자를 예리하게 살폈다. 지나칠 만큼 진짜 같았다. 누가 봐도 이국적인 외모의 50대 남자였다. 외알 안경을 쓰고 있었고, 옷깃에는 자그마한 색깔 리본이 달려 있었다.

낯선 자가 입을 열었다.

"임무를 완벽하게 수행하셨더군요. 추가 임무를 맡을 준비는 되어 있습니까?"

"그럼요, 그렇고말고요."

"좋습니다. 제네바에서 파리로 가는 내일 밤차를 예약하십시오. 9번 침대석으로 말입니다."

"자리를 마음대로 정할 수 없지 않나요?"

"가능합니다. 미리 요청하기만 하면 됩니다."

"9번석이라……. 알겠습니다."

"기차 여행 중 누군가가 이렇게 말을 걸 겁니다. '실례합니다, 무슈. 혹시 얼마 전에 그라스(프랑스 남동부에 위치한 유명 겨울 휴양지이자 향수 산업의 중심지 — 옮긴이)에 계시지 않았습니까?' 그러면 이렇게 답하십시오. '네, 지난달에 거기 갔었지요.' 그 사람이 다시 이렇게 물을 겁니다. '향수에 관심이 많으십니까?' 그 질문에 대해서는 '그럼요. 재스민 합성 오일 제조가 제 직업인걸요.'라고 대답하시면 됩니다. 그 다음에는 그 사람의 지시에 따르시면 됩니다. 그건 그렇고 무기는 있습니까?"

"아니요. 그런 것은 미처……."

로버츠 씨의 가슴이 쿵쿵거렸다.

"제가 드리죠."

낯선 자가 주위를 살폈다. 근처엔 아무도 없었다. 그 순간 무언가 단단하고 번쩍이는 물건이 로버츠 씨의 손에 쥐어졌다.

"작지만 효과적인 무기지요."

낯선 자가 씩 하고 웃어 보였다.

평생 방아쇠라고는 당겨 본 적도 없던 로버츠 씨는 총을 조심스레 주머니에 넣었다. 총이 금방이라도 발사될 것만 같은 불안감이 솟구쳤다.

두 사람은 암호문을 다시 한 번 확인했다. 용무가 끝나자 로버츠 씨의 새 친구는 자리에서 일어났다.

"행운을 빕니다. 부디 무사히 귀국하십시오. 로버츠 씨, 당신은 정말로 용감한 분입니다."

로버츠 씨는 떠나가는 남자를 바라보며 생각했다.

'정말 그럴까? 죽고 싶은 것은 아니야. 절대 그럴 순 없지.'

척추를 타고 내려가는 즐거운 스릴에는 그다지 유쾌하지 않은 긴장감이 미약하게나마 불순물처럼 섞여 있었다.

그는 방으로 돌아가 총을 살폈다. 하지만 어떻게 쏘는지 막막하기만 하여 쓸 일이 없기만을 간절히 빌었다.

로버츠 씨는 기차표를 예약하러 나갔다.

기차는 9시 30분에 출발 예정이었다. 로버츠 씨는 제시간에 기차역에 도착했다. 침대칸 차장은 기차표와 여권을 받고는 짐꾼이 로버츠 씨의 짐가방을 선반에 얹는 동안 옆에 서서 지켜보았다. 선반에는 다른 가방이 이미 놓여 있었다. 돼지 가죽으로 된 상자와 글래드스턴 가방(빳빳한 가죽으로 된 장방형의 남성용 여행 가방 — 옮긴이)이었다.

"9번석은 아래쪽 침대입니다."

차장이 말했다.

로버츠 씨는 침대칸에서 나오다가 마침 들어오던 거구의 남자와 부딪쳤다. 두 사람은 서로 사과를 주고받았다. 로버츠 씨는 영어로 말하고 거구의 남자는 불어로 말했다. 건장한 체격에 머리를 아주 짧게 깎은 그 남자는 두꺼운 안경알 너머로 의심스러운 듯 로버츠 씨를 살폈다.

'불쾌한 승객이로군.'

로버츠 씨는 속으로 중얼거렸다. 어쩐지 그가 불길하게 느껴졌다. 9번석을 타라고 한 것도 이자를 감시하기 위해서일까? 그럴 수도 있는 듯했다.

로버츠 씨는 다시 복도로 나갔다. 기차가 출발하려면 아직 10분 정도 남아서 플랫폼을 거닐기로 했다. 복도를 반쯤 걸어갔을 때 다가오는 숙녀가 있어서 로버츠 씨는 그녀가 먼저 지나갈 수 있도록 옆으로 비켜섰다. 막 기차에 탄 그녀는 기차표를 손에 든 차장의 뒤를 따르고 있었다. 그런데 로버츠 씨를 지나치려는 순간 갑자기 그녀의 핸드백이 툭 떨어졌다. 로버츠 씨는 얼른 핸드백을 주워 건넸다.

"감사합니다, 무슈."

감미롭고 낮은 목소리였다. 영어였지만 외국인 억양이 강했으며 대단히 매혹적이었다. 여인은 그냥 지나치려다 말고 주저하며 물었다.

"실례합니다, 무슈. 혹시 얼마 전에 그라스에 계시지 않았습니까?"

로버츠 씨는 흥분으로 심장이 두방망이질을 해 댔다. 이 아름다운 여인의 지시를 따르면 되는 것이다. 그녀는 그 누구라도 반론할 수 없을 만큼 매혹적이었다. 여행용 모피 코트와 세련된 모자 차림에 진주 목걸이를 걸고 있었으며, 검은 머리에다 입술은 진홍빛이었다.

로버츠 씨는 암호를 댔다.

"네, 지난달에 거기 갔었지요."

"향수에 관심이 많으십니까?"

"그럼요. 재스민 합성 오일 제조가 제 직업인걸요."

여인은 고개를 끄덕이더니 나직이 속삭이고 걸어갔다.

"기차가 출발하는 즉시 복도로 나오십시오."

다음 10분이 로버츠 씨에게는 100년처럼 느껴졌다. 마침내 기차가 출발했다. 복도로 나가자 모피 코트의 여인이 복도 창문을 열려고 끙끙거리고 있는 게 보였다. 그는 서둘러 다가가 거들어 주었다.

"감사합니다, 무슈. 창문이 모두 닫히기 전에 잠시나마 바람을 쐬고 싶었거든요."

곧 이어서 로버츠 씨만 들릴 정도의 나직한 목소리가 그녀의 입에서 재빨리 흘러나왔다.

"국경에 도달하면 같은 칸 승객이 잠든 것을 확인한 후 화장실로 들어가세요. 물론 그전엔 안 됩니다. 그런 뒤 반대쪽 문을 열고 맞은 편에 있는 제 객실로 오세요. 아시겠죠?"

"네."

그는 창문을 내리고는 큰 목소리로 말했다.

"한결 낫지요, 마담?"

"정말 감사합니다."

로버츠 씨는 자기 자리로 돌아갔다. 거구의 남자는 위층 침대에 이미 쭉 뻗어 있었다. 잠자리 준비는 지극히 간단했다. 부츠와 코트를 벗기만 하면 되었기 때문이다.

그는 옷차림을 두고 한참 고심했다. 잠옷 바람으로 숙녀가 있는 객실에 갈 수는 없었다.

다행히 슬리퍼가 있어서 나중에 부츠 대신 신으면 될 것 같았다. 로버츠 씨는 침대에 누워 불을 껐다. 몇 분 지나지 않아 위층 남자가 드르렁드르렁 코를 골기 시작했다.

10시가 막 지났을 때 기차가 국경에 도착했다. 문이 벌컥 열리더니 관리가 의례적인 질문을 해 왔다.

"세관에 신고할 것이 있습니까?"

대답을 듣자 문이 다시 닫혔다. 기차가 벨르갸흐드(프랑스의 국경 도시 — 옮긴이)를 떠나갔다.

위층 남자가 다시 코를 골았다. 로버츠 씨는 20분을 더 기다린 다음에야 살며시 일어나 화장실 문을 열었다. 안에 들어가서 문을 걸어 잠그고는 맞은편 문을 살폈다. 걸쇠가 풀려 있었다. 그는 망설였다. 노크를 해야 하나?

그건 너무 우스꽝스러울 것이다. 그렇다고 노크도 없이 불쑥 들어가기도 마뜩잖았다. 결국 문을 몇 센티미터만 살짝 연 다음 기다리기로 했다. 심지어 나직이 헛기침을 해 보이기까지 했다.

즉각 반응이 왔다. 문이 확 열리더니 누군가 그의 팔을 잡아 안으로 끌어당겼다. 여인은 문을 닫고는 걸쇠를 걸어 잠갔다.

로버츠 씨는 숨이 막힐 것만 같았다. 이처럼 아름다운 여인이 있다니! 거품처럼 섬세해 보이는 크림빛 레이스의 시폰 드레스가 그녀의 몸을 휘감고 있었다. 여인이 숨을 가쁘게 몰아쉬며 복도 쪽 문에 기대어 섰다. 로버츠 씨는 초원에서 쫓기는 아름다운 동물처럼 가녀리고 매혹적인 여인에 대한 글을 즐겨 읽곤 했었다. 그런데 지금 생애 처음으로 그와 같은 스릴 넘치는 장면이 눈앞에서 펼쳐지고 있는 것이다.

"정말 다행이에요!"

그렇게 속삭이는 여인은 매우 젊고도 매혹적이어서 마치 다른 세상에서 온 존재 같았다. 마침내 낭만적인 일이 그에게도 일어나게 된 것이다.

여인은 다급한 어조로 조용히 말했다. 영어는 출중했으나 외국인 억양이 짙게 배여 있었다.

"제때 오셔서 정말 다행이에요. 얼마나 무서웠는지……. 바실리에비치가 기차에 탔어요. 무슨 뜻인지 말 안 해도 잘 아시겠죠?"

로버츠 씨는 무슨 뜻인지 전혀 몰랐지만 무조건 고개를 끄덕였다.

"제가 미행을 따돌리지 못했나 봐요. 더 조심했어야 했는데…….
이제 어떡하죠? 바실리에비치는 바로 옆 칸에 있어요. 무슨 일이 있
어도 그 작자한테 보석을 넘길 순 없어요."

"제가 있는 한 그자는 당신을 죽이지도, 보석을 빼앗지도 못할 겁
니다."

로버츠 씨는 단호하게 선언했다.

"보석을 어떻게 하면 좋을까요?"

로버츠 씨는 여인의 어깨 너머로 문을 바라보았다.

"문을 잠그고 있으면 문제없을 겁니다."

여인이 웃었다.

"바실리에비치한테 잠긴 문 따위가 뭐 그리 대수겠어요?"

로버츠 씨는 더욱더 그가 좋아하는 부류의 소설 속에 들어와 있
는 기분이 들었다.

"방법은 하나뿐입니다. 저한테 보석을 맡기십시오."

여인이 의심스러운 기색으로 그를 살폈다.

"이건 25만 달러나 하는 값비싼 보석이에요."

로버츠 씨의 얼굴이 확 달아올랐다.

"저는 믿으셔도 좋습니다."

여인은 한동안 망설이더니 이윽고 말했다.

"좋아요. 믿겠어요."

여인이 재빨리 행동을 취했다. 로버츠 씨에게 곧장 돌돌 만 스타
킹을 내민 것이다. 그물 무늬 실크 스타킹이었다.

몹시 당황한 로버츠 씨에게 여인이 말했다.

"어서 가져가세요."

로버츠 씨는 스타킹을 받아 들고서야 이유를 알았다. 깃털처럼 가벼워야 할 스타킹이 뜻밖에도 묵직했던 것이다.

"이걸 가지고 객실로 가세요. 아침에 저한테 돌려주시면 됩니다. 제가…… 그때까지 여기 있다면 말이지요."

"한 가지 드리고 싶은 말이 있습니다만……."

헛기침을 하며 입을 뗀 로버츠 씨는 망설이다 말을 이었다.

"제…… 제가 곁에서 지켜 드리겠습니다."

무례하게 들리리라는 생각에 로버츠 씨의 얼굴이 달아올랐다. 그는 화장실 문을 고갯짓으로 가리키며 덧붙였다.

"여기 있겠다는 것이 아니라 저기에 있겠습니다."

"여기 계시고 싶다면……."

여인이 위쪽 침대를 힐끗 쳐다보았다.

그러자 로버츠 씨의 얼굴이 온통 시뻘겋게 물들었다.

"아뇨, 아닙니다. 저곳에 있겠습니다. 무슨 일이 생기면 언제든 부르십시오."

"정말 고맙습니다."

감미로운 목소리로 말한 여인이 아래쪽 침대에 누워 이불을 덮고는 감사의 미소를 지어 보였다. 로버츠 씨는 화장실로 돌아갔다.

한두 시간쯤 지났을 무렵 무슨 소리가 난 것 같았다. 로버츠 씨는 귀를 기울였지만 정적이 감돌았다. 잘못 들었나 싶었다. 하지만 아무래도 옆 칸에서 희미한 소리가 들렸던 것 같았다. 혹시…… 만에 하나 모르니…….

로버츠 씨는 살며시 문을 열었다. 어슴푸레한 푸른 등 아래로 보이는 객실은 그가 떠났을 때 그대로였다. 눈에 힘을 주어 어두운 객실을 살피자 실내가 차차 눈에 들어왔다. 침대에는 아무도 없었다!

로버츠 씨는 전등을 모두 켰다. 객실은 텅 비어 있었다. 갑자기 이상한 냄새가 코를 자극했다. 한순간 스쳐 지나가긴 했지만 분명히 냄새가 났다. 달짝지근하면서도 메스꺼운 그 냄새는 클로로포름이 분명했다!

로버츠 씨는 객실 밖으로 나가(문의 걸쇠는 풀려 있었다.) 복도 이쪽저쪽을 살폈다. 아무도 없었다! 그의 시신이 옆 칸 문에서 멈추었다. 바실리에비치는 바로 옆 칸에 묵고 있다고 했다. 로버츠 씨는 극도로 조심스럽게 그 문의 손잡이를 돌렸다. 안에서 잠겨 있었다.

이제 어떻게 한다지? 문을 열라고 할까? 하지만 그자는 거절할 것이 뻔했다. 더구나 그녀가 이 안에 없을지도 모른다! 설령 있다 해도 요란스레 소동을 벌이는 것은 원치 않을 텐데……. 임무를 수행하되 비밀 역시 지켜야 했다.

고민에 빠진 로버츠 씨는 복도를 따라 느릿느릿 서성였다. 그러다가 마지막 객실 앞에 이르러 우뚝 멈추었다. 열린 문 너머로 차장이 누워 자고 있었다. 위쪽 옷걸이에는 차장의 갈색 코트와 모자가 걸려 있었다.

V

로버츠 씨는 당장 결심을 굳혔다. 그는 몰래 차장의 코트와 모자를 빌려 걸치고는 서둘러 복도를 걸어갔다. 문제의 객실 앞에 발을 멈춘 로버츠 씨는 용기를 끌어 모아 단호하게 노크를 했다. 아무런 반응이 없자 그는 다시 노크를 하며 최대한 자연스러운 억양으로 안에 있을 사람을 불렀다.

"무슈!"

살짝 문이 열리더니 한 얼굴이 밖을 내다보았다. 검은 콧수염만 빼고 깨끗이 면도를 한 외국인이었다. 악의와 분노가 어린 표정이었다.

"케스킬 리 아?(무슨 일입니까?)"

그가 날카롭게 물었다.

"보트르 파세포르.(여권 좀 보여 주십시오.)"

로버츠 씨는 뒤로 물러서서 손짓했다.

그자는 주저하다 복도로 나왔다. 바로 로버츠 씨가 바라는 바였다. 여인이 안에 있다면 그자가 차장을 안으로 들일 리 없었기 때문이다. 로버츠 씨는 번개처럼 행동했다. 온 힘을 다해 그자를 옆으로 밀치고는(느닷없는 공격에다 기차의 흔들림까지 더해져 제대로 먹혔다.) 객실로 들어가 걸쇠를 걸어 잠갔다.

침대 위에 여인이 입에 재갈을 물고 손목이 묶인 채로 쓰러져 있었다. 얼른 재갈과 밧줄을 풀어 주자 여인은 한숨을 쉬며 로버츠 씨

120

에게로 쓰러져 힘없는 목소리로 중얼거렸다.

"기운이 하나도 없고 속이 메슥거려요. 클로로포름을 썼나 봐요. 보석을 빼앗겼나요?"

"아뇨."

로버츠 씨는 자신의 주머니를 툭툭 치고 나서 물었다.

"이제 어떻게 하면 좋을까요?"

여인이 바로 일어나 앉았다. 정신이 차츰 돌아오는 모양이었다. 그녀가 로버츠 씨의 의상을 보더니 말했다.

"기막힌 방법인걸요. 이런 묘안을 짜내시다니! 그자가 보석이 어디 있는지 대지 않으면 죽이겠다며 협박했어요. 어찌나 겁이 나던 지……. 바로 그때 선생님이 오신 거예요."

그러다 그녀가 갑자기 웃음을 터뜨렸다.

"우리가 그놈의 허를 찔렀어요! 이제 아무 짓도 못할 거예요. 자기 객실에 들어올 수조차 없는 신세니까요. 아침까지 여기 그냥 있도록 해요. 그자는 디종(프랑스 중동부에 위치한 도시 — 옮긴이)에서 내릴 거예요. 30분이면 디종에 도착해요. 거기서 파리로 전보를 쳐서 우리 뒤를 밟게 하겠죠. 아무튼 그 코트와 모자는 창밖으로 던져 버리는 것이 좋겠어요. 문제에 휘말릴 수도 있으니까요."

로버츠 씨는 그 말을 따랐다.

여인이 경고했다.

"이제 잠들면 안 돼요. 아침까지 경계 태세를 늦추지 말아야 해요."

기묘하고도 흥미진진한 밤샘이었다. 아침 6시가 되자 로버츠 씨는 조심스레 문을 열고 밖을 살폈다. 아무도 없었다. 여인이 재빨리 자신의 객실로 들어갔다. 로버츠 씨도 뒤를 따랐다. 샅샅이 뒤진 흔적이 역력했다. 로버츠 씨는 화장실을 통해 자기 객실로 돌아왔다. 위층 침대에 있던 승객은 여전히 코를 골며 자고 있었다.

파리에는 7시에 도착했다. 차장이 코트와 모자가 사라졌다며 투덜댔다. 그는 승객 한 명이 사라진 것은 아직 모르고 있었다.

이윽고 더없이 유쾌한 추격전이 시작되었다. 여인과 로버츠 씨는 택시를 연달아 바꾸어 타며 파리를 가로질렀다. 정문으로 호텔과 레스토랑에 들어갔다가 다른 쪽 문으로 나오기를 거듭했다. 마침내 여인이 신호를 보냈다.

"미행하는 자가 아무도 없어요. 따돌린 게 확실해요."

그들은 아침을 먹고는 르부르제 공항으로 차를 타고 갔다. 세 시간 후 두 사람은 크로이던(런던의 외곽 지역으로, 1920년에 공항이 생겼지만 1959년에 폐쇄되었다 ― 옮긴이)에 도착했다. 로버츠 씨는 비행기를 생전 처음 타 보았다.

크로이던에서는 제네바에서 만난 남자와는 전혀 다른 인상을 가진 키 큰 신사가 그들을 기다리고 있었다. 그는 여인에게 대단히 정중하게 인사했다.

"마담, 차를 준비해 두었습니다."

여인이 말했다.

"백작님, 이 신사분도 함께 가실 거예요."

그러고는 로버츠 씨에게 그를 소개했다.

"이분은 폴 스테파니 백작이세요."

차는 거대한 리무진이었는데, 한 시간 정도 달린 후 어느 영지로 들어가더니 화려한 저택의 현관 앞에서 멈추었다. 로버츠 씨는 서재처럼 꾸며진 방으로 안내되었다. 그곳에서 소중한 스타킹 뭉치를 건네주자 그는 홀로 남겨졌다. 오래지 않아 폴 스테파니 백작이 돌아왔다.

"로버츠 씨, 진심으로 감사와 경의를 표하는 바입니다. 당신은 참으로 용감하고 믿음직하기 이를 데 없는 분입니다."

백작이 붉은 모로코산 가죽 상자를 내밀었다.

"성 스타니슬라우스 10등 월계수 훈장을 부디 받아 주시기 바랍니다."

로버츠 씨는 꿈만 같았다. 상자를 열어 보니 보석 박힌 훈장이 들어 있었다. 백작이 말을 이었다.

"올가 대공비께서 떠나기 전 직접 감사 인사를 하고 싶어 하십니다."

그는 으리으리한 응접실로 안내되었다. 찰랑거리는 드레스를 아름답게 차려입은 대공비는 그와 함께 여행을 한 바로 그 여인이었다.

"로버츠 씨, 그대는 내 생명의 은인입니다."

대공비가 손을 내밀었다. 로버츠 씨는 그 손에 키스했다. 갑자기 여인이 그에게로 몸을 기대며 말했다.

"당신은 진실로 용감한 분이세요."

그녀의 입술이 그의 입술에 와 닿았다. 짙은 오리엔탈 향수가 주위를 에워쌌다. 그는 날씬하고 아름다운 여인을 꼭 안았다……

그가 꿈속을 헤매고 있을 때 누군가가 들어와 말했다.

"차가 준비되어 있습니다. 어디든 원하시는 곳으로 모셔다 드리겠습니다."

한 시간 후 차는 올가 대공비에게로 돌아왔다. 그녀는 백발의 남자와 함께 차에 올랐다. 남자는 더위를 식히려고 턱수염을 떼어 냈다. 차는 올가 대공비를 스트리탐(런던의 구 — 옮긴이)의 어느 집 앞에 내려 주었다. 집 안으로 들어가자 탁자 앞에 앉아 있던 노부인이 고개를 들었다.

"오, 매기! 이제 오니?"

제네바-파리 특급 열차에서 이 여인은 올가 대공비였으며, 파커 파인의 사무실에서는 마들렌 드 사라였으며, 스트리탐의 이 집에서는 정직하고 근면한 가족의 넷째 딸 매기 세이어스였다.

대공비께서 이처럼 추락하시다니!

VI

파커 파인은 친구와 점심을 들고 있었다. 친구가 말했다.

"축하하네. 물건은 무사히 잘 전달되었네. 토르말리 패거리들은 대포 설계도가 연맹에 들어간 걸 알고 지금쯤 머리를 쥐어뜯고 있을 거야. 그 사람한테 무엇을 운반하는 것인지 이야기했나?"

"아니. 적당히…… 꾸며 대는 것이 좋겠다고 생각했지."

"역시나 신중하단 말이야."

"꼭 신중하기 때문은 아니라네. 그가 나름 즐겼으면 싶었거든. 그런데 대포 설계도라고 하면 시시하다고 여길 것 같더라고. 짜릿한 모험을 즐기게 해 주고 싶었네."

보닝턴 씨는 그를 빤히 응시했다.

"시시해? 그자들한테 발각되었다면 즉각 살해당했을 거네."

파커 파인은 온화하게 대꾸했다.

"물론이지. 그렇다고 죽든 말든 전혀 상관하지 않았던 건 아니네."

"그쪽 일은 수입이 짭짤한가?"

"때로는 손해 볼 때도 있지. 그럴 만한 가치가 충분할 때는 말이야."

VII

파리에서는 세 남자가 모여서 화가 난 얼굴로 욕을 퍼붓고 있었다.

"멍청한 후퍼 녀석! 실망이 이만저만이 아니야."

첫 번째 남자의 말에 두 번째 남자가 대꾸했다.

"설계도는 그쪽 사람이 전달하지 않았어. 하지만 누군가가 수요일에 간 건 확실해. 일을 망친 건 바로 자네야."

세 번째 사람이 뚱하니 맞받아쳤다.

"내 탓이라니? 기차에 영국인이라고는 땅딸보 회사원밖에 없었네. 패터필드나 대포에 대해서는 전혀 모르는 눈치였어. 확실해. 내가 떠 보았지만 완전히 깜깜하더군."

그러다 그는 무슨 생각이 났는지 껄껄 웃음을 터뜨렸다.

"헌데 볼셰비키라고 하면 자다가도 벌벌 떨더군."

VIII

로버츠 씨는 가스난로 앞에 앉아 있었다. 무릎에는 파커 파인에게서 온 편지가 놓여 있었다. 그 안에는 '임무를 원활히 수행한 데 대해 매우 기뻐하는 사람으로부터'라는 메모와 함께 50파운드짜리 수표가 들어 있었다.

의자 팔걸이에는 도서관에서 빌려 온 책이 놓여 있었다. 로버츠 씨는 되는 대로 아무 쪽이나 펼쳤다.

그녀는 초원에서 쫓기는 아름다운 동물처럼 문 앞에 웅크리고 있었다.

이제 그는 그것이 어떤 것인지 잘 안다.

다른 문장을 읽어 보았다.

코를 킁킁거리며 냄새를 맡았다. 메슥거리는 클로로포름 냄새가 희미하게 후각을 자극했다.

이 역시 그가 잘 아는 것이었다.

그녀를 두 팔로 꼭 안고서 섬세하게 떨리는 진홍빛 입술을 느꼈다.

로버츠 씨는 한숨을 내쉬었다. 그것은 꿈이 아니었다. 모두 실제로 일어난 일이었다. 그곳으로 갈 때는 지루하기 짝이 없었지만 돌아올 때는 그 얼마나 짜릿했던가! 너무나도 즐거웠다. 하지만 이제 다시 일상으로 돌아와서 기뻤다. 언제나 그런 식으로 살 수는 없다는 것을 막연하게나마 알 수 있었다. 심지어 올가 대공비마저도, 그 마지막 키스마저도 벌써 꿈속의 일인 양 아련하기만 했다.

메리와 아이들이 내일이면 집에 돌아올 터였다. 로버츠 씨의 얼굴에 행복한 미소가 떠올랐다.

아내는 말하겠지.

"정말 멋진 시간이었어. 하지만 당신 혼자 여기서 지내고 있다고 생각하니 얼마나 마음이 아팠는지 몰라."

"괜찮아, 여보. 출장 때문에 제네바에 갔었어. 대단히 미묘한 협상을 처리해야 했지. 그 덕분에 얼마나 벌었는지 한번 봐."

그는 이렇게 대답하면서 50파운드짜리 수표를 내밀리라.

그는 성 스타니슬라우스 10등급 월계수 훈장에 대해서도 생각했다. 감추어 두긴 했지만 메리가 찾아낼 것이 뻔했다! 적당히 둘러대야 할 텐데…….

아, 그러면 되겠군. 해외에 갔을 때 구했다고, 진귀한 골동품이라
고 말이다.

그는 다시 책을 펼치고 행복하게 읽어 내려갔다. 그의 얼굴에는
더 이상 못 이룬 동경 같은 것은 감히 기웃거리지 않았다.

그 역시 기막힌 사건을 겪은 영광의 사람들 중 한 명인 것이다.

부유한 미망인

I

그 유명한 애브너 라이머 부인이 찾아왔다는 소리에 파커 파인은 눈썹이 치켜올라갔다.

고객이 사무실 안으로 들어왔다.

라이머 부인은 큰 키에 뼈대가 굵은 체격이었다. 벨벳 드레스와 두터운 모피 코트로도 볼품없는 몸매는 가려지지 않았다. 솥뚜껑만 한 손에는 손가락 관절이 툭툭 불거져 나와 있었다. 너부데데한 얼굴은 짙게 화장을 하였고, 검은 머리는 최신 유행 스타일이었다. 모자에 두르르 말린 타조 깃털들이 쉴 새 없이 살랑거렸다.

그녀는 고개를 까닥여 인사하고는 의자에 털썩 주저앉았다.

"안녕하세요?"

"돈을 어떻게 쓰면 좋을지 기막힌 방법이 있으면 한번 말해 봐요!"

거친 억양의 목소리였다.

파커 파인은 나직하게 대답했다.

"대단히 독특하시군요. 요즘 그런 질문을 하는 사람은 거의 없죠. 라이머 부인, 정말 어떻게 돈을 쓸지 모르시는 겁니까?"

"그래요. 모피 코트가 세 벌이고, 파리제 드레스도 넘쳐나고, 자동차도 있어요. 파크레인에 집도 사고, 요트도 샀어요. 바다를 싫어하긴 하지만요. 콧대 높은 일류 하인도 여럿 두었죠. 여행도 좀 했고, 외국에도 나가 보았어요. 이제 무엇을 더 사고, 무엇을 해야 할지 막막할 정도예요."

퉁명스레 대꾸한 그녀가 자신을 희망 어린 눈길로 바라보자 파커 파인이 말했다.

"자선 시설이 있잖습니까?"

"뭐라고요? 피 같은 돈을 그런 곳에 거저 주라는 건가요? 절대 안 돼요! 어떻게 해서 번 돈인데……. 뼛골 빠지게 일해서 번 돈이라고요. 그런 돈을 휴지 조각처럼 거저 나눠 줄 거라고 생각한다면 꿈 깨요. 내가 쓸 거라고요. 신나게 써 댈 거라 이 말이에요. 신통한 생각을 해낸다면 수고비는 넉넉히 드리죠."

"흥미로운 제안이군요. 시골에 별장은 아직 안 사셨나요?"

"깜박했네. 벌써 하나 샀어요. 하지만 지루해 미치기 딱 알맞아요."

"부인 자신에 대해 좀 자세히 말씀해 주시겠습니까? 손쉽게 해결될 문제가 아니군요."

"기꺼이 말씀드리죠. 난 내 출신이 전혀 부끄럽지 않아요. 처녀 적에 농가에서 일했더랬죠. 정말 중노동이었어요. 그러다 애브너를 만났어요. 근처 제분소에서 일하던 노동자였는데, 8년을 사귄 끝에 결혼했지요."

"결혼 생활은 행복했습니까?"

"그래요. 애브너는 좋은 남편이었어요. 그렇지만 힘든 시기도 없지 않았죠. 그이는 두 번이나 실직을 했고, 아이들이 줄줄이 태어났어요. 아들 셋에 딸 하나, 모두 넷이었죠. 하지만 다들 어른이 되기 전에 하늘나라로 가 버렸어요. 아이들이 살아 있었다면 상황이 전혀 달랐을 텐데……."

그녀의 표정이 부드러워지자 한결 젊어 보였다.

"폐가 약했죠. 애브너 말이에요. 그래서 다행히 전쟁이 났을 때 징집되지 않았어요. 직장에서도 십장으로 진급했죠. 참 머리가 좋은 사람이었어요. 작업 과정을 개선시키고는 꽤 많은 수고비를 받았죠. 그이는 그 돈을 발명품을 만드는 데 썼고, 이어서 돈이 콸콸 굴러 들어왔어요. 지금도 계속 들어오고 있지요. 처음에는 너무 재미있었어요. 집을 사고, 최고급 욕실을 꾸미고, 하인을 두었어요. 더 이상 요리나 청소를 할 필요가 없었어요. 응접실의 실크 방석 위에 가만히 앉아 종을 울리면 차를 타서 대령했으니까요. 백작 부인도 부럽지 않았어요! 너무너무 재미있었고 행복했죠. 그러다 런던으로 올라왔어요. 유명 양장점을 휩쓸고 다녔지요. 파리와 리비에라에도 놀러 갔고요. 무척 즐거웠죠."

"그리고 어떻게 되었습니까?"

"그런 생활에도 점차 익숙해졌어요. 하지만 좀 지나니 하나도 재미가 없는 거예요. 심지어 먹는 음식마저 그저 그랬죠. 무슨 음식을 고르든 마찬가지였어요! 목욕도 마찬가지예요. 아무리 최고급 욕조라 해도 기껏 하루에 한 번 목욕할 뿐이잖아요. 그러던 차에 애브너의 건강이 악화됐어요. 의사들한테 돈을 숱하게 뿌렸지만 아무 소용도 없었어요. 이 방법, 저 방법 안 써 본 것 없이 다 써 보았지만 모두 헛일이었죠. 결국 그이는 눈을 감고 말았어요."

그녀는 말을 잠시 멈춘 후 다시 이었다.

"겨우 마흔셋에 그렇게 가다니……."

파커 파인도 동정하며 고개를 끄덕였다.

"그게 5년 전 일이에요. 돈은 여전히 굴러 들어오고 있죠. 그 돈으로 아무 짓도 안 하는 것은 현명하지 못한 행동이지요. 하지만 아까도 말했듯이 살 만한 것은 벌써 다 사서 더 이상 살 게 없어요."

"다른 말로 하자면 삶이 지루하고 즐겁지가 않으시다는 거군요."

라이머 부인이 우울하게 대꾸했다.

"지겨워 미치겠어요. 난 친구도 없어요. 새 친구들은 모두 기부금만 뜯어내려고 하고 등 뒤에서는 나를 손가락질하며 비웃어요. 옛 친구들은 나와 함께 즐기거나 놀 거리가 없고요. 내가 차를 타고 나타나면 친구들은 하나같이 주눅 들어 하죠. 무슨 좋은 수가 없을까요?"

파커 파인은 신중하게 말했다.

"방법이 하나 있기는 합니다. 무척 어렵겠지만 성공 가능성은 분명 있습니다. 부인께 잃어버린 것을 돌려줄 수 있을 것 같군요. 삶에 대한 흥미 말입니다."

"어떻게요?"

라이머 부인이 힐문했다.

"그건 제 직업상의 비밀입니다. 미리 방법을 공개하지는 않지요. 문제는 부인이 위험을 무릅쓸 각오가 되어 있느냐는 것입니다. 100퍼센트 성공을 보장할 수는 없습니다. 하지만 성공 가능성이 상당하리라 판단되는군요. 매우 특별한 방법을 써야 하는 만큼 비용도 적잖이 들 겁니다. 수수료는 1000파운드이며 선불입니다."

"최고가를 부르셨겠죠? 좋아요! 기꺼이 위험을 감수하죠. 최고가를 내는 데는 익숙해져 있어요. 다만 일단 돈을 쓰면 반드시 본전을 뽑는 게 바로 나라는 점을 명심하세요."

"후회하지 않으실 겁니다. 걱정 마십시오."

라이머 부인은 고마워하며 자리에서 일어났다.

"오늘 저녁 수표를 보내 드리지요. 왜 이렇게 그쪽을 무턱대고 믿게 되는지 잘 모르겠군요. 멍청이는 재산이 굴러 들어와도 금방 잃게 된다고들 하죠. 아마 내가 멍청이일 수도 있지요. 하지만 행복하게 만들어 주겠다고 장담하는 광고를 온 신문에 싣다니 정말 배짱이 두둑하신가 봐요!"

"광고를 싣자면 돈이 꽤 많이 들지요. 실천할 수도 없는 말을 하느라 거금을 날려 버릴 리 있겠습니까. 저는 무엇이 불행을 야기하는지 잘 압니다. 따라서 어떻게 하면 행복을 만들어 낼 수 있는지도 잘 알지요."

라이머 부인은 미심쩍은 듯 고개를 젓고는 값비싼 혼합 향수를 뭉게뭉게 남긴 채 사무실에서 나갔다.

잘생긴 클로드 루트렐이 사무실 문을 열고 어슬렁어슬렁 들어왔다.

"제가 맡을 케이스인가요?"

파커 파인은 고개를 저었다.

"그렇게 단순한 케이스가 아니네. 단순하기는커녕 굉장히 까다로운 경우야. 상당한 위험을 감수해야 해. 평소와는 아주 다른 방법을 써야겠어."

"올리버 부인에게 도움을 요청할 건가요?"

파커 파인은 세계적인 추리 소설가의 이름을 듣고는 미소를 지었다.

"올리버 부인은 우리 중에서 가장 보수적이지. 대담하기 이를 데 없는 묘수가 하나 있네. 당장 앤트로버스 박사에게 연락해 두게."

"앤트로버스요?"

"그래, 그의 도움이 필요할 걸세."

II

일주일 후 라이머 부인은 다시 한 번 파커 파인의 사무실을 찾았다. 파커 파인은 자리에서 일어나 고객을 맞았다.

"필요한 작업을 하느라 이처럼 늦어지고 말았습니다. 몇 가지 조치가 필요했거든요. 특별하신 분을 유럽 너머에서 모셔 왔습니다."

"오!"

라이머 부인의 목소리는 무척 회의적이었다. 1000파운드짜리 수표를 지불했고, 그 수표가 이미 현금으로 환전되었다는 사실이 라이머 부인의 뇌리에서 떠나지 않았다.

파커 파인은 버저를 눌렀다. 그러자 동양적인 외모를 가진 검은 머리 아가씨가 새하얀 간호사복 차림으로 들어왔다.

"드 사라 간호사, 모두 준비되었나요?"

"네, 콘스탄틴 박사님께서 기다리고 계십니다."

"무슨 일을 하려고요?"

라이머 부인이 다소 불안해하며 묻자 파커 파인이 설명했다.

"동양에서 온 마법사를 소개해 드리지요."

라이머 부인은 간호사를 따라 위층으로 올라갔다. 그리고 건물의 나머지 구역과는 분위기가 확연히 다른 방으로 안내되었다. 동양풍 자수가 벽을 뒤덮고 있었고 기다란 소파에는 푹신푹신한 쿠션이 놓여 있었다. 게다가 바닥에도 아름다운 융단이 깔려 있었다. 한 남자가 커피포트 앞에 상체를 숙인 채 서 있다가 두 사람이 들어서자 고개를 들었다.

"콘스탄틴 박사님이십니다."

간호사가 말했다.

의사는 유럽식 옷차림이었다. 하지만 동양인처럼 까무잡잡한 얼굴에 위쪽으로 찢어진 검은 눈이 신비로운 통찰력을 지니고 있는 것처럼 보였다. 그가 굵은 저음으로 말했다.

"제 환자로군요!"

"전 환자가 아니에요."

라이머 부인이 대꾸했다.

"몸이 아픈 게 아니라 영혼이 지쳐 있습니다. 우리 동양에서는 영혼의 병을 어떻게 치료해야 할지 잘 알고 있답니다. 여기 앉아서 차한 잔 드시지요."

라이머 부인은 소파에 앉아 감미로운 향을 풍기는 자그마한 찻잔을 받아 들었다. 그녀가 차를 홀짝이는 동안 의사가 말을 이었다.

"여기 서양에서는 오직 몸만 치료합니다. 그건 큰 실수라고 할 수있어요. 몸은 도구일 뿐입니다. 몸을 통해 음악이 연주되는 것이지요. 슬프고 지친 음악일 수도 있고, 환희에 찬 즐거운 음악일 수도있습니다. 저는 후자의 음악을 부인께 돌려드리고자 합니다. 부인께는 돈이 있습니다. 이제부터 그것을 쓰며 즐기게 될 것입니다. 다시금 행복한 삶을 찾는 것입니다. 더할 나위 없이 쉽지요……."

라이머 부인은 온몸으로 나른한 기운이 퍼지는 것 같았다. 의사와 간호사의 모습이 흐릿해졌다. 더없는 행복감과 함께 졸음이 쏟아졌다. 의사의 덩치가 점점 커지는 것 같았다. 온 세계가 점점 커지고 있었다.

의사가 그녀의 눈을 들여다보며 말했다.

"잠이 옵니다. 잠이 옵니다. 눈꺼풀이 감깁니다. 곧 깊은 잠이 들것입니다. 잠이 듭니다. 잠이 듭니다……."

라이머 부인의 눈꺼풀이 감겼다. 그리고 거대하고도 아름다운 세상으로 두둥실 떠올랐다……

III

눈을 뜨자 아주 긴 시간이 흐른 것만 같았다. 몇 가지 일이 아련히 떠올랐다. 기묘하고도 비현실적인 꿈이었다. 잠에서 깬 것도 같았고, 곧 다시 잠이 들어 꿈을 꾸는 것도 같았다. 자동차를 탄 기억과 검은 머리의 아름다운 간호사가 자신을 굽어보던 모습이 아련히 떠올랐다.

어쨌든 지금은 잠에서 완전히 깨 그녀의 침대 위에 누워 있었다.

그런데 이게 그녀의 침대일까? 어쩐지 느낌이 좀 달랐다. 섬세하고 부드러운 느낌이 없었다. 거의 잊어버린 옛 시절이 불현듯 떠올랐다. 그녀는 몸을 움직여 보았다. 삐걱거리는 소리가 났다. 파크레인에 있는 라이머 부인의 침대는 절대 삐걱거릴 리가 없는데 말이다.

그녀는 주위를 둘러보았다. 파크레인이 아닌 것이 분명했다. 병원인가? 아니, 병원도 아닌 듯했다. 그렇다고 호텔도 아니었다. 옅은 자색으로 보이는 모호한 빛깔의 벽으로 둘러싸인 텅 빈 방이었다. 전나무로 짠 세면대에는 물 단지와 대야가 놓여 있었다. 또한 전나무 서랍장과 양철 트렁크가 하나씩 있었다. 못에는 낯선 옷들이 걸려 있었다. 그녀를 덮고 있는 이불도 덕지덕지 기운 퀼트였다.

"도대체 여기가 어디지?"

문이 열리더니 통통하고 자그마한 한 여인이 부산스럽게 들어왔다. 발그레한 뺨에 명랑해 보이는 인상이었다. 소매를 걷어붙이고 앞치마를 두른 차림이었다.

"어머나! 깨어났군요. 의사 선생님, 여기 좀 와 보세요."

라이머 부인은 말을 하려다 입을 다물었다. 여인을 뒤따라 들어온 사람이 가무잡잡한 얼굴의 콘스탄틴 박사가 아니었기 때문이다. 등이 굽은 노인이 두꺼운 안경알 너머로 라이머 부인을 바라보았다. 그는 침대로 다가오더니 라이머 부인의 손목을 쥐며 말했다.

"한결 좋아 보이는군. 곧 괜찮아질 거네."

"저한테 무슨 일이 있었나요?"

라이머 부인은 딱딱하게 굳은 목소리로 물었다.

"일종의 발작을 일으켰네. 사흘 정도 의식을 잃고 누워 있었지. 이제 걱정할 것 없네."

통통한 여인이 끼어들며 말했다.

"한나, 우리가 얼마나 놀랐는지 몰라요. 계속 말도 안 되는 헛소리를 하지 뭐예요."

그러자 의사가 말리듯이 말했다.

"그만, 그만, 가드너 부인. 환자를 흥분시켜서야 쓰나. 곧 예전처럼 건강해질 테니 염려 말아요."

가드너 부인이 말했다.

"일 걱정은 하지 말아요, 한나. 로버츠 씨가 거들어 주러 와서 아무 문제없어요. 그러니 여기 침대에 가만히 누워 푹 쉬도록 해요."

"왜 자꾸 날 한나라고 부르는 거죠?"

"그야 이름이 한나이니깐 그렇죠."

가드너 부인은 당혹스러운 표정으로 라이머 부인의 물음에 대답했다.

"아니에요. 내 이름은 어밀리어예요. 어밀리어 라이머. 애브너 라이머의 부인이라고요."

의사와 가드너 부인이 서로 눈짓을 교환한 뒤, 차례로 말했다.

"어쨌든 누워서 푹 쉬어요."

"그래요, 그래. 아무 걱정 말고."

두 사람이 방에서 나갔다. 라이머 부인은 어리둥절한 채로 침대에 누워 있었다. 왜 자꾸 그녀를 한나라고 부르는 거지? 왜 이름을 밝히자 그들이 재미있어하며 믿지 않는 듯한 눈짓을 주고받은 걸까? 도대체 여기는 어디고, 무슨 일이 있었던 거지?

라이머 부인은 침대에서 일어났다. 약간 휘청거리기는 했지만 한 발 한 발 작은 지붕창으로 다가가 밖을 내다볼 수는 있었다. 농가 마당이었다! 더욱 당혹스러워진 그녀는 일단 침대로 돌아갔다. 생전 처음 보는 농가에서 자신이 대체 뭘 하고 있는 건지 혼란스러울 뿐이었다.

가드너 부인이 쟁반에 수프 그릇을 들고 오자 라이머 부인은 궁금해하고 있던 것을 물었다.

"내가 이 집에서 뭘 하고 있는 거죠? 누가 날 여기로 데려왔나요?"

"데려오긴 누가 데려와요? 여기가 집이잖아요. 지난 5년 동안 여기서 살았어요. 설마 한나가 발작을 할 줄이야."

"여기서 살았다니! 그것도 5년씩이나요?"

"그래요. 한나, 아무 기억도 안 나요?"

"여기서 산 적 없어요! 아주머니도 처음 본다고요."

"이런, 병을 앓는 동안 기억을 잃어버렸나 보네요."

"난 여기서 산 적 없단 말예요!"

"여기서 분명히 살았어요."

가드너 부인이 별안간 서랍장으로 쪼르르 달려가더니 빛바랜 사진이 든 액자를 가지고 돌아왔다.

사진 속에는 네 사람이 나란히 찍혀 있었다. 턱수염을 기른 남자, 통통한 여자(가드너 부인이었다.), 수줍은 듯 유쾌한 미소를 짓고 있는 깡마른 남자 그리고 날염 원피스에 앞치마를 두른 여자, 바로 라이머 부인 자신이었다!

라이머 부인은 얼이 빠져 멍하니 사진을 응시했다. 가드너 부인은 수프를 그녀 옆에 내려놓고 조용히 방에서 나갔다.

라이머 부인은 기계적으로 수프를 떠서 먹었다. 진하고 따끈한 맛있는 수프였다. 머릿속이 쉴 새 없이 빙글빙글 돌았다. 누가 미친 거지? 가드너 부인이? 아니면 내가? 둘 중 하나는 미친 게 틀림없어! 하지만 의사도 있잖아!

"나는 어밀리어 라이머야. 내가 어밀리어 라이머라는 것은 분명해. 그 누구도 나를 다른 사람으로 부를 순 없어."

그녀는 단호히 중얼거렸다.

수프를 다 먹은 그녀는 그릇을 다시 쟁반 위에 내려놓았다. 그러고는 옆에 있는 신문을 펼쳐서 날짜를 살폈다. 10월 19일이었다. 파커 파인의 사무실에 며칠에 찾아갔더라? 15일 아니면 16일이었는데……. 그렇다면 사흘 동안이나 앓은 것이다.

"덜떨어진 의사 같으니라고!"

라이머 부인은 화가 나서 외쳤다.

그래도 며칠뿐이라 조금이나마 마음이 놓였다. 자기가 누구인지 몇 년씩이나 기억을 잊고 산 사람들에 대한 이야기를 전에 들은 적이 있었다. 그런 일이 자신에게도 일어난 것일까 봐 은연중에 걱정이 되었던 차였다.

신문을 넘기며 대충 훑어보던 중 라이머 부인은 별안간 한 기사에 시선이 박혔다.

어제 '단추부착기' 왕 애브너 라이머의 미망인이 정신 질환 때문에 사설 요양원으로 옮겨졌다. 미망인은 지난 이틀 동안 자신이 라이머 부인이 아니라 한나 무어하우스라는 시골 아낙네라고 주장하였다.

"한나 무어하우스라고! 그렇게 된 거였군."

라이머 부인은 고개를 끄덕였다.

"그녀가 나고, 내가 그녀야. 일종의 도플갱어(같은 공간과 시간에서 자신과 똑같은 환영을 보는 현상 — 옮긴이)인 셈이지. 조만간 상황을 바로잡을 수 있을 거야! 그 말만 번지르르한 위선자 파커 파인이 수작을 부린 게 틀림없어……."

그 순간 신문에 있는 콘스탄틴이라는 이름이 시선을 끌었다. 이번에는 커다랗게 대서특필된 기사였다.

콘스탄틴 박사의 가설

지난밤 콘스탄틴 박사는 일본으로의 출발을 하루 앞두고 행한 마지막 강연에서 충격적인 가설을 제시했다. 박사는 영혼을 다른 몸으로 이동시킴으로써 그 존재를 증명할 수 있다고 주장했다. 그는 동양에서의 실험 결과 두 사람의 영혼을 성공적으로 전이시켰다고 한다. 최면 상태에서 A의 영혼이 역시 최면 상태에 있던 B의 몸으로 들어갔으며, B의 영혼은 A의 몸으로 들어갔다. 최면에서 깨어난 A는 자신이 B라고 주장했으며, B는 자신이 A라고 주장했다. 성공적인 실험을 위해서는 외모가 대단히 닮은 두 사람이 필요하다. 따라서 외모가 닮은 사람들끼리 영혼이 연결되어 있는 것이 확실시되었다. 쌍둥이의 경우가 이를 뒷받침하고 있다. 또한 사회적 지위가 전혀 다른 두 사람도 외모만 비슷하다면 영혼이 똑같은 체계를 보이는 것으로 밝혀졌다.

라이머 부인은 신문을 내던졌다.
"이런 악당 같으니! 천하의 몹쓸 작자들!"
어떻게 된 일인지 모든 게 분명해졌다! 그녀의 돈을 차지하기 위해 비열한 음모를 꾸민 것이다. 한나 무어하우스는 파커 파인의 꼭 두각시에 불과했다. 십중팔구 아무것도 모르고 이용당한 것이리라. 파커 파인과 악마 같은 콘스탄틴이 이 무시무시한 음모를 꾸민 것이다.

하지만 내가 진실을 모두 알리고 말겠어! 그자의 정체를 낱낱이 폭로하고 말 거야! 기필코 법의 심판을 받게 하리라! 세상에 이 사실을 알려야 해······.

분노의 파도가 별안간 뚝 얼어붙었다. 첫 번째 읽은 기사가 떠올랐기 때문이다. 한나 무어하우스는 어수룩한 사람이 아니었다. 그녀는 강하게 저항하며 자신의 정체를 밝히려 했다. 그래서 어떻게 되었는가?

"가엾게도 정신 병원에 갇히다니······."

싸늘한 한기가 등줄기를 타고 흘러내렸다.

정신 병원이라니! 일단 정신 병원에 갇히면 다시는 나올 수 없다. 정신이 멀쩡하다고 말하면 말할수록 더욱더 미치광이 취급을 받는다. 죽을 때까지 정신 병원에 갇혀 있어야 한다. 그런 위험을 감수할 수는 없었다.

문이 열리고 가드너 부인이 들어왔다.

"오, 수프를 다 먹었군요. 잘했어요. 이제 곧 괜찮아질 거예요."

"내가 언제부터 아팠죠?"

라이머 부인이 거친 어조로 물었다.

"보자꾸나······, 아마 사흘 전부터였지요? 수요일이었으니까······

15일 4시쯤부터예요."

"아!"

의미심장한 외침이었다. 라이머 부인이 콘스탄틴 박사의 사무실에 들어간 것이 바로 4시경이었던 것이다.

"의자에서 푹 꼬꾸라졌어요. '아!' 하고 외치면서 말이에요. 그러더니 몽롱한 목소리로 이렇게 말하지 뭐예요. '잠이 든다. 나는 잠이 든다.' 그러더니 정말 잠이 들었어요. 그래서 침대에 눕혀 놓고 의사 선생님을 불렀지요. 그 후로 줄곧 여기 누워 있었어요."

라이머 부인은 과감하게 가드너 부인을 떠보았다.

"내가 누군지 증명할 길이 또 없나요? 얼굴을 보고 판단하는 거 말고요."

"어머, 별스러운 말을 다 하네요. 그럼 얼굴을 보고 판단하지 뭘 보고 판단한단 말예요? 참, 몸에 있는 점을 보면 확실해지겠네요."

"점이라고요?"

라이머 부인의 얼굴이 활짝 밝아졌다. 자신의 몸에 점 같은 것은 없기 때문이다.

"오른쪽 팔꿈치 아래에 딸기 모양의 반점이 있잖아요. 직접 보세요."

그 말에 라이머 부인은 중얼거렸다.

"그래, 이거라면 증명할 수 있겠지."

오른쪽 팔꿈치 아래에 딸기 모양의 반점 같은 것이 절대 있을 리 없었다. 그녀는 잠옷 소매를 걷어 올렸다. 그런데 정말 놀랍게도 딸기 모양의 반점이 그 자리에 똑똑히 박혀 있는 것이 아닌가?

라이머 부인은 그만 울음을 터뜨리고 말았다.

IV

나흘 후 라이머 부인은 침대에서 일어났다. 여러 가지 계획을 세워 보았지만 다 마땅치가 않았다.

가드너 부인에게 신문 기사를 보여 주고 설명할 수도 있으리라. 하지만 과연 믿어 줄까? 전혀 믿지 않을 것이 뻔했다.

아니면 파커 파인의 사무실로 직접 찾아갈 수도 있었다. 이 계획이야말로 가장 마음에 드는 것이었다. 무엇보다 그 말만 번지르르한 사기꾼에게 실컷 욕이라도 퍼부어 줄 수 있기 때문이다. 하지만 이를 실행하는 데는 결정적인 문제가 있었다. 그녀는 현재 (듣기로는) 콘월(영국 잉글랜드 남서부에 위치한 주 — 옮긴이)에 있었고, 런던까지 갈 여비가 전혀 없었다. 낡은 지갑에 들어 있는 2파운드 4페니가 그녀가 가진 전 재산인 것 같았다.

나흘 후에야 라이머 부인은 대담한 결정을 내렸다. 현재의 상황을 그대로 수용하기로 한 것이다! 그녀는 현재 한나 무어하우스였다. 그러므로 한나 무어하우스로 살기로 했다. 한동안 그 역할을 충실히 수행한 뒤 충분히 돈이 모이면 런던으로 가서 사기꾼의 소굴을 박살 내 주리라.

일단 마음을 정하자 라이머 부인은 자신의 역할을 기분 좋게 받아들였다. 심지어는 다소 냉소적인 즐거움마저 느껴졌다. 역사는 되풀이된다더니……. 새로운 생활은 처녀 시절을 떠올리게 했다. 까마득한 옛날 일만 같았는데!

V

수년간 안락하게 지내 왔던 터라 처음에는 고된 일을 하는 게 몹시 힘이 들었지만, 일주일이 지나자 농장 생활에 자신도 모르게 몸이 익숙해졌다.

가드너 부인은 친절하고 상냥한 사람이었다. 남편인 가드너 씨는 과묵한 거구의 사내이긴 했지만, 마찬가지로 친절했다. 사진 속의 휘청일 것처럼 깡마른 남자는 농장을 떠나고 없었다. 대신 그 자리는 다른 일꾼으로 채워져 있었는데, 사십대 중반의 거구의 남자로 말과 생각은 느리지만 상냥한 데다 푸른 눈이 수줍은 듯 늘 반짝거리는 사람이었다.

몇 주가 금세 흘러갔다. 라이머 부인은 마침내 런던까지 갈 여비를 모을 수 있었다. 하지만 그녀는 가지 않았다. 출발을 조금 미룬 것이다. 그녀는 급할 것 없다고 생각했다. 정신 병원에 갇힐 수도 있다는 점을 감안하니 마음이 편치 않았다. 천하의 몹쓸 파커 파인은 교활한 놈이었다. 의사를 매수해서 그녀가 미쳤다는 진단을 받게할 것이다. 그리고 아무도 모르는 곳에 가두려고 들 터였다.

"뭐, 생활에 잠깐 변화를 가져 보는 것도 나쁘지 않지."

라이머 부인은 중얼거렸다.

그녀는 아침 일찍 일어나 열심히 일했다. 그해 겨울 새로 온 일꾼인 조 웰쉬가 병에 걸렸다. 그래서 라이머 부인과 가드너 부인이 그를 정성껏 간호했다. 거구의 사내는 침대에 누워 애처로울 정도로 두 사람을 의지했다.

봄이 왔다. 양들이 새끼를 낳을 때가 온 것이다. 산울타리에는 야생화가 만발하고, 공기 중에는 마음을 들뜨게 하는 기운이 맴돌았다. 조는 한나가 일할 때 거들었고, 한나는 조의 옷가지를 기워 주었다.

일요일이면 때때로 함께 산책을 하기도 했다. 조는 4년 전에 아내를 여읜 홀아비였다. 그는 아내가 죽은 뒤 거의 폐인처럼 살았다고 솔직히 털어놓았다.

근래 들어 그는 술집을 거의 찾지 않았다. 그리고 모처럼 새 옷을 몇 벌 샀다. 그 사실을 알고 가드너 부부는 웃음을 터뜨렸다.

한나도 옷 입은 모양새가 어색하다며 조를 놀려 댔다. 그래도 조는 조금도 개의치 않았다. 부끄러워하긴 했지만 행복한 기색이 가득했다.

봄이 가고 여름이 왔다. 그해 여름은 날씨가 좋았고, 모두들 열심히 일했다.

추수가 끝났다. 나뭇잎이 온통 울긋불긋하게 물들었다.

10월 8일, 한나가 양배추를 수확하다 문득 고개를 들어 보니 울타리에 파커 파인이 기대서 있었다.

"아니, 당신……!"

한나, 아니 라이머 부인이 외쳤다.

기가 막혀 한동안 말이 나오지 않았다. 마침내 입이 열리자 그녀가 씩씩대며 참았던 말들을 쏟아 냈다.

파커 파인은 차분하게 미소를 지었다.

"모두 맞는 말씀입니다."

"이 사기꾼 불한당 같은 놈!"

라이머 부인은 했던 말을 반복하고 또 반복했다.

"콘스탄틴인가 뭔가와 짜서 내게 최면을 거는 것도 모자라 죄도 없는 한나 무어하우스를 정신 병원에 처넣다니!"

파커 파인이 말허리를 잘랐다.

"아닙니다. 그건 부인의 오해입니다. 한나 무어하우스는 정신 병원에 있지 않습니다. 사실 한나 무어하우스는 존재하지 않는 사람이지요."

"뭐라고? 한나의 사진을 내 두 눈으로 똑똑히 봤는데 어디서 개수작이야?"

"위조한 겁니다. 아주 간단한 일이지요."

"그렇다면 신문 기사는?"

"신문도 가짜로 만든 것입니다. 두 개의 기사를 보고 자연적으로 확신하도록 유도하기 위해서였죠. 물론 제대로 먹혀들었죠."

"그 사악한 콘스탄틴 박사는 어떻게 설명할 거지?"

"그 이름도 가짜입니다. 탁월한 연기력을 지닌 제 친구의 도움을 받았지요."

라이머 부인은 콧방귀를 뀌었다.

"흥! 그럼 애초에 최면에 걸리지도 않았다는 거로군."

"네, 맞습니다. 마리화나를 탄 차를 마셨던 거예요. 그 후 추가로 약을 투여한 뒤 여기까지 차로 모셔 와 의식을 차리게 한 겁니다."

"그렇다면 가드너 부인도 쭉 알고 있었군?"

파커 파인은 말없이 고개를 끄덕였다.

"그녀를 매수했어! 아니면 온갖 거짓말로 속였거나!"

"가드너 부인은 제 말을 믿은 것뿐입니다. 예전에 가드너 부인의 외아들이 감옥에 갈 뻔했는데, 그때 제가 구해 주었거든요."

파커 파인의 차분한 설명에 라이머 부인은 이쩐지 마음이 가라앉았다. 그래도 다시 한 번 강경한 어조로 물었다.

"그럼, 점은 어떻게 한 거지?"

파커 파인은 미소를 지었다.

"지금쯤 꽤 옅어졌을 텐데요. 6개월 후면 완전히 사라질 겁니다."

"도대체 왜 이따위 짓을 벌인 거지? 나를 속여서 이딴 촌구석에 일꾼으로 처박아 두다니! 은행에 돈이 산더미처럼 쌓여 있는 나를 말이야. 물을 것도 없지. 내가 없는 동안에 내 돈을 몽땅 가로채려는 속셈이었지? 사실 돈 때문이 아니면 뭐겠어."

"맞습니다. 부인께서 약에 취해 있는 동안 대리인 위임장을 받았더랬지요. 그리고…… 안 계시는 동안 제가 부인의 재정을 관리했습니다. 하지만 수수료로 받은 1000파운드 외에는 동전 하나 제 주머니에 넣지 않았습니다. 사실상 적절한 투자로 부인의 재정 상태가 오히려 더욱 좋아졌지요."

파커 파인이 부인을 향해 활짝 웃어 보였다.

"그렇다면 왜……?"

"부인, 한 가지 묻고 싶은 것이 있습니다. 부인은 정직한 분입니다. 그러니 정직하게 대답하시리라 믿습니다. 지금 행복하신가요?"

"행복하냐고? 그걸 말이라고 하나? 돈을 몽땅 갈취하고는 행복하냐고 묻다니! 천하의 철면피 같으니!"

"여전히 화가 안 풀리셨군요. 당연하지요. 하지만 제 소행에 대한 비판은 잠시 미루어 주십시오. 1년 전 오늘 부인께서는 제 사무실로 찾아오셔서 불행하다고 하셨죠. 지금도 불행하십니까? 그렇다면 진심으로 사과드리겠습니다. 저에 대해 어떤 법적 조치를 취하시든 기꺼이 받아들이겠습니다. 물론 제가 받은 1000파운드도 돌려드리지요. 어떻습니까, 지금도 불행하십니까?"

라이머 부인은 파커 파인을 얼마 동안 노려보았다. 그러더니 시선을 떨구며 입을 열었다.

"아뇨, 불행하지 않아요."

감탄이 섞인 목소리였다.

"솔직히 행복해졌다는 것을 인정해요. 애브너가 죽은 뒤로 나는 줄곧 불행했어요. 나…… 나는 여기 일꾼인 조 웰쉬와 결혼할 거예요. 다음 주 일요일에 결혼 예고(식을 올리기 전에 일요일마다 3주 동안 결혼을 예고하여 이의 유무를 묻는 기독교 교회의 제도 — 옮긴이)를 해요. 아니, 그러니까 내 말은…… 할 예정이었다는 거죠."

"그렇다면 이제 없던 일이 되겠군요."

라이머 부인의 얼굴이 빨갛게 달아올랐다.

"없던 일이 되다뇨? 돈을 다시 되찾았다고 해서 내가 귀족 마나님
으로라도 돌아갈 줄 아세요? 난 그따위는 되고 싶지 않아요. 도대체
그게 다 무슨 소용이에요. 나는 조만 있으면 돼요. 조도 나만 있으면
되고요. 우리는 천생연분이고, 앞으로 행복하게 잘 살 거예요. 잘난
파인 씨, 다시는 내 인생에 가타부타 참견 말고 썩 꺼져 주세요!"

파커 파인은 주머니에서 서류를 꺼내 그녀에게 내밀었다.

"알겠습니다. 그리고 이것은 위임장입니다. 여기서 찢어 버릴까
요? 이제 부인 재산은 부인 뜻대로 하십시오."

라이머 부인의 얼굴에 묘한 표정이 떠올랐다. 그녀는 서류를 확
밀쳐 냈다.

"도로 집어넣어요. 내가 험한 말을 좀 하긴 했지만 그 정도야 당
연하잖아요? 당신은 정말 여우 같은 사람이에요. 하지만 그만큼 신
뢰할 수 있는 인간이기도 하지요. 이곳 은행의 내 계좌로 700파운
드를 보내 주세요. 그걸로 전부터 점찍어 둔 농장을 살 거예요. 그
나머지는…… 병원에 기부하도록 해요."

"전 재산을 기부하겠다는 말씀인가요?"

"그렇게 해 주세요. 조는 착하고 좋은 남자이긴 하지만 강인한 사
람은 아니에요. 그 많은 돈을 주었다가는 오히려 사람을 망치고 말
거예요. 난 그이가 술을 끊게 만들었어요. 물론 앞으로도 술에는 입

도 못 대게 할 거예요. 내 결심은 아주 확고해요. 돈이 나와 조 사이에 끼어드는 꼴은 절대 못 봐요."

"부인께서는 정말 대단한 분이십니다. 세상에 그렇게 할 수 있는 사람은 천 명에 한 명 있을까 말까입니다."

파커 파인은 천천히 말했다.

"천에 하나 정도는 정신이 똑바로 박혀 있어야 하지 않겠어요?"

"진심으로 경의를 표하는 바입니다."

평소와는 전혀 다른 어조였다. 그는 정중하게 모자를 들어 보이고는 몸을 돌려 그곳을 떠나갔다.

"조한테는 절대 말하지 말아요, 절대로!"

라이머 부인이 등 뒤에서 외쳤다.

저물어 가는 태양을 등지고 선 라이머 부인은 커다란 청록빛 양배추를 손에 든 채 어깨를 쫙 펴고서 머리를 뒤로 젖혔다. 저물녘 해를 배경으로 우뚝 선 농부 아낙네의 당당한 풍채였다.

원하는 것을 다 가졌습니까?

I

"파르 이시, 마담.(이쪽으로 오십시오, 부인.)"

밍크코트를 걸친 키가 큰 여인이 짐을 잔뜩 든 짐꾼을 따라 리옹역(프랑스 파리의 기차역 중 하나 — 옮긴이) 플랫폼을 걸어갔다.

그녀는 한쪽 눈과 귀를 가릴 만큼 진갈색 니트 모자를 푹 눌러쓴 차림이었다. 모자에 가려지지 않은 쪽으로는 매혹적으로 살짝 들린 코끝과 옆얼굴이 보였다. 그녀의 곱슬곱슬한 짧은 금발 머리가 조가비 같은 귀를 살짝 덮고 있었다. 전형적인 미국인처럼 보이는 여인은 어디 하나 흠잡을 데 없이 아름다워서 플랫폼을 걸어가는 동안 여러 남자들의 시선을 끌었다.

기차 옆면에는 기다란 표지판이 달려 있었다.

파리 — 아테네

파리 — 부쿠레슈티(루마니아의 수도 — 옮긴이)

파리 — 이스탄불

마지막 표지판 앞에서 짐꾼이 걸음을 멈추었다. 그는 트렁크를 묶어 놓은 밧줄을 풀고 몇 개의 트렁크를 바닥으로 힘겹게 내려놓았다.

"부아시, 마담(여깁니다, 부인)."

침대칸 차장이 계단 옆에 서 있다가 다가오며 인사했다.

"봉 수아르, 마담(안녕하세요, 부인)!"

그처럼 '친절한' 인사는 아마도 최고급 밍크코트가 드러내는 부유함 때문일 것이다.

여인은 차장에게 얇은 종이로 된 기차표를 건넸다.

"6번 침대석이로군요. 이쪽으로 오십시오."

차장이 기차 안으로 재빨리 들어가자 여인은 그 뒤를 따랐다. 그녀는 서둘러 복도를 걸어가다가 바로 옆 칸에서 나오는 덩치 큰 남자와 그만 부딪칠 뻔하였다. 그녀는 인자한 눈빛과 온화한 표정을 가진 커다란 얼굴을 힐끗 쳐다보았다.

"부아시, 마담(여깁니다, 부인)."

차장이 객실을 열어 보였다. 그는 객실 창문을 열어 밖에 있는 짐꾼에게 손짓했다. 짐꾼이 가방을 들고 와서 선반에 올렸다. 여인은 자리에 앉았다.

그녀는 자그마한 진홍빛 가방과 핸드백을 바로 곁에 내려놓았다. 객실이 무더운데도 코트를 벗어야겠다는 생각은 들지 않는 모양이었다. 그저 멍하니 창밖을 내다볼 뿐이었다. 사람들이 플랫폼에서 종종걸음으로 오고 갔다. 신문팔이와 베개 장수와 초콜릿 장수, 거기다 과일 장수와 미네랄워터 장수까지 잇달아 나타났다. 그들이 그녀 앞에 물건을 내밀었지만 그녀의 시선은 아득할 뿐이었다. 리옹역이 시야에서 점점 사라져 갔다. 여인의 얼굴에는 슬픔과 수심이 가득했다.

"여권 좀 주시겠습니까?"

그 말에도 여인은 멍하니 있었다. 문가에 선 차장이 다시 한 번 요청했다. 그제야 엘시 제프리스는 화들짝 놀라며 정신을 차렸다.

"죄송합니다. 뭐라고 하셨죠?"

"여권을 좀 주시지요, 마담."

엘시는 핸드백에서 여권을 꺼내 차장에게 건넸다.

"아무 걱정 마십시오, 마담. 제가 잘 처리하겠습니다."

잠시 의미심장한 침묵을 지킨 뒤 차장이 이어서 말했다.

"이스탄불에 도착할 때까지 부인을 불편 없이 편안하게 모시겠습니다."

엘시는 50프랑짜리 지폐를 꺼내 그에게 내밀었다. 차장은 사무적인 태도로 지폐를 받고는 언제 침대를 꾸밀지, 그리고 저녁은 먹을 것인지를 물었다.

차장이 필요한 몇 가지 대답을 듣고 나가기가 무섭게 식당차 직원이 작은 종을 시끄럽게 울리며 복도를 지나갔다.

"프르미에 세르비스! 프르미에 세르비스!(1등석 손님, 식사하십시오! 1등석 손님, 식사하십시오!)"

엘시는 벌떡 일어나 무거운 밍크코트를 벗고 자그마한 거울에 얼굴을 슬쩍 비쳐 본 다음 핸드백과 보석 가방을 들고 복도로 나왔다. 몇 발자국도 떼지 않았는데 식당차 직원이 다시 부랴부랴 돌아왔다. 엘시는 그와 부딪치지 않으려고 비어 있던 옆 객실로 잠시 들어갔다. 직원이 지나가자 그녀는 다시 식당차로 향하려다가 객실 좌석에 놓인 트렁크의 이름표를 무심코 바라보았다.

튼튼한 돼지 가죽 트렁크는 다소 낡아 보였는데, 이름표에 'J. 파커 파인. 이스탄불 행'이라고 적혀 있었다. 트렁크 자체에도 'P.P.'라는 머릿글자가 새겨져 있었다.

엘시의 얼굴에 흠칫 놀란 듯한 표정이 떠올랐다. 그녀는 복도에서 주저하다 이내 자기 객실로 되돌아갔다. 그리고 몇 권의 책과 잡지와 함께 탁자에 두었던 《타임스》를 펼쳐 들었다.

먼저 1면의 광고란을 재빨리 살폈지만 찾고 있는 것이 보이지 않았다. 여인은 살짝 눈살을 찌푸리고는 식당차로 다시 발길을 돌렸다.

직원이 그녀를 이미 다른 사람이 앉아 있는 자그마한 탁자로 안내했다. 아까 복도에서 부딪칠 뻔한 바로 그 남자였다. 다름 아닌 돼지 가죽 트렁크의 주인이었다.

엘시는 티 나지 않게 슬쩍 그를 살폈다. 온화하고 인자해 보였으며, 어쩐지 깊은 신뢰감 같은 것이 느껴졌다. 남자는 내성적인 영국인답게 침묵을 지키더니 디저트 과일이 나왔을 때에야 입을 열었다.

"기차 안이 무척 덥군요."

"그러게 말이에요. 창문을 열 수 있으면 좋으련만."

남자는 애처로운 미소를 지으며 말했다.

"턱도 없지요! 우리 빼고는 모두들 결사반대할 겁니다."

엘시는 미소로 대신 대답했다. 그러고는 둘 다 더 이상 아무 말도 하지 않았다.

커피와 함께 늘 그렇듯 읽기 어려울 정도로 휘갈겨 쓴 계산서가 배달되었다. 엘시는 지폐 몇 장을 그 위에 올려놓다가 불현듯 용기를 짜냈다.

목소리가 나직하게 새어 나왔다.

"실례합니다만……. 우연히 객실 트렁크에서 선생님의 성함을 보았습니다. 파커 파인 씨라면 혹시 그…… 그…….'"

엘시가 주저하자 남자는 재빨리 구조에 나섰다.

"생각하시는 그 사람이 아마 맞을 겁니다."

엘시가 《타임스》에서 여러 번 보았고, 조금 전에도 찾으려 했지만 찾지 못한 그 광고 문구를 남자가 읊었다.

"'행복하십니까? 그렇지 않다면 파커 파인 씨와 상담하십시오.' 네, 제가 바로 그 파커 파인입니다."

"그렇군요. 정말, 정말 대단하세요!"

파커 파인은 고개를 저었다.

"그렇지도 않습니다. 부인의 눈에는 대단하게 보일 수도 있겠지만 실제로는 지극히 단순한 일입니다."

파커 파인은 믿음직한 미소를 짓더니 몸을 바싹 앞으로 숙였다. 다른 손님들은 대부분 식당차를 떠나고 없었다.

"지금 불행하십니까?"

"저는……."

엘시는 말을 하려다 그만 입을 다물었다.

"행복하시다면 '정말 대단하세요!'라고 감탄하지는 않으셨겠지요."

파커 파인이 예리하게 지적했다.

엘시는 한동안 침묵을 지켰다. 그런데 웬일인지 파커 파인이 앞에 있다는 사실만으로도 묘하게 마음이 놓였다.

"네, 전…… 약간은 불행해요. 아니, 적어도 어떤 일 때문에 노심초사하고 있기는 하죠."

파커 파인은 동정 어린 표정으로 고개를 끄덕였다.

엘시는 계속 이어서 말했다.

"굉장히 묘한 일이 생겼거든요. 정말이지 어떤 식으로 이해해야 할지 모르겠어요."

"그런 문제라면 저에게 말씀해 보십시오."

파커 파인이 제안했다.

엘시는 잠시 파커 파인의 광고문에 대해 생각했다. 그녀와 에드워드는 종종 그것에 대해 말하며 웃곤 했다. 설마 자신이 그에게 상담을 받게 될 줄은 꿈에도 몰랐다. 아무래도 그만두는 것이 좋지 않을까……. 사기꾼인지도 몰라. 하지만 정말 좋은 사람 같아 보이네!

엘시는 마음을 정했다. 걱정을 덜 수만 있다면 무슨 짓이든 못할 것이 없었다.

"다 말씀드리죠. 저는 지금 남편을 만나러 콘스탄티노플(터키의 수도인 이스탄불의 다른 이름 — 옮긴이)로 가는 길이에요. 남편은 동양에 있는 여러 나라들을 대상으로 사업을 하거든요. 그런데 올해는 직접 그곳에 가야 할 일이 생겼어요. 그이는 2주일 전에 떠났지요. 미리 가서 함께 살 집을 준비해 놓기로 했거든요. 전 무척 신났더랬죠. 생전 처음 해외에서 살게 되었으니까요. 해외라고 하면 지금껏 영국에서 6개월 동안 지낸 게 다였어요."

"미국인이십니까?"

"네."

"결혼하신 지 얼마 안 된 것 같군요."

"1년 반 됐어요."

"행복하십니까?"

"아, 그럼요! 에드워드는 말 그대로 천사예요!"

엘시가 이렇게 말하고는 잠시 우물쭈물하더니 뒤이어서 말했다.

"그렇다고 완벽한 건 아니죠. 약간…… 고지식하다고나 할까. 청교도였던 조상의 영향을 강하게 받았나 봐요. 하지만 '좋은' 남편인 건 확실해요."

마지막 말은 부랴부랴 덧붙여진 것이었다.

파커 파인은 생각에 잠긴 표정으로 몇 분간 진지하게 여자를 살폈다. 그러고는 말했다.

"계속 말씀하십시오."

"에드워드가 떠나고 일주일쯤 지났을 때였어요. 서재에서 편지를 쓰다가 압지 위쪽에 몇 줄 정도만 흔적이 남아 있을 뿐 거의 새것이라는 걸 알게 됐어요. 마침 그때 저는 압지에서 실마리를 찾는다는 내용의 추리 소설을 읽고 있었어요. 그래서 얼른 압지를 거울로 가져가서 비추어 보았죠. 그냥 재미로 그랬던 거예요. ……남편이야 워낙에 순한 양 같은 사람이라서 무슨 별다른 말을 쓸 리도 없을 테니."

"네, 아무렴요."

"압지에 배인 글씨를 읽는 것은 쉬웠어요. 첫 번째 단어는 '아내'였어요. 그 다음에는 '생플롱 특급 열차'라고 씌어 있었고, 아래쪽에는 '베네치아(이탈리아 북부 아드리아 해 북쪽 해안에 있는 섬 도시 — 옮긴이)에 도착하기 직전이 최적기'라고 씌어 있었어요."

"흥미롭군요. 매우 흥미롭습니다. 남편의 필체였나요?"

"아, 네. 하지만 아무리 생각해 보아도 대체 무엇 때문에 편지에 그런 단어를 썼는지 이해가 되지 않아요."

"'베네치아에 도착하기 직전이 최적기'라……. 매우 흥미롭군요."

엘시는 희망에 찬 표정으로 몸을 바싹 내밀었다. 그러고는 단도직입적으로 물었다.

"어떻게 하는 것이 좋을까요?"

파커 파인은 간결하게 대답했다.

"베네치아에 도착하기 전까지 기다리는 수밖에 없겠군요."

그는 탁자에 비치된 팸플릿을 집어 들어 펼쳤다.

"여기 기차 시간표가 있습니다. 베네치아에는 내일 오후 2시 27분에 도착하는군요."

두 사람은 서로를 바라보았다.

"저한테 다 맡겨 두십시오."

파커 파인이 말했다.

II

2시 5분이었다. 생플롱 특급 열차는 11분 연착되고 있었다. 15분 전에 메스트레(베네치아 근방의 도시 — 옮긴이)를 통과했다.

파커 파인은 엘시와 함께 그녀의 객실에 앉아 있었다. 지금까지의 여행은 순조롭고 즐거웠다. 그런데 이제 문제의 순간이 다가왔다. 만약 무슨 일이 생긴다면 십중팔구 지금일 터였다. 파커 파인과 엘시는 서로를 응시했다. 심장이 마구 두방망이질하자 엘시는 고통스러운 눈으로 파커 파인을 바라보며 위로를 구했다.

"침착하십시오. 안전할 테니 걱정할 것 없습니다. 제가 여기 있잖습니까!"

파커 파인이 그녀를 안심시켰다.

그 순간 느닷없이 복도에서 비명 소리가 들렸다.

"세상에, 이를 어째! 기차에 불이 났어요!"

엘시와 파커 파인은 벌떡 일어나 복도로 달려 나갔다. 슬라브계

(유럽의 동부와 중부에 살며 슬라브어를 사용하는 아리안계의 여러 민족 ― 옮긴이)로 보이는 한 여인이 흥분한 채 손가락으로 다급하게 앞쪽을 가리키고 있었다. 앞쪽 객실에서 연기가 뭉게뭉게 피어오르고 있었다. 파커 파인과 엘시는 복도를 뛰어갔다. 문제의 객실은 연기로 가득 차 있었다. 먼저 도착한 사람들이 콜록콜록 기침을 하며 뒤로 물러섰다. 그때 차장이 나타났다.

"그 객실은 비어 있습니다! 놀라지 마십시오, 무슈 에 마담(신사 숙녀 여러분). 르 푀(불)는 곧 꺼질 겁니다."

흥분 속에서 질문과 대답이 서너 차례 오갔다. 기차는 베네치아와 육지를 잇는 다리 위를 달리고 있었다.

별안간 파커 파인이 몸을 돌려 빽빽이 모인 사람들 사이를 부랴부랴 밀치며 엘시의 객실로 돌아갔다. 슬라브계 여인이 그 안에 앉아 열린 창문을 통해 심호흡을 하고 있었다.

파커 파인이 말했다.

"실례합니다, 마담. 여기는 부인의 객실이 아닌 걸로 압니다만……."

그러자 슬라브계 여인이 대답했다.

"알아요, 알아요. 파르동(실례했어요)! 놀라서 심장이 어찌나 벌떡거리던지……."

여인은 의자에 깊숙이 몸을 묻고 열린 창문을 가리켰다. 그러고는 '흡' 하며 크게 숨을 들이마셨다.

파커 파인은 문가에 그대로 서 있었다. 그는 아버지처럼 자상하게 위로하며 말했다.

"걱정 마십시오. 심각한 화재는 아닌 것으로 보입니다."

"그래요? 아, 정말 다행이에요! 한결 마음이 놓이는군요."

여인이 자리에서 엉거주춤 일어났다.

"그만 제 객실로 돌아가 봐야겠어요."

파커 파인은 여인을 살며시 밀어 도로 자리에 앉혔다.

"아뇨, 아직 가지 마십시오. 마담, 잠시만 기다려 주시면 고맙겠습니다."

"무슈, 이 무슨 무례한 짓인가요!"

"마담, 가만히 계십시오."

그의 목소리가 차갑게 울렸다. 여인은 앉은 채 그를 빤히 노려보았다. 그때 엘시가 돌아와 숨을 가쁘게 쉬며 말했다.

"연막탄인가 봐요. 누가 그런 엉뚱한 장난을 쳤는지 원. 차장이 노발대발하지 뭐예요. 누구 짓인지 모두에게……."

엘시는 말을 뚝 끊고는 객실에 들어와 있는 제3의 인물을 바라보았다.

파커 파인이 말했다.

"제프리스 부인, 저 자그마한 진홍색 가방에는 무엇이 들어 있습니까?"

"제 보석이 들어 있어요."

"실례가 아니라면 보석이 가방 안에 모두 다 들어 있는지 살펴봐 주시지요."

그러자 슬라브계 여인이 즉각 분노 섞인 말들을 콸콸 쏟아 냈다. 그녀는 화난 감정을 잘 드러내기 위해 프랑스어로 떠들었다.

그사이 엘시는 보석 가방을 집어 들었다.

"세상에! 열려 있어요."

"에 쥐 포르테레 플렝테 아 라 콩파니 데 바공 리(이런 무례한 짓을 하다니 철도 회사에 따지겠어요)!"

슬라브계 여인이 말을 마치는 순간, 엘시가 비참한 목소리로 크게 외쳤다.

"없어요! 텅 비었어요! 내 다이아몬드 팔찌도, 아빠가 주신 목걸이도, 에메랄드랑 루비 반지도, 멋진 다이아몬드 브로치도 모두 없어요. 세상에나! 그나마 진주 귀걸이는 내가 하고 있으니 다행이지. 아, 파인 씨, 이제 어쩌죠?"

"차장을 불러오십시오. 그때까지 이 여자분이 객실 밖으로 나가지 못하게 지키고 있겠습니다."

"셀레라(불한당)! 몽스트르(악질 같으니)!"

슬라브계 여인이 새된 소리로 욕을 퍼부었다. 드디어 기차가 베네치아에 이르렀다.

다음 30분간의 일은 간단하게 설명되리라. 파커 파인은 기차역의 여러 관리들과 여러 언어로 대적했지만 결국 패배를 맛보고야 말았다. 용의자였던 여인은 몸수색에 동의하여 자신의 결백을 만천하에 드러냈다. 결국 사라진 보석은 그녀의 몸에서 단 한 개도 나오지 않았다.

기차가 베네치아를 떠나 트리에스테(이탈리아 북동부의 도시 — 옮긴이)로 달려가는 동안 파커 파인과 엘시는 그 일을 의논했다.

"보석을 마지막으로 본 것이 언제입니까?"

"오늘 아침에 봤어요. 어제 하고 있던 사파이어 귀걸이를 빼고 무난한 디자인의 진주 귀걸이로 바꾸어 달았거든요."

"그때까지 보석은 모두 가방 안에 있었습니까?"

"그게, 일일이 살펴보지는 않았어요. 그럴 까닭이 없었으니까요. 얼핏 보기에는 다 있는 듯했어요. 반지 한두 개쯤은 사라져도 확실히는 모르잖아요. 하지만 웬만한 건 분명 다 있었어요."

파커 파인은 고개를 끄덕였다.

"오늘 아침에 차장이 침대를 접을 때는요?"

"식당차로 가면서 제가 보석 가방을 가지고 갔어요. 항상 지니고 다니거든요. 아까 뛰어나갔을 때를 제외하고는 한 번도 곁에서 놓지 않았어요."

"그렇다면 명예를 손상당한 무고한 수바이스카 부인이, 그게 본명인지 어떤지는 모르겠습니다만, 아무튼 그 여자가 범인인 것은 확실하군요. 하지만 대체 보석을 어디다 치웠을까요? 여기에 혼자 있었던 시간은 겨우 1분 정도뿐이라서 복제한 열쇠가 있다 하더라도 가방을 열어 보석을 꺼낼 시간 정도밖에 없었을 텐데……. 그렇다면 그다음에는 어떻게 했을까요?"

"다른 사람한테 넘기지 않았을까요?"

"그건 아닐 겁니다. 그랬다면 제가 몸을 돌려 사람들을 밀치고 올

때 객실에서 나오는 사람을 보았을 테니까요."

"기차 밖에서 기다리고 있던 사람이 있어서 창밖으로 던져 준 것은 아닐까요?"

"훌륭한 추측입니다. 다만 그 시간에 기차가 바다 위를 달리고 있었다는 것이 문제이지요. 그때 우리는 다리 위에 있었습니다."

"그렇다면 여기 객실에다 숨긴 게 틀림없어요."

"그럼 같이 찾아봅시다."

엘시는 미국인다운 열정으로 기운차게 객실을 수색했다. 파커 파인은 수색에 동참하긴 했지만 왠지 마음이 딴 곳에 팔린 듯했다. 열심히 찾지 않는다고 엘시가 책망하자 파커 파인은 변명을 했다.

"트리에스테에서 중요한 전보를 보내야겠다는 생각을 하느라고요."

엘시는 그 변명을 냉담하게 받아들였다. 파커 파인에 대한 신뢰는 이미 바닥에 떨어져 있었다.

"제프리스 부인, 저한테 화가 나셨나요? 이거 송구하군요."

파커 파인이 부드럽게 말했다.

"뭐, 잘하신 일은 없지요."

엘시가 톡 쏘아붙였다.

"이런! 저는 탐정이 아닙니다. 절도나 범죄는 제 분야가 아니지요. 인간의 심리 문제가 제 전공이랍니다."

"이 기차에 탔을 때만 해도 저는 그저 약간 불행했어요. 하지만 지금보다는 1000배는 나았어요! 지금은 영영 울고 싶은 심정이에요. 내 멋진 팔찌며, 에드워드가 약혼 선물로 준 에메랄드 반지

166

며……."

"절도에 대비해 보험은 드셨겠지요?"

파커 파인이 말허리를 자르며 물었다.

"글쎄요, 저는 잘 몰라요. 아마 들었을 거예요. 하지만 파인 씨, 지
금 중요한 건 제 마음 상태라고요."

기차가 속도를 늦추었다. 파커 파인이 창밖을 응시했다.

"트리에스테로군요. 전보를 치러 가야겠습니다."

III

"에드워드!"

이스탄불의 플랫폼을 서둘러 달려오는 남편을 보자 엘시의 얼굴
이 환하게 빛났다. 심지어 보석을 잃은 일마저 그 순간에는 머릿속
에서 까맣게 사라졌다. 압지에서 발견한 기묘한 단어들 역시 마찬
가지였다. 남편을 2주일 만에 다시 만난다는 사실 외에는 아무것도
떠오르지 않았다. 그는 엄격하고 고지식하긴 해도 더없이 매력적인
사람이었다.

기차역을 막 떠나려는데 누군가 엘시의 어깨를 다정하게 두드렸
다. 돌아보니 파커 파인이었다. 그의 온화한 얼굴이 마음씨 좋게 웃
고 있었다.

"제프리스 부인, 30분 후 토카틀리안 호텔로 저를 만나러 와 주시

겠습니까? 좋은 소식이 있을 듯합니다."

엘시는 어찌할 바 몰라 하며 남편을 바라보았다. 그리고 두 사람을 소개했다.

"여긴…… 제 남편 에드워드예요. 여보, 이분은 파커 파인 씨예요."

"보석을 도둑맞았다는 전보를 받으셨겠지요? 저는 그 보석을 되찾도록 돕고 있습니다. 30분 후에 부인께 좋은 소식을 전해 드릴 수 있을 듯합니다만."

엘시는 어찌할까 묻는 표정으로 에드워드를 바라보았다. 에드워드는 즉각 대답했다.

"가 보지. 토카틀리안 호텔이라고 하셨죠? 알겠습니다. 아내를 그리로 데려가도록 하겠습니다."

IV

30분 후 엘시는 파커 파인의 객실에 들어섰다. 파커 파인은 손님을 맞기 위해 자리에서 일어났다.

"제프리스 부인, 저한테 실망하셨을 줄 압니다. 물론 부인하실 필요는 없습니다. 제가 무엇이든 척척 해내는 마법사는 아니니까요. 그래도 할 수 있는 일은 한답니다. 자, 여기 이 안을 보시기 바랍니다."

파커 파인은 탁자 너머로 작지만 견고하게 만들어진 상자를 내밀었다. 엘시는 상자를 열어 안을 들여다보았다. 잃어버렸던 그녀의 반지며 브로치며 팔찌며 목걸이 등이 그 안에 모두 들어 있었다.

"파인 씨, 정말 대단하세요! 너무…… 너무 놀라워요!"

파커 파인은 겸손하게 미소 지었다.

"아름다운 숙녀분을 실망시켜 드리지 않아 기쁘군요."

"아, 파인 씨, 제 자신이 너무 부끄러워요! 트리에스테에서부터 줄곧 선생님께 무례하게 굴었는데 이렇게 보석을 찾아 주시다니……. 대체 어떻게 찾은 거예요? 언제? 어디에서 찾았지요?"

파커 파인은 사려 깊게 고개를 저으며 말했다.

"사연이 아주 깁니다. 하지만 언젠가는 알게 될 겁니다. 어쩌면 곧 듣게 될 것도 같군요."

"왜 지금 들으면 안 되지요?"

"그럴 만한 사정이 있답니다."

엘시는 호기심을 만족시키지 못한 채 파커 파인과 헤어져야 했다.

엘시가 떠나자 파커 파인은 모자와 지팡이를 챙겨 페라 거리(이스탄불에서 유럽인들이 주로 거주하는 구역 — 옮긴이)로 향했다. 그는 혼자 빙그레 웃으며 걸어가다 마침내 자그마한 카페에 이르렀다. 골든 혼(이스탄불을 가로지르고 있는 좁은 해협 — 옮긴이)을 굽어보고 있는 카페는 그 시각에 텅 비어 있었다. 해협 맞은편에는 이스탄불의 모스크(이슬람교의 사원 — 옮긴이)들이 오후의 하늘을 배경으로 날씬한 미나렛(모스크에 세워진 일종의 탑 — 옮긴이)를 뽐내고 있었다. 아름다운 광경이었다. 파커 파인은 탁자에 앉아 커피 두 잔을 주문했다. 커피는 진하면서도 달콤했다. 한 잔을 다 마시기 전에 어떤 남자가 들어와 탁자 맞은편에 앉았다. 바로 에드워드 제프리스였다.

"미리 커피를 주문해 두었습니다."

파커 파인은 자그마한 잔을 가리키며 말했다.

에드워드는 커피 잔을 옆으로 밀치고는 테이블 위로 불쑥 고개를 내밀었다.

"어떻게 아셨습니까?"

파커 파인은 꿈꾸듯 커피를 음미했다.

"부인께서 압지에서 본 단어들에 대해 말씀하시던가요? 오! 아직 하지 않으셨나 보군요. 언젠가는 물어볼 겁니다. 지금은 깜박 잊으셨나 보군요."

그는 엘시가 압지에서 본 단어들에 대해 설명했다.

"당연히 베네치아에 도착하기 직전에 일어난 사건과 그 단어들은 연관이 있습니다. 당신은 어떤 이유로 해서 누군가에게 부인의 보석을 훔치라고 사주했습니다. 그런데 왜 '베네치아에 도착하기 직전이 최적기'라고 했을까요? 말도 안 되는 헛소리처럼 여겨질 수도 있습니다. 왜 하수인에게 시간과 장소를 알아서 고르도록 하지 않았을까요? 그러다 문득 이유를 깨달았습니다. 부인의 보석은 당신이 런던을 떠나기 전에 이미 모조품으로 바꿔치기가 된 뒤였죠. 하지만 그것만으로는 부족했겠죠. 당신은 고결하고 양심적인 분이라서 하인이나 다른 무고한 사람이 죄를 뒤집어쓸까 봐 마음이 쓰였을 것입니다. 따라서 가족이나 집안 일꾼 그 누구도 혐의를 받지 않는 장소와 방법으로 실제 절도가 일어나야만 했을 테죠. 하수인, 즉

공범은 보석 가방을 열 수 있는 복제 열쇠와 연막탄을 받았습니다. 그녀는 정확한 순간에 비명을 지르고는 제프리스 부인의 객실로 뛰어들어 보석 가방을 열고 모조품을 바다로 던졌지요. 그러면 혐의를 받아 몸수색을 당한다 해도 결백을 주장할 수 있을 것입니다. 보석을 몸에 지니고 있지 않으니까요. 이제 왜 굳이 그곳이어야만 했는지는 명백합니다. 다른 곳에서 차창 밖으로 던졌다가는 나중에 발각될 수도 있으니까요. 따라서 기차가 바다 위를 달리고 있을 때여야만 했겠죠. 그동안 당신은 이곳에서 보석을 팔 준비를 하고 있었겠지요. 절도가 일어난 직후에 때맞추어 팔기만 하면 되었던 겁니다. 하지만 그전에 제가 보낸 전보가 도착했지요? 결국 당신은 제가 지시한 대로 보석 상자를 토카틀리안 호텔에 맡겨 놓았습니다. 안 그랬다가는 경찰에 넘기겠다는 제 말이 결코 허풍이 아니라는 것을 알았을 테니까요. 또한 여기로 나오라는 지시도 착실히 잘 따라 주었지요."

에드워드 제프리스는 간청하듯 파커 파인을 바라보았다. 그는 큰 키에 둥근 턱과 둥근 눈을 가진 금발의 미남이었다. 그가 낙심하며 말했다.

"제가 무슨 말을 해도 믿지 않으실 겁니다. 선생님 눈엔 제가 흔해 빠진 도둑으로만 보이겠죠."

파커 파인은 고개를 가로저었다.

"전혀요. 그 반대로 고통스러울 만큼 정직한 분으로 보입니다. 나는 사람을 분류하는 데 일가견이 있지요. 당신은 두말할 것도 없이 희생자 부류입니다. 자, 이제 사연을 모두 털어놓아 보세요."

"한마디로 말씀드리죠. 협박을 받았습니다."

"그래요?"

"제 아내를 보아서 아시겠지만 그녀는 너무도 순수하고 순진한 사람입니다. 악에 대해서는 아무것도 모르고 상상조차 못합니다."

"네, 그렇지요."

"아내는 저를 너무나도 이상적인 사람으로 여기고 있습니다. 만약 제가 무슨 짓을 저질렀는지 안다면 제 곁을 떠나고 말 겁니다."

"글쎄요. 아무튼 그것이 중요한 것은 아니죠. 대관절 무슨 짓을 저질렀다는 겁니까? 아마도 여자와 관련된 일처럼 보이는데……."

에드워드 제프리스는 말없이 고개를 끄덕였다.

"결혼 후요, 전이요?"

"전입니다. 아무렴, 전이지요."

"그렇군요. 그래 무슨 일이 있었던 거지요?"

"사실 아무 일도 없었습니다. 그러니 더 미치고 답답할 지경입니다. 서인도 제도의 어느 호텔에서였습니다. 그곳에 로시터 부인이라는 대단히 매혹적인 여자분이 묵고 있었죠. 하지만 남편은 아주 폭력적인 사람이었습니다. 욱하는 성미는 거의 야만적일 지경이었죠. 어느 날 밤 그가 아내를 권총으로 위협했습니다. 부인은 남편을 피해 제 방으로 도망쳐 들어왔지요. 그녀는 공포로 정신을 반쯤 잃은 상태였는데, 제게 아침까지만 방에 있게 해 달라고 간청하더군요. 제가 달리 어쩌겠습니까?"

파커 파인은 젊은이를 응시했고, 젊은이는 당당한 양심으로 그 시선을 맞받았다. 파커 파인은 한숨을 쉬었다.

"간단히 말하자면 당신은 얼간이처럼 완전히 속은 겁니다, 제프리스 씨."

"정말……."

"네, 네. 아주 낡은 수법이지요. 하지만 의협심이 지나칠 만큼 강한 젊은이에게는 종종 잘 먹혀듭니다. 결혼을 발표했을 때쯤 협박이 시작되었겠지요?"

"네, 협박 편지를 받았습니다. 지정한 금액을 보내지 않으면 장래의 장인어른에게 모두 폭로하겠다고 협박을 하더군요. 제가 어떻게 남편 있는 여자를 유혹했는지, 그녀가 내 방으로 들어오는 장면이 어떻게 목격되었는지 모조리 밝히겠다고 했지요. 그 남편이란 작자는 이혼 소송을 하겠다고 난리를 쳤어요. 파인 씨, 그자는 저를 완전히 불한당으로 만들어 놓았어요."

"네, 압니다. 그래서 돈을 줬지요? 그 뒤로도 시시때때로 협박을 받았을 테고."

"네. 그런데 이번에는 부담이 매우 컸습니다. 불황으로 사업이 어려워져 현금을 구할 방도가 없었으니까요. 그래서 이런 말도 안 되는 계획을 세우게 된 겁니다."

그는 차갑게 식은 커피 잔을 들어 멍하니 응시하다 커피 한 모금을 삼키더니 애처로울 정도의 목소리로 말했다.

"이제 어떡하죠? 파인 씨, 이제 어떡해야 할까요?"

파커 파인은 단호하게 말했다.

"제 말대로만 하십시오. 악당들을 완벽하게 처리해 드릴 수 있습니다. 지금 바로 돌아가서 부인에게 사실대로 말하십시오. 단, 진실의 일부분은 빼야 해요. 말하지 말아야 할 진실이란 바로 서인도 제도에서 실제로 있었던 일입니다. 아무 일도 없었는데 속아서 협박을 당했다는 말은 절대 하지 마십시오."

"하지만……."

"제프리스 씨, 당신은 여자를 전혀 모릅니다. 얼간이와 돈 주앙 중 하나를 택해야 한다면 여자는 백발백중 돈 주앙을 고릅니다. 제프리스 씨, 당신 부인은 매력적이고 순수하며 고결한 분입니다. 부인의 인생에서 맛볼 수 있는 유일한 자극이라고 한다면 바로 천하의 바람둥이를 자신이 개과천선시켰다고 믿는 것이지요."

에드워드 제프리스는 입을 쩍 벌린 채 파커 파인을 바라보았다.

"진담입니다. 현재 부인은 당신을 사랑하고 있어요. 하지만 지금처럼 선량하고 올곧은 모습만 보였다가는, 사실 그건 지루하다는 뜻이나 다름없지만, 그 사랑도 영원히 지속되지는 않을 겁니다."

파커 파인은 온화하게 덧붙였다.

"아내에게로 가세요, 제프리스 씨. 상상할 수 있는 온갖 것을 고백하도록 하세요. 그러고는 당신을 처음 본 순간 그런 난봉꾼 생활을 모두 청산하기로 결심했다고 말하는 거예요. 혹시라도 그녀가 그런 과거를 알게 될까 봐 두려워서 보석을 훔치기까지 했다고 하세요. 아마 부인은 열광적으로 용서해 줄 겁니다."

"하지만 용서받을 짓은 하나도 안 했는걸요……."

"과연 진실이란 무엇일까요? 내 경험상 진실은 종종 일을 망치기도 합니다. 행복한 결혼 생활을 위해 부인에게 약간의 거짓말을 해야 한다는 것은 만고불변의 이치랍니다. 부인도 그것을 더 좋아할 거예요! 가서 용서를 빌어요. 그리고 영원히 행복하게 사십시오. 앞으로 부인은 아름다운 미인이 당신 근저에 나타날 때마다 촉각을 곤두세울 거예요. 어떤 남자들은 그런 것을 싫어하지만 당신은 안 그러리라 생각되는군요."

"엘시 말고 다른 여자는 보고 싶지도 않습니다."

에드워드 제프리스는 딱 잘라 말했다.

"좋아요! 하지만 나라면 그 점을 아내가 눈치채지 못하게 하겠습니다. 어떤 여자라도 만만한 남자를 차지한 것을 두고 좋아하지는 않는답니다."

에드워드 제프리스는 자리에서 일어나며 물었다.

"정말 그럴까요?"

"두말하면 잔소리지요."

파커 파인은 단호하게 대답했다.

바그다드의 문

I

"거대한 네 개의 문이 도시 다마스쿠스를 에워싸……."

파커 파인은 플레커의 시를 나직이 읊조렸다.

"운명의 문, 사막의 문, 재앙의 동굴, 두려움의 요새, 나는 바그다드의 문, 디야르바키르(바그다드와 이스탄불 사이에 위치한 대도시 — 옮긴이)로 가는 길목."

그는 다마스쿠스의 오리엔탈 호텔 앞에 서서 바퀴가 여섯 개나 달린 거대한 풀먼(침대 설비가 있는 특수 차량 브랜드 — 옮긴이)을 바라보았다. 내일 파커 파인을 비롯해 열두 명의 여행객을 태우고 사막을 가로질러서 바그다드까지 데려다줄 차량이었다.

"아래로 가지 마오, 오! 대상 행렬이여, 노래 부르지 마오. 새는 죽고 없으나 한 마리 새인 양 울리는 침묵을 들어 보았소? 아래로 나

아가네, 오! 대상 행렬이여, 저주받은 행렬이여, 죽음의 행렬이여!"

지금은 과거와 상당히 다르다. 과거에 바그다드의 문은 죽음의 문이었다. 대상 행렬은 600킬로미터에 달하는 사막을 목숨을 걸고 횡단해야 했다. 몇 달에 걸친 길고도 힘겨운 여정이었다. 하지만 이제는 가솔린 먹는 괴물들이 어디에나 존재해 36시간 만에 그 사막길을 완주할 수 있다.

"뭐라고 중얼거리시는 거예요, 파인 씨?"

버스 승객 중 가장 어리고 매력적인 네타 프라이스 양의 열정적인 목소리였다. 늘 성경에 대한 이야기를 나누고 싶어 하며 턱수염을 기른 사내들을 잔뜩 경계하는 엄격한 고모의 감시 아래에서도 네타는 노처녀 고모가 절대 찬성하지 않을 갖가지 방법으로 즐거운 시간을 보냈다.

파커 파인은 플레커의 시를 들려주었다.

"정말 오싹해요."

근처에 공군 제복을 입고 서 있던 세 남자 중 네타에게 은근히 관심이 있던 한 남자가 불쑥 끼어들며 말했다.

"실제 여행을 하다 보면 더 많은 오싹함을 맛볼 수 있답니다. 심지어는 요즘에도 도둑 떼가 수송 버스에 총을 쏘곤 하지요. 게다가 길을 잃을 수도 있고요. 그런 일이 종종 있어서 그때마다 우리가 수색을 나간답니다. 어떤 사람은 사막에서 닷새나 길을 잃고 헤맸지요. 그나마 물이 충분했던 것이 천만다행이었어요. 또한 울퉁불퉁한 길도 만만치 않습니다. 얼마나 쿵쾅거리는지! 그 때문에 한 사람이

죽기도 했지요. 정말입니다! 자다가 그만 자동차 지붕에 머리를 박고 즉사해 버렸지요."

"저 차에서 말인가요, 오루크 씨?"

노처녀 프라이스 양이 따지듯 물었다.

"아뇨, 저 차는 아닙니다."

젊은이는 순순히 인정했다.

"가기 전에 여기 구경이나 해요."

네타가 외치자 그녀의 고모가 여행 안내서를 펼쳐 들었다.

네타는 살짝 물러서서 오루크에게 속삭였다.

"고모는 성 바울로가 창문 밖으로 끌어 내려진 곳을 분명히 가고 싶어 할 거예요. 하지만 나는 바자르(시장)를 구경하고 싶어요."

오루크는 즉각 대답했다.

"저와 함께 가시죠. 소위 '곧은 거리'라 불리는 그 거리로 안내하겠습니다."

두 사람은 살며시 자리를 떴다.

파커 파인은 바로 곁에 서 있던 헨슬리라는 조용한 남자에게 고개를 돌렸다. 그는 바그다드에 들어와 있는 공공사업 관련 부서에서 근무하고 있었다.

파커 파인은 변명하는 듯한 어조로 말했다.

"처음 다마스쿠스를 본 사람은 다소 실망하기 십상이죠. 생각보다 문명화가 되어 있어서 말입니다. 전차도 다니고 현대식 건축과 상점 따위가 있잖아요."

헨슬리는 그저 고개를 끄덕일 뿐이었다. 정말 말이 없는 사람이었다.

그러던 그가 불쑥 입을 열었다.

"기회가 되면 저 뒤쪽으로 가 보십시오. 그러면 제대로 보게 될 겁니다."

또 다른 남자가 다가왔다. 낡은 이튼(영국의 명문 고등학교 — 옮긴이) 넥타이를 맨 금발의 젊은 남자였다. 상냥하면서도 다소 멍한 얼굴이었는데, 걱정이 있는지 그늘이 져 있었다. 그는 헨슬리와 같은 부서에서 일하고 있었다.

"어서 오게, 스미터스트. 뭐라도 잃어버렸나?"

헨슬리가 물었다.

스미터스트는 고개를 가로저었다. 약간은 아둔해 보였다.

"그냥 둘러보고 있었어."

그는 모호하게 대꾸하더니 일부러 기운을 내며 말했다.

"오늘밤 같이 빙고나 할까? 어때?"

두 친구는 같이 자리를 떠났다. 파커 파인은 프랑스어로 된 다마스쿠스 신문을 한 부 샀다.

그다지 볼거리는 없었다. 다마스쿠스 소식은 그에게 무의미했으며, 지구 다른 곳에서도 별반 중요한 일은 없는 것 같았다. 롱드르(런던) 난의 기사 몇 개가 눈에 띄었다.

첫 번째 기사는 금융 문제에 대한 것이었고, 두 번째 기사는 새뮤얼 롱이라는 채무 불이행자의 행방에 대한 것이었다. 현재 그가 갚지 못한 채무는 300만 달러에 육박하며, 이미 남미로 달아났다는 소문이 돌고 있었다.

"막 서른을 넘긴 사람에게는 그리 나쁘지도 않지."

파커 파인은 나직이 중얼거렸다.

"뭐라고 하셨죠?"

고개를 돌리자, 브린디시(이탈리아의 항구 도시 — 옮긴이)에서부터 베이루트(레바논의 수도이자 항구 도시 — 옮긴이)까지 같은 배를 타고 온 이탈리아 장군이 서 있었다.

파커 파인은 조금 전에 한 말을 설명했다. 폴리라는 이름의 이탈리아 장군은 여러 차례 머리를 주억거렸다.

"엄청난 범죄자예요. 아무렴요! 이탈리아에서도 큰 피해를 끼치고 도망쳤다고 하더군요. 전 세계에서 신용을 얻을 수 있는 사람이죠. 교육도 잘 받은 작자라고 하던데요."

"네, 이튼 고등학교와 옥스퍼드 대학교를 나왔답니다."

파커 파인은 조심스레 대꾸했다.

"과연 잡힐까요?"

"어디까지 도망갔느냐에 따라 다르겠죠. 어쩌면 여태 영국을 못 벗어났는지도 몰라요. 가능성은 어디에든 있습니다."

"설마 우리 곁에 있기야 하겠습니까?"

장군이 껄껄 웃었다.

"그것도 가능하죠. 제가 바로 그자라 한들 그 누가 알겠습니까!"

파커 파인은 진지한 어조로 말했다.

장군은 흠칫 놀라 그를 힐긋거렸다. 하지만 곧 황갈색 얼굴에 너그러운 미소가 떠올랐다.

"아! 그야 그렇죠. 그래도 설마……."

그의 시선이 파커 파인의 얼굴을 훑어내렸다.

파커 파인은 그 눈길을 정확히 이해했다.

"겉모습만 보고 판단해서는 안 됩니다. 몸무게를 약간만 늘려도, 그러니까 앙 봉푸엥(포동포동)하게 하면 쉽게 나이 들어 보이게 할 수 있답니다."

그는 몽롱한 어조로 덧붙였다.

"물론 머리 염색을 하거나 얼굴에 점을 그릴 수도 있고, 국적까지도 바꿀 수 있지요."

폴리 장군은 여전히 회의적인 기색으로 그 자리를 떠났다. 영국인이 얼마나 진지하게 한 말인지 전혀 짐작도 못 한 채 말이다.

파커 파인은 그날 저녁 재미 삼아 영화관에 갔다. 그런 다음 '밤의 환락궁'이란 술집으로 향했다. 하지만 그가 보기에는 이름이 무색할 정도였다. 궁전 같은 분위기는 찾아볼 수도 없고 환락적인 느낌도 전혀 없었다. 여러 아가씨들이 베르브(열정) 없이 춤을 추고 있었고, 박수 소리마저 맥이 빠져 있었다.

문득 스미터스트라는 젊은이가 그의 시선을 끌었다. 그는 탁자에 홀로 앉아 있었다. 얼굴이 시뻘건 것을 보니 벌써 곤드레만드레 취한 모양이었다. 파커 파인은 홀을 가로질러 가서 그와 합석했다.

스미터스트가 우울하게 말했다.

"여기 아가씨들 짓거리는 정말 눈뜨고 못 봐 주겠어요. 술을 두 잔, 세 잔 줄줄이 얻어 마시고는, 끝내는 낄낄대며 스페인 녀석들이 나 따라가 버린다니까요. 추잡한 것들!"

젊은이가 안쓰러워진 파커 파인은 커피를 마시지 않겠느냐고 권했다.

"아락(아랍의 증류주 — 옮긴이)을 왕창 시켜 놓았어요. 정말 좋은 녀석이죠. 한번 드셔 보세요."

파커 파인은 아락이 어떤 술인지 조금은 알고 있었다. 그래서 관심을 돌리려 했다. 하지만 스미터스트는 고개를 세차게 가로저었다.

"나는 지금 죽을 맛이라고요. 그러니 기운을 북돋워야 해요. 선생님이 제 입장이라면 어떻게 할지 궁금해요. 친구를 배신하고 싶지는 않다고요. 안 그래요? 그러니깐 내…… 그래도…… 어떻게?"

그는 마치 생전 처음 보는 사람이라는 듯 파커 파인을 찬찬히 살피더니 술에 취해 무례하게 물었다.

"그런데 선생님은 대체 누구죠? 직업이 뭡니까?"

파커 파인은 온화하게 대답했다.

"신용으로 먹고 산다네."

스미터스트가 강렬한 관심을 보이며 그를 쳐다보았다.

"그럼…… 당신도?"

파커 파인은 지갑에서 신문 조각을 꺼내 스미터스트 앞에 내려놓았다.

행복하십니까? (그렇게 적혀 있었다.) 그렇지 않다면 파커 파인 씨와 상담하십시오.

스미터스트는 끙끙대며 신문 조각에 정신을 집중했다. 그러다 느닷없이 외쳤다.

"미친 게 틀림없어! 사람들이 제 발로 찾아와서 온갖 말을 늘어놓는다 이 말입니까?"

"사람들은 나를 신뢰하지."

"덜떨어진 여편네들 같으니!"

파커 파인은 인정했다.

"여자 고객이 다수이긴 하지. 하지만 남자도 적지 않다네. 젊은 친구, 자네는 어떤가? 충고를 듣고 싶은가?"

"개수작 말아요! 남의 일에 신경 끄란 말입니다. 내 일은 내가 알아서 할 테니! 대체 빌어먹을 아락은 언제 갖다 주는 거야?"

파커 파인은 안타깝게 고개를 저었다.

그리고 그만 포기하기로 했다.

II

바그다드행 버스는 아침 7시에 출발했다. 인원은 모두 열두 명이었다. 운전수를 비롯해 파커 파인과 폴리 장군, 노처녀 프라이스 양과 그녀의 조카인 네타, 세 명의 공군 장교, 스미터스트와 헨슬리, 펜테미안이라는 성을 가진 아르메니아인 모자.

출발은 순조로웠다. 얼마 되지 않아 다마스쿠스의 과일나무들이 뒤쪽으로 멀어져 갔다. 젊은 운전사는 하늘에 깔린 구름장을 한두 번 걱정스레 바라보고는 헨슬리와 의견을 주고받았다.

"루트바(이라크 서부의 작은 오아시스 도시 — 옮긴이) 건너편에는 비깨나 내리겠는데요. 진창에 발이 묶이는 일이 없어야 할 텐데……."

정오에 버스가 멈추더니 사각형 종이 도시락이 배급되었다. 운전사는 차를 끓여 종이컵에 부어 주었다. 그리고 버스는 다시 한없이 펼쳐진 광야를 달려갔다.

파커 파인은 수 주일에 걸쳐 느릿느릿 이동하는 대상 행렬을 상상했다.

해 질 무렵이 되자 루트바의 사막 요새에 당도했다.

거대한 문이 열리고 여섯 개의 바퀴가 달린 거대한 차가 요새 안마당으로 들어갔다.

"흥미진진한데요."

네타가 말했다.

먼지를 씻어 낸 아가씨는 짧게나마 산책을 가고 싶어 했다. 오루크 대위와 파커 파인이 동행을 자처했다. 세 사람이 떠나려는데 호텔 매니저가 다가와 멀리 갔다가 날이 어두워지면 돌아오기 어려우므로 조심하라고 간청했다.

"이 근방만 둘러보고 오겠소."

오루크가 약속했다.

사실 산책은 그리 흥미롭지 않았다. 어디를 보나 똑같은 풍경뿐이었다.

문득 파커 파인이 몸을 숙이더니 뭔가를 주웠다.

"뭐예요?"

네타가 호기심 어린 목소리로 물었다.

파커 파인은 그것을 네타에게 내밀었다.

"선사 시대의 석기랍니다, 프라이스 양. ……송곳인 것 같군요."

"이걸로…… 사람을 죽였을까요?"

"아닙니다. 아마…… 보다 평화적인 용도로 쓰였을 겁니다. 물론 원한다면 얼마든지 사람을 죽이는 데 쓸 수도 있었겠죠. 중요한 것은 죽이려는 '의도'입니다. 도구는 문제가 안 되지요. 뭐로든 죽일 수 있으니까요."

어스름이 짙어지자 세 사람은 요새로 서둘러 돌아왔다.

갖가지 통조림이 코스로 나온 저녁 만찬이 끝난 후 사람들은 앉아서 담배를 피웠다. 12시가 되자 차가 다시 움직였다.

운전사는 걱정스러운 표정이었다.

"험한 곳을 몇 군데나 지나가야 합니다. 잘못하면 발이 묶여 오도 가도 못할 수도 있어요."

승객들은 모두 차에 올라 자리를 잡았다. 프라이스 양은 자신의 트렁크 하나를 꺼낼 수 없어 속상해했다.

"침실용 슬리퍼를 신어야 하는데……."

그러자 옆에 있던 스미터스트가 한마디했다.

"고무장화를 신는 편이 나을 거예요. 내가 제대로 본 거라면 십중
팔구 진흙탕에 빠지게 될 테니까요."

"갈아 신을 스타킹도 없는데 큰일이네."

네타가 난처해하며 말했다.

"괜찮아요. 그대로 안에 계셔도 돼요. 남자들이 내려서 차를 들어
올릴 겁니다."

스미터스트의 말에 헨슬리가 코트 주머니를 두드리며 끼어들었다.

"그래서 전 언제나 여분의 양말을 가지고 다닌답니다. 앞일은 모
르는 법이니까요."

실내등이 꺼졌다. 거대한 차는 어둠 속에서 앞으로 계속 나아갔다.

순조롭기만 한 것은 아니었다. 다른 여행용 차량만큼 덜컹거리지
는 않았지만 그래도 이따금씩 길 때문에 쿵쿵거렸다.

파커 파인은 앞쪽에 앉아 있었다. 통로 건너편에는 아르메니아
여성이 온몸을 숄로 감싼 채 앉아 있었다. 그녀의 아들은 그 뒷좌석
을 차지했다. 파커 파인의 뒤에는 두 프라이스 양이 자리했다. 폴리
장군과 스미터스트와 헨슬리와 세 명의 공군 장교들은 그 뒤편에
자리를 잡고 앉아 있었다.

차는 밤을 뚫고 달려갔다. 파커 파인은 잠을 거의 이룰 수 없었다.
몸을 옴짝달싹하기도 곤란했다. 아르메니아 여인의 발이 툭 튀어나
와 그의 자리까지 침범해 들어왔던 것이다. 어쨌든 아르메니아 여

인은 편안한 기색이었다.

다른 사람들도 모두 잠이 든 것 같았다. 파커 파인도 슬금슬금 졸음이 쏟아졌다. 그때 덜컹 소리와 함께 느닷없이 몸이 차 지붕 쪽으로 날아올랐다. 차 뒤쪽에서 누군가 졸린 음성으로 항의했다.

"조심 좀 해요. 누구 목 부러뜨릴 일 있소?"

이윽고 다시 졸음이 몰려왔다. 몇 분 후 파커 파인은 목을 불편하게 푹 꺾은 채 깊은 잠이 들었다…….

별안간 히뜩 눈이 떠졌다. 버스가 가만히 서 있었기 때문이다. 남자들 몇몇이 차에서 내리는 중이었다. 헨슬리가 지나가며 무뚝뚝하게 말했다.

"바퀴가 진흙탕에 박혔어요."

파커 파인은 구경거리를 놓치고 싶지 않아 조심스럽게 진흙탕으로 내려섰다. 다행히 비는 내리고 있지 않았다. 오히려 휘영청 달이 떠 있어서 잭과 돌로 바퀴를 들어 올리기 위해 분투하는 운전사의 모습이 훤히 보였다. 남자 승객들도 거의 대부분 옆에서 거들고 있었다. 버스 차창으로 세 명의 여자가 내다보고 있었다. 프라이스 양과 네타는 호기심 어린 표정이었고, 아르메니아 여인은 혐오감을 억지로 누르고 있는 듯한 얼굴이었다.

운전사의 지시에 따라 남자 승객들이 힘을 합쳐 버스를 들어 올렸다.

오루크가 투덜거렸다.

"아르메니아 녀석은 어디 처박힌 거야? 누구는 진흙투성이가 되는

데 누구는 안에 얌체처럼 편히 앉아 있어? 그 녀석도 끌어내야겠어."

폴리 장군도 한마디했다.

"스미터스트 대위도 마찬가지야. 여기 없잖아."

"여전히 쿨쿨 자고 있네요. 저기 좀 보세요."

정말로 스미터스트는 고개를 푹 떨구고 온몸을 수그린 채로 자기 자리에 가만히 앉아 있었다.

"제가 깨우지요."

오루크가 총알처럼 버스로 들어갔다. 하지만 1분도 되지 않아 그는 황급히 밖으로 다시 나왔다. 아까와는 달리 목소리가 몹시 불안정했다.

"저기, 아무래도 어디가 아픈 것 같아요. 군의관님은 어디 계시죠?"

공군 군의관인 로프터스 소령이 바퀴에 달라붙어 있던 무리에서 떨어져 나왔다. 그는 회색 머리에 차분한 분위기를 풍기는 남자였다.

"어디가 안 좋답니까?"

"글쎄요……."

로프터스 소령이 버스 안으로 들어갔다. 오루크와 파커 파인도 뒤를 따랐다. 의사는 고개를 떨군 남자 앞에 몸을 숙였다. 한 번 살피고 손을 대 보는 것만으로 충분했다.

"죽었습니다."

군의관이 나직이 말했다.

"죽었다고요? 어떻게요?"

질문이 터져 나왔다.

"세상에! 말도 안 돼!"

네타가 비명을 질렀다.

로프터스 소령이 신경질적인 태도로 몸을 돌렸다.

"머리를 천장에 부딪친 게 분명합니다. 아까 굉장히 세게 덜컹거렸잖습니까."

"그렇다고 죽어요? 다른 원인은 짐작되는 게 없나요?"

"제대로 검사하지 않고는 확신할 수 없습니다."

로프터스 소령은 잘라 말했다. 그러고는 초조한 표정으로 주위를 둘러보았다. 여자들이 서로 꼭 껴안고 있었다. 밖에 있던 남자들이 우르르 들어오기 시작했다.

파커 파인은 운전사에게 상황을 설명했다. 운전사는 근육질의 강인한 젊은이였다. 그는 여자 승객들을 차례로 안아서 진흙탕을 가로질러 마른땅에 내려놓았다. 펜테미안 부인과 네타는 손쉽게 들었지만, 육중한 프라이스 양을 옮길 때는 다리가 휘청였다.

군의관이 검사를 할 수 있도록 나머지 승객들도 모두 버스에서 내렸다.

남자들은 버스를 들어 올리는 일을 다시 시작했다. 이윽고 태양이 멀리 지평선 위로 떠올랐다. 찬란한 아침이었다. 진흙탕은 급속히 말라 갔지만, 차는 여전히 꿈적도 하지 않았다. 세 개의 잭이 부러졌고, 모든 노력이 헛수고로 돌아갔다. 운전사는 소시지 통조림을 꺼내서 열고 차를 끓이는 것으로 아침 식사를 준비했다.

약간 떨어진 곳에서 로프터스 소령이 의견을 밝혔다.

"외상이 전혀 보이지 않습니다. 아까도 말했다시피, 천장에 머리를 세게 부딪친 게 분명해요."

"정말 자연사했다는 말입니까?"

파커 파인이 물었다.

"한 가지 다른 가능성이 있긴 합니다."

"뭔가요?"

"누군가 모래주머니 같은 걸로 그의 뒤통수를 때렸을 수도 있습니다."

소령은 미안해하는 듯한 어조로 대답했다.

공군 장교 중에 한 사람인 윌리엄슨이 끼어들었다. 그는 천사처럼 순진한 얼굴을 가진 젊은이였다.

"말도 안 됩니다. 다른 사람한테 들키지 않고 어떻게 그런 짓을 할 수 있습니까?"

"모두 잠이 들었다면 가능하지요."

소령이 조심스럽게 말했다.

"하지만 모두 잠이 들었는지 범인이 어떻게 알 수 있겠습니까?"

"자리에서 일어나기만 해도 그 기척에 어느 누군가는 잠에서 깨기 십상이잖아요."

그러자 폴리 장군이 말했다.

"유일한 방법은 바로 뒷자리에 앉는 것이지. 자리에서 일어나지 않고도 때를 노릴 수 있으니까."

"스미터스트 대위 뒤에 누가 앉았죠?"

로프터스 소령이 물었다.

그러자 오루크가 얼른 대답했다.

"헨슬리가 앉아 있었습니다. ……하지만 그건 아닐 거예요. 두 사람은 둘도 없는 친구 사이거든요."

침묵이 내려앉았다. 그러자 파커 파인이 조용하지만 단호한 음성으로 말했다.

"윌리엄슨 대위가 우리에게 무슨 할 말이 있는 것 같은데요."

"네? 제가요? 나는…… 그저…….

"어서 털어놔 봐, 윌리엄슨."

오루크가 거들었다.

"아무것도 아니에요. 정말…… 아무것도 아니에요."

"그냥 말해 보시오."

"우연히 대화의 일부를 들었을 뿐이에요. 루트바 안마당에서요. 담뱃갑을 찾으러 버스로 되돌아갔죠. 한참 뒤지고 있는데 두 사람이 밖에서 이야기를 나누더군요. 그중 한 명이 스미터스트였죠. 그가 말하길……."

윌리엄슨이 우물쭈물했다.

"말해 보게, 어서!"

"친구를 배신하고 싶지는 않다고 했어요. 무척 우울한 목소리였죠. 그러면서 이렇게 말하더군요. '바그다드까지는 입 다물고 있겠네. 하지만 그 뒤는 아니야. 재빨리 빠져나가야 할 거야.'라고요."

"다른 사람은 누구였나요?"

"모르겠어요. 맹세합니다. 너무 어두웠고, 그자는 한두 마디밖에
안 해서 누군지 알 수 없었습니다."

"당신들 중에 누가 스미터스트를 잘 알지요?"

오루크가 천천히 입을 떼었다.

"제 생각에…… 친구라고 할 만한 사람은…… 헨슬리밖에 없을
겁니다. 저도 스미터스트와 안면은 있지만 그저 약간 알고 있는 정
도에 불과해요. 윌리엄슨 대위는 새로 배치를 받아 왔고, 로프터스
소령님도 마찬가지입니다. 두 사람이 전에 스미터스트를 만났으리
라고는 생각되지 않아요."

두 사람 다 그렇다고 동의했다.

"장군님은 어떻습니까?"

"베이루트에서 처음 만나서 같은 차를 타고 레바논을 가로질러
온 것뿐이네."

"그럼 아르메니아인은 어떻소?"

"친구일 리가 없죠. 더구나 아르메니아인한테 사람을 죽일 만한
배짱이 어디 있겠어요?"

오루크가 단호하게 대답했다.

"아무래도 저한테 추가할 만한 단서가 있는 것 같군요."

파커 파인은 다마스쿠스의 술집에서 스미터스트와 나누었던 대
화를 들려주었다.

그러자 오루크는 생각에 잠겨 말했다.

"'친구를 배신하고 싶지는 않다.'라고 했고, 무척 걱정하는 표정이

었다라……."

"다른 단서를 갖고 있는 사람은 없나요?"

파커 파인이 물었다.

로프터스 소령이 헛기침을 했다.

"아무 관련이 없을지도 모르지만……."

모두들 말해 보라고 격려했다.

"스미터스트가 헨슬리한테 하는 말을 우연히 들었습니다. '우리 부서에 비리가 전혀 없다고는 할 수 없잖나?'라고 했어요."

"언제였습니까?"

"어제 아침 다마스쿠스에서 출발하기 직전이었습니다. 그냥 하는 말이려니 했는데 설마……."

로프터스 소령은 말꼬리를 흐렸다.

폴리 장군이 입을 열었다.

"여러분, 이거 매우 흥미롭군요. 조각조각 단서를 모아 이렇게 짜 맞추다니!"

파커 파인이 말했다.

"소령님, 아까 모래주머니에 대해 말씀하셨죠. 그런 무기를 쉽게 만들 수 있을까요?"

"모래야 넘쳐나잖아요."

로프터스 소령이 담담하게 대꾸했다. 그러면서 손에 모래를 집어 보였다.

"양말 같은 데 넣기만 하면……."

오루크가 말을 하다 말고 주저했다.

모두들 전날 밤 헨슬리가 말한 짧은 두 문장을 기억하고 있었다.

'그래서 전 언제나 여분의 양말을 가지고 다닌답니다. 앞일은 모르는 법이니까요.'

침묵이 흘렀다. 이윽고 파커 파인이 나지막한 목소리로 입을 열었다.

"로프터스 소령님, 그 여분의 양말은 아직 그의 코트 주머니에 있을 겁니다. 코트는 지금 차 안에 있고요."

일순간 모두의 시선이 지평선 위를 서성이고 있는 침울한 인물에게로 모아졌다. 헨슬리는 동료의 주검이 발견된 이후 줄곧 홀로 떨어져 있었다. 죽은 사람과 친구였던 만큼 혼자 있고 싶어 하려니 하고 다들 생각했었다.

"양말을 이리 가지고 나와 주시겠습니까?"

로프터스 소령은 주저했다.

"글쎄요……."

로프터스 소령은 지평선 위에서 서성이는 인물을 다시 한 번 바라보고는 말을 이었다.

"그건 다소 비열한 행동이……."

파커 파인이 격려했다.

"꼭 필요해서 그러니 부탁드립니다. 상황이 상황이잖습니까? 우리는 지금 이곳에 고립되어 있습니다. 따라서 진실을 알아내야 합니다. 소령님이 그 양말을 가지고 와 주신다면 수사가 한 단계 진일

보할 수 있을 겁니다."

그 말에 로프터스 소령은 순순히 몸을 돌렸다.

파커 파인이 폴리 장군을 살짝 옆으로 당겼다.

"장군님, 스미터스트 대위와 통로 건너편에 앉으셨지요?"

"그랬지요."

"누가 일어나서 통로를 지나가지는 않았습니까?"

"그 영국인 노숙녀만 그랬지요. 프라이스 양 말입니다. 뒤쪽에 있
는 세면실로 가더군요."

"그때 비틀거리지 않던가요?"

"당연히 차가 덜컹대니 휘청거렸지요."

"통로를 돌아다닌 사람은 그 외에 아무도 없습니까?"

"네."

장군은 묘하다는 듯이 그를 바라보더니 물었다.

"그건 그렇고 당신은 정체가 뭐요? 이렇듯 상황을 지휘하고 계시
니……. 군인은 아닌 것 같습니다만."

"그저 이런저런 경험이 많은 사람이지요."

"여행가신가 보군요. 안 그래요?"

"아닙니다. 저는 사무실에서 일합니다."

그때 로프터스 소령이 양말을 가지고 돌아왔다. 파커 파인은 양
말을 건네받아 이리저리 살폈다. 양말 한 짝 안에 젖은 모래들이 달
라붙어 있었다.

파커 파인은 깊이 숨을 들이쉬었다.

"이제 모두 알겠습니다."

모든 사람의 시선이 다시 지평선에서 서성이는 인물에게로 모아졌다.

"가능하다면 시신을 보고 싶군요."

파커 파인은 스미터스트의 주검이 방수천에 덮인 채 누워 있는 곳으로 로프터스 소령과 함께 갔다.

로프터스 소령이 방수천을 젖히며 말했다.

"특별한 것은 없습니다."

하지만 파커 파인의 두 눈은 죽은 스미터스트의 넥타이에 붙박여 있었다.

"스미터스트 역시 이튼 고등학교 출신이었군요."

파커 파인의 말에 로프터스 소령은 깜짝 놀란 표정을 지어 보였다.

파커 파인은 이어서 더욱 놀랄 만한 말을 했다.

"윌리엄슨 대위에 대해 얼마나 아십니까?"

"전혀요. 베이루트에서 처음 만났죠. 저는 이집트에서 이곳으로 오는 길이었습니다. 하지만 왜요? 혹시⋯⋯?"

"윌리엄슨 대위의 말 한마디에 범인이 결정되는 상황이잖습니까? 그러니 신중을 기해야지요."

파커 파인은 활달하게 대답하면서도 망자의 넥타이와 칼라가 여전히 흥미로운 모양이었다. 그는 단추를 풀어 칼라를 떼어 냈다. 그러더니 이내 탄성을 질렀다.

"이것 보셨나요?"

칼라의 뒤쪽에 조그맣고 동그란 혈흔이 남아 있었다.

파커 파인은 칼라를 벗겨 낸 목을 유심히 살폈다. 이윽고 그가 명쾌하게 단정을 지었다.

"머리에 뭔가를 맞아서 죽은 것이 아닙니다. 두개골 바로 아랫부분을 찔렀군요. 여기 조그마한 상처가 보이지요?"

"이런! 그걸 놓치다니!"

파커 파인은 다 이해하는 듯한 어조로 말했다.

"선입견을 갖고 있다 보면 그럴 수도 있지요. 머리를 부딪쳤을 거라고 여겼으니 이런 작은 흔적이야 놓치기 십상이죠. 눈에 잘 보이지도 않잖아요. 작지만 날카로운 도구로 재빨리 찔러 즉사시켰습니다. 희생자는 비명 한마디 지를 수 없었겠지요."

"송곳칼 말입니까? 그렇다면 장군이……."

"이탈리아인 하면 흔히 송곳칼이 떠오르긴 하죠. 보세요, 저기 차 한 대가 오고 있어요!"

지평선 위로 관광용 차량 한 대가 나타났다.

오루크가 버스 안으로 들어오며 말했다.

"잘됐어요. 숙녀분들은 저 차를 타고 가면 되겠네요."

"살인자는 어떻게 할까요?"

파커 파인이 물었다.

"헨슬리 말입니까?"

"아뇨, 헨슬리가 아닙니다. 우연히도 헨슬리가 범인이 아니라는 것을 알게 되었습니다."

"아니, 어떻게요?"

"알다시피 그의 양말에는 모래가 들어 있잖습니까."

오루크는 멍한 표정으로 파커 파인을 바라보았다.

파커 파인은 상냥하게 설명했다.

"네, 전혀 말이 안 된다고 여기시겠죠. 하지만 말이 됩니다. 스미터스트는 머리를 맞아 죽은 것이 아니라 날카로운 도구에 찔려서 죽었습니다."

파커 파인은 잠시 말을 끊었다가 다시 이었다.

"아까 말씀드린 대화를 다시 한 번 생각해 보세요. 술집에서 나눴던 대화 말입니다. 대위는 중요해 보이는 문장을 집어냈죠. 하지만 나에게는 다른 말이 더욱 인상적이었습니다. 내가 스미터스트에게 신용으로 먹고 산다고 했을 때 그는 '그럼…… 당신도?'라고 되물었지요. 기묘하지 않습니까? 부서의 공금을 횡령한 것을 '신용으로 먹고 산다'라고 하지는 않을 테니까요. 신용으로 먹고 산다는 건, 예를 들어 수배 중인 새뮤얼 롱과 같은 사람에게 더 잘 어울리죠."

그 말에 로프터스 소령이 움찔 놀랐다.

오루크가 말했다.

"그렇긴 하지만……."

"그냥 농담 삼아서 한번 상상해 봅시다. 종적을 감춘 새뮤얼 롱이 우리와 버스에 함께 타고 있었다고 가정해 보는 겁니다."

"네? 그건 말도 안 돼요!"

"안 될 것도 없지요. 스스로 말한 자기소개와 여권 말고 우리가 서로에 대해 아는 것이 무엇입니까? 제가 정말 파커 파인일까요? 폴리 장군도 정말로 이탈리아의 장군일까요? 남자처럼 억세 보이고 면도라도 해야 할 것 같은 노처녀 프라이스 양은요?"

"하지만 스미터스트가…… 새뮤얼 롱을 알 리 없잖습니까?"

"스미터스트는 이튼 고등학교 출신입니다. 새뮤얼 롱 역시 이튼 출신이지요. 내색은 하지 않았지만 스미터스트는 새뮤얼 롱을 잘 알고 있었을 겁니다. 우리 일행 중에 끼어 있는 새뮤얼 롱을 단번에 알아보았겠지요. 만일 그랬다면 스미터스트가 어떻게 했을까요? 그는 마음이 약한 사람이라서 이 일로 크게 고민했을 겁니다. 결국 바그다드에 도착할 때까지는 신고하지 않기로 했겠지요. 하지만 그후에는 바로 알리려고 했지요."

"우리 중 한 명이 바로 그 새뮤얼 롱이라는 겁니까?"

오루크는 여전히 멍한 얼굴로 묻다가 문득 무엇인가 생각이 났는지 심호흡을 크게 하고 선언했다.

"그 이탈리아인이 틀림없어요. 아니면 아르메니아 녀석일까요?"

"외국 사람인 척 위장하고 외국인 여권을 구하는 것은 영국인으로 가장하는 것보다 훨씬 힘든 일이죠."

"그럼 프라이스 양이라는 겁니까?"

파커 파인의 말에 오루크가 믿기지 않는다는 듯이 말했다.

"아니요! 바로 이자입니다!"

파커 파인은 다정하다 싶은 동작으로 옆에 서 있는 남자의 어깨에 손을 올렸다. 하지만 그 목소리에는 다정함이 전혀 깃들어 있지 않았으며, 어깨를 쥔 손아귀는 철통처럼 단단했다.

"로프터스 소령이라고 하든 새뮤얼 롱이라고 하든 좋을 대로 부르십시오!"

"말도 안 돼요! 어떻게 그런 일이……? 소령님은 몇 년 동안이나 군대에 계셨습니다."

오루크가 흥분하며 반대했다.

"전에 그를 만난 적이 있습니까? 우리 모두 로프터스 소령을 여기서 처음 만났습니다. 이자는 진짜 로프터스 소령이 아닙니다."

침묵만 지키고 있던 로프터스 소령이 드디어 입을 열었다.

"대단히 영리하군요. 도대체 어떻게 알아냈죠?"

"스미터스트가 천장에 머리를 부딪치고 죽었다는 말도 안 되는 소견 덕분입니다. 어제 다마스쿠스에서 이야기를 나눌 때 오루크 대위의 말을 듣고 그런 계략을 짜게 된 거겠죠. 아주 쉬워 보였을 겁니다! 우리 중에 의사라고는 당신밖에 없으니 무슨 말을 하든 다 수긍하지 않았겠습니까? 더구나 로프터스의 의료 기구를 가지고 있으니 목적에 알맞은 도구를 찾느라 고생할 필요도 없었을 거고요. 스미터스트에게 몸을 숙여 대화를 나누는 척하면서 무기로 찌르지 않았습니까? 어두운 차 안에서 몇 분 정도 수다를 떤다고 해서 누가 의심이나 하겠습니까? 시신이 발견되면 사체 검사도 자신이 할 테니 걱정 없었을 겁니다. 하지만 생각만큼 손쉽게 풀리지 않았습니다. 의문이 제기되었으니 말입니다. 그래서 당신은 두 번째 작전에 들어갔습니다. 당신과 스미터스트가 나누었던 대화를 윌리엄슨이 우연히 듣고 그것을 밝히자 그로 인해 헨슬리가 용의선상에 올랐고, 당신은 헨슬리가 일하는 부서의 비리에 대해 꾸며 내어 그 의심을 더욱 짙게 했죠. 그래서 저는 최종 테스트를 하기로 했습니다. 모래와 양말에 대해 언급한 것입니다. 그때 당신은 모래를 한 줌 움켜쥐고 계시지 않았습니까. 저는 당신에게 진실을 알아내야 한다며 양말을 가지고 나오라고 했습니다. 하지만 여기서 말한 진실이란 당신이 생각한 그 진실이 아니었습니다. 헨슬리의 양말은 이미 내가 확인한 뒤였으니 말입니다. 그 안에 모래라고는 눈곱만큼도 없었습니다. 모래는 당신이 집어넣은 것 아닙니까?"

새뮤얼 롱은 담배에 불을 붙였다.

"내가 졌소. 내 운도 다했나 보군. 뭐, 운이 곁에 있는 동안은 멋지게 잘 살았으니 됐어요. 이집트에 도착했을 때 추적이 거세졌어요. 그러다 로프터스를 만났죠. 아는 사람 하나 없는 바그다드로 배치를 받아 가는 길이라고 하더군요. 정말 놓치기 아까운 기회였습니다. 그래서 그를 매수했어요. 2만 파운드나 들었지만 그게 뭐 대순가요. 그런데 그만 운 나쁘게도 스미터스트와 딱 마주쳤어요. 천하에 둘도 없는 멍청이 같으니라고! 그는 이튼 시절에 내 똘마니였죠. 당시 나를 영웅처럼 떠받들고 다녔어요. 그래서 나를 신고하는 걸 몹시 꺼려 했죠. 난 그를 최선을 다해 설득했고, 그는 바그다드에 도착할 때까지 아무 말 않기로 했어요. 내가 어떻게 할 수 있었겠습니까? 그를 제거하는 수밖에 선택의 여지가 없었습니다. 하지만 난 흉악한 살인자로 타고난 사람은 아닙니다. 나의 전공은 다른 분야이지……."

그 순간 그의 표정이 변하며 얼굴이 무섭게 일그러졌다. 그러고는 몸을 부르르 떨며 앞으로 털썩 꼬꾸라져 버렸다.

오루크가 몸을 숙여 그의 상태를 살피자 파커 파인이 설명했다.

"십중팔구 담배에 청산이 들어 있었을 겁니다. 도박꾼이 마지막 승부수에서 잃고 만 거지요."

파커 파인은 사위를 둘러보았다. 사막이 광활하게 펼쳐져 있었고, 태양이 그를 압도하듯 내리쬐었다. 겨우 어제 그들은 바그다드의 문을 통해 다마스쿠스를 떠나왔다.

"아래로 가지 마오, 오! 대상 행렬이여, 노래 부르지 마오. 새는 죽고 없으나 한 마리 새인 양 울리는 침묵을 들어 보았소?"

시라즈의 집

I

아침 6시, 파커 파인은 바그다드를 떠나 페르시아(오늘날의 이 란—옮긴이)로 향했다.

소형 단엽 비행기였으니 객실이라고 해도 턱없이 좁았고, 좌석도 파커 파인과 같은 거구가 편안히 앉아 있기에는 무리가 있었다. 승객이 두 명 더 있었는데, 한 명은 파커 파인에게 수다쟁이로 찍힌 불그레한 혈색에 덩치 큰 사내였고, 다른 한 명은 단호해 보일 정도로 입을 꾹 다문 마른 여인이었다.

파커 파인은 생각했다.

'척 보기에도 상담을 받고 싶어 할 것 같지는 않군.'

역시 그러했다. 여인은 근면과 행복으로 똘똘 뭉친 미국인 선교사였고, 혈색 좋은 남자는 석유 회사 직원이었다. 그들은 비행기가 이륙하기 전 살아온 내력을 늘어놓았다.

파커 파인은 짤막하게 대꾸했다.

"저는 그저 여행객입니다. 테헤란(페르시아의 수도 ― 옮긴이)과 이스파한(테헤란 남쪽에 위치한 페르시아의 대도시 ― 옮긴이)과 시라즈(18세기 페르시아의 수도였으며, 시와 장미의 도시로 알려져 있다 ― 옮긴이)로 가지요."

이들 도시의 이름은 발음하면 할수록 그 매혹적인 리듬에 사로잡히게 된다. 테헤란, 이스파한, 시라즈.

파커 파인은 창문을 통해 비행기 아래로 펼쳐진 땅을 내려다보았다. 드넓은 사막이 이어졌다. 사람이 살지 않는 광대한 땅이 신비롭게만 느껴졌다.

케르만샤(이라크와의 국경에 위치한 페르시아의 도시이며, 현재의 바흐타란이다 ― 옮긴이)에서 비행기가 잠시 착륙해 입국 검사와 통관 검사를 받았다. 파커 파인의 가방 하나가 활짝 열렸다. 자그마한 판지 상자가 검사대 위에 올랐다. 질문들이 쏟아졌지만 파커 파인은 페르시아어를 말하지도, 알아듣지도 못하여 난감할 뿐이었다.

그때 비행기 조종사가 어슬렁어슬렁 다가왔다. 깊은 푸른 눈과 금발을 가진 독일인 젊은이는 햇볕에 까맣게 탔음에도 불구하고 상당히 미남이었다.

"무슨 문제라도 있나요?"

그가 흔쾌하게 물었다.

그럴듯한 팬터마임을 기가 막히게 구사하였으나 별 성과를 거두지 못하고 있던 파커 파인은 조종사를 보고 안도했다.

"벌레약입니다. 설명 좀 해 주시겠습니까?"

조종사는 당혹한 표정이었다.

"죄송합니다만 무슨 말씀을 하시는지⋯⋯?"

파커 파인은 독일어로 다시 간청했다. 조종사는 활짝 웃고는 그의 말을 페르시아어로 통역해 주었다. 그러자 우울하다 할 만큼 엄숙하던 관리들이 상황을 이해했다. 얼굴에 드리워져 있던 우울함이 사라지고 미소가 떠올랐다. 심지어 한 명은 껄껄 웃기까지 했다. 벌레약을 가지고 왔다는 사실이 무척 재미있게 느껴지는 모양이었다.

세 명의 승객이 다시 자리에 앉자 비행기가 이륙했다. 하마단(페르시아 중서부의 도시 — 옮긴이)에 편지를 떨구기 위해 비행기가 급강하하긴 했지만 착륙하지는 않았다. 파커 파인은 비시툰 비문(기원전 6세기 아케메네스 왕조의 다리우스 대왕이 남긴 비문으로, 설형 문자 연구에 커다란 밑거름이 된 유물 — 옮긴이)을 볼 수 있지 않을까 싶어서 아래를 뚫어져라 바라보았다. 다리우스 대왕이 제국의 규모와 정복의 업적을 바빌로니아어, 고대 페르시아어, 메디아어(실제로는 메디아어가 아니라 엘람어로 기록되어 있다 — 옮긴이) 등 세 개의 다른 언어로 기록한 비문이라니 무척 낭만적으로 느껴졌다.

테헤란에 도착한 것은 오후 1시였다. 경찰 조사가 추가로 이어졌다. 파커 파인이 알아듣지도 못하는 긴 질문에 대답하는 동안 독일인 조종사는 싱글벙글 웃으며 곁에 서 있었다.

"내가 대체 뭐라고 대답한 거죠?"

파커 파인이 독일인에게 물었다.

"아버지의 세례명은 여행객이고, 직업은 찰스이며, 어머니의 처녀 적 성은 바그다드이고, 고향은 해리엇이라고요."

"혹 문제가 될 수 있나요?"

"이 동네에서는 아닙니다. 뭐든 대답만 하면 되지요. 그것으로 족합니다."

테헤란은 매우 실망스러웠다. 그 현대적인 모습에 오히려 우울할 정도였다. 다음 날 저녁 호텔로 들어가다 우연히 독일인 조종사인 슐라갈과 마주치자 파커 파인은 그런 심정을 토로했다. 그러다 충동적으로 그를 저녁 식사에 초대했고, 조종사는 그 초대를 받아들였다.

조지 왕조풍의 복장을 한 웨이터가 느긋하게 다가와 주문을 받아 갔다. 그리고 잠시 후 음식이 나왔다.

끈적끈적한 초콜릿 과자인 '라 토르테'가 나왔을 때 독일인이 물었다.

"시라즈에 가신다고요?"

"네, 갈 때는 비행기로 갔다가 올 때는 차로 이스파한을 거쳐 테헤란으로 돌아올 예정이에요. 참, 내일 나를 시라즈까지 데려다 주겠군요?"

"아, 아닙니다. 저는 바그다드로 돌아갑니다."

"그래요? 그건 그렇고, 이곳에서는 얼마나 지냈지요?"

"3년 됐습니다. 항공사가 여기 취항한 지 3년밖에 안 되었거든요.

지금까지 사고가 한 번도 없었답니다. 운베루펜!(신의 가호를!)"

그러면서 조종사는 탁자를 살짝 두드렸다(행운이 지속되거나 불운이 멈추기를 기원하는 서구의 풍습 — 옮긴이).

진하고 달콤한 커피가 나오자 두 사람은 담배를 피웠다.

"제 첫 승객은 두 명의 숙녀분이었답니다. 둘 다 영국인이었지요."

조종사가 회상에 잠겨 말했다.

"그래요?"

"한 명은 아주 좋은 집안 출신인데, 영국 장관의 딸이라고 했어요. 뭐라더라…… 맞아요, 레이디 에스터 카. 대단한 미인이긴 하지만 제정신이 아니에요."

"제정신이 아니라고요?"

"정신이 완전히 나갔죠. 지금은 시라즈의 거대한 페르시아식 저택에 사는데, 항상 페르시아 옷만 입고 다녀요. 유럽 사람이라고는 일절 안 만나지요. 양갓집 처녀가 그렇게 산다는 게 말이 되나요?"

"간혹 그런 사람도 있죠. 레이디 헤스터 스탠호프(19세기 초, 당시의 전통을 깨고 전 세계를 여행한 용감무쌍한 여성 모험가 — 옮긴이)도……."

조종사가 벌컥 언성을 높이며 그의 말을 끊었다.

"이 여자는 정말 미쳤어요. 눈을 보면 알아요. 전쟁 때 제가 복무했던 잠수함의 지휘관도 딱 그런 눈이었죠. 지금은 정신 병원에 있다더군요."

파커 파인은 생각에 잠겼다. 레이디 에스터 카의 아버지인 미셸데버 경이 생생히 떠올랐다. 그는 내무 장관이었던 미셸데버 경 밑에서 일한 적이 있었다. 웃음기를 머금은 듯한 푸른 눈에 금발을 가진 거구의 사내였다. 레이디 미셸데버 역시 만난 적이 있었다. 검은 머리에 보랏빛이 감도는 푸른 눈을 가진 여성으로, 아일랜드계 특유의 눈부신 미모를 가지고 있었다. 둘 다 매력적이고 건전한 사람들이었다. 하지만 카 가문의 핏줄에는 광기가 흐르고 있어서 대대로 이따금씩 그 광기가 표출되곤 하였다. 그런데 슐라갈이 그런 면에 대해서 말하자 어쩐지 기묘했다.

"다른 숙녀분은요?"

그는 무심하게 물었다.

"그 숙녀분은…… 죽었습니다."

조종사의 목소리에 알 수 없는 슬픔이 배어 있어서 파커 파인은 고개를 들고 예리한 시선으로 그를 바라보았다.

"저도 심장을 가진 사람입니다. 제게도 마음이라는 것이 있어요. 그녀는 저에게 더없이 아름다운 여인이었습니다. 그런 감정은 삽시간에 일어나게 마련이지요. 그녀는 정녕 한 송이 꽃과 같았습니다. 아름다운 꽃이었죠."

조종사는 깊은 한숨을 내쉬었다.

"이따금씩 그녀를 보러 가곤 했죠. 시라즈의 저택에 말입니다. 레이디 에스터 카가 가끔 초대를 했었거든요. 그런데 저의 아름답고 소중한 꽃은 늘 뭔가를 두려워하고 있는 것처럼 보였어요. 제 눈엔 그렇게 보였죠. 그런데 그 다음번에 바그다드에서 돌아와 보니 글쎄 그녀가 죽었다지 뭡니까? 그녀가 죽다니!"

조종사는 말을 멈추더니 잠시 뒤 아주 진지하게 말했다.

"그 여자가 죽였을 거예요. 미친 게 분명해요."

그가 한숨을 쉬자 파커 파인은 베네딕틴(일종의 증류주 ― 옮긴이) 두 잔을 주문했다.

"아주 좋은 큐라소(일종의 증류주 ― 옮긴이)가 있습니다."

조지 왕조풍의 웨이터는 그렇게 말하고는 큐라소 두 잔을 가져왔다.

II

다음 날 정오가 막 지날 무렵 파커 파인은 처음으로 시라즈를 보았다. 황량한 협곡을 끼고 있는 산맥 위를 날아가면서 보니 메마른 불모의 황무지가 펼쳐져 있었다. 그러다 돌연 시라즈가 나타난 것이다. 시라즈는 황무지의 심장에 박힌 에메랄드빛 보석이었다.

테헤란이 파커 파인에게 실망감만 안겨 주었다면 시라즈는 그것을 보상해 줄 만큼 큰 기쁨을 선사했다. 거의 원시적인 분위기의 호텔이나 토속적인 색채를 물씬 풍기는 거리는 거슬리기는커녕 오히려 반가울 정도였다.

마침 페르시아의 명절이었다. 난 루즈 축제가 바로 전날 밤부터 시작되었다고 했다. 페르시아인이 그들만의 새해를 기리기 위해 15일

동안이나 벌이는 큰 축제였다. 파커 파인은 텅 빈 바자르를 거닐다 도시 북쪽으로 펼쳐진 넓은 지역까지 가 보았다. 시라즈는 온통 축제 분위기였다.

하루는 도시 밖까지 걸어 나가기도 했다. 페르시아의 시인 하피즈의 묘소를 참배하고 돌아오는 길에 아주 매력적인 집 한 채가 그의 시선을 끌었다. 푸른빛, 장밋빛, 노란빛 타일로 치장한 저택이 풀과 오렌지나무와 장미로 이루어진 푸른 정원 안에 자리 잡고 있었다. 꿈속에나 나올 법한 집이었다.

그날 밤 그는 영국 영사와 함께 저녁 식사를 하던 중 그 집에 대해 물었다.

"정말 매혹적인 집이죠. 로레스탄(페르시아 서부의 주 — 옮긴이)의 옛 총독이 지은 저택이랍니다. 자신의 지위를 이용해 걸작을 만들어 낸 것이죠. 지금은 한 영국 여인이 소유하고 있는데, 레이디 에스터 카라고 아마 이름은 들어 보았을 겁니다. 그런데 안타깝게도 완전히 미쳐 버렸죠. 자신이 페르시아 원주민이나 되는 줄 알고 영국이나 영국인과는 아예 담을 쌓고 지냅니다."

"젊은 분인가요?"

"그런 바보짓을 하기에는 아까울 만큼 너무 젊죠. 서른 안팎일 겁니다."

"영국 여성이 한 명 더 같이 살고 있지 않았나요? 하지만 죽었다지요?"

"맞아요. 3년 전 일이죠. 실은 제가 부임한 바로 다음 날 그렇게 됐답니다. 전임자였던 바럼이 느닷없이 사망하는 바람에 제가 여기로 온 것이죠."

"그 여자분은 어떻게 죽었습니까?"

파커 파인이 불쑥 물었다.

"발코니에서였던가 안마당에서였던가 아무튼 미끄러졌답니다. 레이디 에스터의 하녀였는지, 아니면 말동무 삼아 데려온 고용인이 었는지는 잘 모르겠군요. 아무튼 아침 식사를 쟁반에 담아 들고 가다가 발을 헛디뎠죠. 너무 안타까운 일이지만 아무것도 할 수 없었습니다. 바닥에 있던 돌에 부딪쳐 두개골이 깨졌거든요."

"이름이 뭐였죠?"

"킹이었나, 아니 윌리스였나? 아니시, 그건 선교사로 온 여자였고. 아무튼 꽤 예쁘장하게 생겼더랬죠."

"레이디 에스터가 무척 슬퍼했겠군요."

"네…… 아뇨, 실은 잘 모르겠습니다. 너무 남다른 여자라 그 속을 모르겠더군요. 뭐랄까…… 오만하기 짝이 없습니다. 보면 아시겠지만 대단한 걸물이에요. 명령조의 말투나 이글거리는 검은 눈 때문에 내심 겁이 날 정도랍니다."

영사는 겸연쩍은 듯이 껄껄 웃더니 호기심 어린 눈으로 상대를 바라보았다. 파커 파인은 멍하니 허공을 응시하고 있었다. 담배를 피우려고 조금 전 불을 붙인 성냥이 마냥 타들어 가고 있었다. 불길이 기어이 손가락에까지 이르러서야 그는 고통스러운 소리를 내지르며 성냥을 떨어뜨렸다. 그는 경악한 표정을 짓는 영사를 바라보며 싱긋 웃었다.

"이런, 실례했습니다."

"얼을 어디다 빠뜨렸나요?"

"네, 줍느라 시간깨나 걸렸습니다."

파커 파인은 수수께끼 같은 말로 대답을 대신했다.

두 사람은 다른 주제에 대해 한참 동안 대화를 나누었다.

그날 저녁, 자그마한 석유 램프의 불빛에 의지해 파커 파인은 편지를 썼다. 그는 뭐라고 쓸지 한참을 고민했다. 그러다 결국 간결하게 쓰기로 했다.

파커 파인이 레이디 에스터 카에게 경의를 표합니다. 앞으로 사흘 동안 호텔 파르스에 머물 예정이오니 혹시 상담을 원하실 경우 연락을 주시면 감사하겠습니다.

그는 신문 조각을 동봉했다. 바로 그 유명한 광고였다.

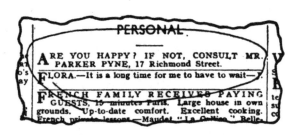

개인 광고란

— 행복하십니까? 그렇지 않다면 파커 파인 씨와 상담하십시오. 리
치먼드 가(街) 17번지.

— 플로라, 오래도록 기다리고 있다오. Y.

— 하숙인 구함. 프랑스인 주인에다 정원이 딸린 넓은 집! 편안한
최신 인테리어! 맛있는 요리!

파커 파인은 불편한 침대에 조심스레 몸을 누이며 혼잣말로 중얼
거렸다.

"제대로 걸려들 거야. 3년 가까운 세월이 지났으니까. 그래, 분명
히 걸려들 거야."

다음 날 4시경 답이 왔다. 영어라고는 한마디도 못 하는 페르시아
인 하인이 답장을 가지고 왔다.

레이디 에스터 카는 파커 파인에게 그날 저녁 9시에 저택을 방문
하면 좋겠다고 했다.

파커 파인은 미소를 지었다.

그날 저녁 대문을 연 것은 낮에 심부름을 왔던 하인이었다. 파커
파인은 어두운 정원을 지나 저택의 뒤편으로 나 있는 외부 계단을
따라 올라갔다. 발코니인지 안마당인지 어둠에 활짝 열린 채 이어
져 있었다. 커다란 소파가 벽에 맞대어 놓여 있고, 그 위에 매력적인
여인이 기대어 앉아 있었다.

레이디 에스터는 페르시아식 긴 원피스 차림이었는데, 그녀의 그
윽하고도 동양적인 아름다움을 잘 살려 주기에 그런 옷을 좋아하는

것이 아닌가 하는 생각이 은근히 들었다. 오만하기 짝이 없다는 영사의 말이 실로 이해가 되었다. 도도하게 치켜든 턱은 물론이요, 눈썹마저도 오만함을 내뿜고 있었다.

"파커 파인 씨인가요? 저기 앉으시죠."

그녀의 손이 바닥에 있는 방석을 가리켰다. 가운뎃손가락에는 가문의 문장이 새겨진 커다란 에메랄드 반지가 끼워져 번쩍이고 있었다. 가보가 분명했으며, 적잖이 값이 나갈 것이란 생각이 들었다.

그는 순순히 자리에 앉긴 했지만 다소 끙끙거렸다. 그처럼 거구의 사내가 바닥에 우아하게 앉기란 쉽지 않았다.

하인이 커피를 들고 왔다. 파커 파인은 잔을 들고는 음미하듯 홀짝였다.

여주인은 유유자적하는 동양의 습관이 완전히 몸에 밴 모양이었다. 대화를 서두르는 기색도 없이 그저 반쯤 눈을 감은 채 커피를 음미할 뿐이었다. 마침내 그녀가 입을 열었다.

"불행한 이들을 도우신다고 하셨죠? 적어도 광고에서는 그렇게 주장하고 있더군요."

"그렇습니다."

"왜 제게 그런 걸 보냈지요? 여행 중에도 사업을 하시는 건가요?"

그녀의 목소리에는 분명 조롱이 깔려 있었지만 파커 파인은 전혀 괘념치 않고 담담히 대꾸했다.

"아닙니다. 여행이란 일에서 완전히 해방된 휴식이어야 제맛이지요."

"그럼 왜 제게 편지를 보냈지요?"

"지금 당신이 불행하리라고 확신할 만한 이유가 있기 때문입니다."

순간 침묵이 감돌았다. 그는 부쩍 호기심이 끓어올랐다. 그녀가 과연 어떤 반응을 보일까? 여인은 마음을 정하기 위해 잠시 시간을 끌더니, 이윽고 웃음을 터뜨렸다.

"세상과 조국과 동족을 떠나 나처럼 사는 사람은 모두 불행하다고 여기시나요? 슬픔이나 환멸 같은 것 때문에 자진해서 스스로를 추방했다고 믿는 거예요? 오, 이런! 어떻게 설명해야 할까? 영국에서 나는 물 밖에 내던져진 물고기 같았어요. 하지만 여기에서는 오롯이 나 자신이 되지요. 나는 영혼까지 동양인이에요. 나 스스로 원해서 은둔 생활을 하는 겁니다. 이해하지 못하겠죠? 아마 내가……."

그녀는 주저하다 말을 이었다.

"미쳤다고 생각하겠죠?"

"당신은 미치지 않았습니다."

그의 목소리에는 일종의 확신이 있었다. 여인은 묘하다는 듯이 그를 바라보았다.

"하지만 사람들은 나를 미쳤다고들 하죠. 어리석인 인간들 같으니! 세상에는 온갖 사람이 있게 마련이에요. 나는 이곳에서 완벽하게 행복합니다."

"그럼에도 저에게 방문할 것을 허락하셨지요."

"호기심이 생겼을 뿐이에요."

그녀는 주저하며 말을 이었다.

"나는 그곳…… 영국으로는 결코 돌아가지 않을 겁니다. 그렇다고 그곳의 소식까지 전혀 듣고 싶지 않은 것은 아니지요."

"떠나온 세상의 소식이 궁금하십니까?"

여인은 고개를 끄덕이는 것으로 그의 질문에 수긍했다.

파커 파인은 소식을 전하기 시작했다. 신뢰감을 주는 부드러운 목소리가 나직이 이어지다 이런저런 점을 강조하며 살며시 높아졌다.

런던, 사교계의 소문, 유명인, 새 레스토랑, 새 나이트클럽, 경마, 사냥, 시골 저택의 스캔들에 대해 이야기했다. 옷, 파리의 패션, 엄청난 할인가로 유행 지난 물건을 파는 거리의 소규모 상점들에 대해서도 이야기했다.

극장과 영화관, 영화계, 새로운 교외 주택, 온갖 구근 식물과 정원 가꾸기에 대해 이야기하고는, 마지막으로 전철과 버스, 하루 일과를 마친 후 부랴부랴 귀가를 서두르는 사람들과 그들을 기다리고 있는 자그마한 집들, 영국 가정의 기묘하고도 친숙한 일상 등과 같은 런던의 소박한 저녁 풍경에 대해서도 묘사했다.

대단할 정도로 광범위한 지식을 펼쳐 보이되 교묘히 순서를 정한 뛰어난 공연이었다. 레이디 에스터가 고개를 푹 떨구었다. 오만함은 무너지고 없었다. 어느 순간 눈물이 조용히 흘러내리더니 그가 말을 끝냈을 즈음에는 모든 가식을 벗어던진 채 마음껏 흐느꼈다.

파커 파인은 아무 말도 하지 않았다. 묵묵히 여인을 바라볼 뿐이었다. 그의 얼굴에는 실험을 통해 원하던 결과를 얻은 사람처럼 조용하지만 만족스러운 표정이 감돌고 있었다.

마침내 여인이 고개를 들고 쓰라린 어조로 물었다.

"이제 만족하나요?"

"네, 그렇습니다."

"어떻게 견딜 수 있겠어요, 어떻게요? 결코 여기를 떠나지 못해요. 다시는 그 누구도 만나지 못하다니!"

온몸을 쥐어짜는 듯한 통곡이 이어졌다. 이윽고 여인은 상기된 얼굴로 자신을 추스리더니 사납게 물었다.

"한마디하지 그래요? '집에 가고 싶으면 왜 가지 않나요?'라고요. 비꼬고 싶으면 얼마든지 비꼬아요."

파커 파인은 고개를 가로저었다.

"아닙니다. 집으로 가고 싶어도 가시기 힘들 겁니다."

처음으로 여인의 눈에 두려움이 내비쳤다.

"대체 무슨 근거로 못 간다는 건가요?"

"제가 판단컨대 그렇습니다."

여인은 고개를 세차게 저었다.

"모르시는 말씀이에요. 내가 돌아갈 수 없는 이유는 아마 상상도 못 할 거예요."

"상상하지 않습니다. 저는 관찰하고 분류합니다."

"당신은 아무것도 몰라요."

파커 파인이 상냥하게 대꾸했다.

"제가 잘 안다는 것을 확신시켜 드리죠. 이곳에 오실 때 바그다드에 새로 취항한 독일 비행기를 타고 오셨죠, 레이디 에스터?"

"그래서요?"

"슐라갈이라는 젊은 조종사가 조종하는 비행기였을 겁니다. 그리고 그는 그 후로도 가끔 이곳을 방문하곤 했지요?"

"그래서요?"

앞의 '그래서요?'와는 미묘하게 다른, 한결 누그러진 '그래서요?'였다.

"친구 혹은 고용인이 있었는데…… 죽었지요?"

"고용인이었습니다."

여인은 강철처럼 차갑고 공격적인 목소리로 대꾸했다.

"이름이?"

"뮤리얼 킹이었어요."

"그 아가씨를 좋아했습니까?"

"좋아하다뇨?"

여인은 잠시 침묵하며 할 말을 골랐다.

"나한테 유용하긴 했죠."

도도한 대답에 파커 파인은 영사의 말이 떠올랐다.

'보면 아시겠지만 대단한 걸물이에요.'

"그녀가 죽었을 때 슬펐습니까?"

"그야, 당연하죠! 파인 씨, 계속 이런 질문에 대답해야 하나요?"

여인이 노여운 어조로 내뱉더니 대답을 기다리지도 않고 이어서 말했다.

"이렇게 와 주셔서 감사합니다. 하지만 좀 피곤하군요. 얼마를 드리면 되죠?"

하지만 파커 파인은 꿈쩍도 하지 않았다. 모욕을 받은 기색조차 없었다. 그는 나직이 질문을 계속했다.

"그녀가 죽은 이후로 슐라갈은 발을 끊었지요. 만약 찾아왔다면 집 안에 들였겠습니까?"

"전혀요!"

"무조건 거절하셨을까요?"

"네, 슐라갈이 이 집에 들어올 일은 없습니다."

파커 파인은 생각에 잠겨 말했다.

"그래요, 달리 어쩔 수가 없겠지요."

갑옷처럼 두르고 있던 오만함이라는 방어막이 움찔 흔들리는 것 같았다. 여인은 자신 없는 어조로 물었다.

"그…… 그게 무슨 뜻이죠?"

"레이디 에스터, 슐라갈이 뮤리얼 킹을 사랑하고 있었다는 것을 아셨습니까? 아주 낭만적인 젊은이예요. 여전히 그 아가씨에 대한 추억을 소중히 간직하고 있더군요."

"그래요?"

거의 속삭임과 같은 나직한 목소리였다.

"그 아가씨는 어떤 사람이었습니까?"

"어떤 사람이었다뇨? 그걸 제가 어떻게 알아요?"

"겉모습 정도는 보셔서 알고 있을 게 아닙니까?"

파커 파인은 온화하게 대꾸했다.

"아, 그거요? 상당한 미인이었어요."

"두 분이 비슷한 나이였나요?"

"네, 같은 또래였어요."

여인이 말을 멈추었다가 다시 이어서 말했다.

"무슨…… 근거로 슐라갈이 그녀를 좋아했다는 거죠?"

"그가 제게 그렇게 말했으니까요. 에두르지 않고 좋아했다고 직설적으로 말하더군요. 말했다시피, 무척 낭만적인 젊은이지요. 저를 믿고 모두 털어놓았습니다. 그녀가 그런 식으로 죽어서 몹시 낙심해 있더군요."

레이디 에스터가 자리에서 벌떡 일어났다.

"지금 내가 죽였다는 건가요?"

파커 파인은 자리에서 일어나지 않았다. 그는 누군가 움직였다고 해서 덩달아 몸을 움직일 사람이 아니었다.

"이런, 가엾게도! 저는 당신이 그녀를 살해했다고 생각하지 않습니다. 그저 하루빨리 연기를 그만두고 집으로 돌아가는 것이 좋겠다고 생각할 뿐입니다."

"연기라뇨?"

"진실은 당신이 용기를 잃었다는 것입니다. 네, 그래요. 용기를 잃다 못해 너무나도 겁에 질렸지요. 주인을 살해했다는 죄를 뒤집어쓸 거라고 생각했던 거예요."

여인이 순간적으로 동요했다.

220

파커 파인은 말을 이었다.

"당신은 레이디 에스터 카가 아닙니다. 여기 오기 전부터 나는 진실을 알고 있었지만 확증을 잡기 위해 일종의 시험을 했던 것이지요."

그의 얼굴 위로 온화하고 인자한 미소가 떠올랐다.

"영국 소식을 전하면서 당신을 유심히 살펴보았습니다. 번번이 당신은 에스터 카로서가 아니라 뮤리얼 킹으로서 반응을 하더군요. 저렴한 상점, 영화관, 새로운 교외 주택, 버스와 전차를 타고 퇴근하는 이야기에 더 반응을 보였습니다. 반면 시골 저택의 스캔들, 새 나이트클럽, 사교계의 소문, 경마에 대해서는 무덤덤하기만 했죠."

그는 아버지처럼 더욱 인자해진 목소리로 설득했다.

"자리에 앉아서 말해 보세요. 당신은 레이디 에스터를 살해하지 않았습니다. 하지만 살인범이라는 누명을 쓸까 봐 겁이 났던 것이죠. 어쩌다 그렇게 되었는지 말해 보세요."

그녀는 숨을 깊이 들이마셨다. 그러고는 소파에 털썩 주저앉더니 입을 열었다. 나직하면서도 폭발하듯 말이 줄줄이 쏟아져 나왔다.

"처음부터 말할게요. 저는 그녀가 두려웠어요. 그녀는 미쳐 있었죠. 많이 미친 것은 아니었지만 약간 이상했어요. 여기로 오면서 저를 데리고 왔는데, 저는 바보처럼 좋아했더랬죠. 너무도 낭만적인 일 같았거든요. 제가 머저리였죠. 그래요, 제가 바보였어요. 그녀는 영국에서 운전사와 그렇고 그런 일이 있었어요. 남자라면 사족을 못 썼거든요. ……남자 없이는 못 사는 여자였죠. 그 운전사가 먼저 시작한 일은 아니었어요. 아무튼 소문이 났고, 그녀의 친구들이 그

일에 대해 알고 그녀를 크게 비웃었어요. 결국 그 일로 가문에서 쫓겨나자 그녀는 여기로 왔어요. 사막에 혼자 떨어져 산다는 것도 사실은 체면을 지키기 위한 가식일 뿐이었어요. 한동안은 정신을 차리는 듯하더니 그녀는 다시 예전으로 돌아갔어요. 더구나 점점 더 괴상해지기 시작했죠. 그러다 슐라갈이 저택을 방문했는데, 그녀는…… 그를 좋아하게 되었어요. 사실 그는 저를 보러 온 것인데, 그녀는 그만……. 말 안 해도 잘 아시겠죠? 그런데 슐라갈이 자기의 마음을 그녀에게 모두 이야기했나 봐요……. 어느 날 느닷없이 그녀가 저를 몰아세우기 시작했어요. 정말 무서웠죠. 다시는 집에 못 돌아갈 거라고 하더군요. 제가 자기 손아귀 안에 있다고요. 저더러 노예랬어요. 제 목숨이 자기 손에 달려 있다고 했어요."

파커 파인은 고개를 끄덕였다. 그 상황이 머릿속에서 훤히 그려졌다. 선대 조상 중 몇몇이 그러했듯 레이디 에스터 역시 서서히 정상의 경계를 벗어났을 것이다. 또 무지하고 어린 아가씨는 겁에 질린 채 그녀가 하는 모든 말을 믿었을 것이다.

"그러던 어느 날 밤에는 저도 참을 수가 없어서 그녀에게 저항했어요. 만약에 싸움이라도 한다면 제가 그녀보다 힘이 더 세니까 그녀를 저 아래 바닥으로 내던지겠다고 말했죠. 그녀는 겁을 집어먹었어요. 그것도 아주 많이요. 저를 그저 벌레 같은 인간으로만 여기고 있다가 그런 말을 들었으니……. 제가 그녀를 향해 한 발짝 다가가자…… 그녀는 제가 무슨 짓을 하려는 줄 알고 뒷걸음질을 쳤어요. 그러다 그만…… 저 아래로 떨어져 버렸죠!"

뮤리얼 킹은 두 손에 얼굴을 파묻었다.

"그리고 어떻게 되었습니까?"

파커 파인은 온화하게 그녀를 격려했다.

"저는 이성을 잃었어요. 제가 밀었다고 혐의를 뒤집어쓰게 될 것 같았죠. 아무도 제 말을 믿어 줄 리 없으니 끔찍하기 짝이 없는 이곳 감옥에 갇힐 게 뻔했죠."

여인의 입술이 바르르 떨렸다. 이유 없는 두려움에 사로잡혀 있음을 여실히 알 수 있었다.

"그러다 문득 생각이 들었죠. 차라리 제가 죽었다고 하면 어떨까! 새로 부임한 영국 영사는 우리를 본 적이 없었어요. 전임 영사는 죽었고요. 하인이야 그리 걱정할 것 없다 싶었어요. 그들에게 우리는 똑같이 미친 영국 여자에 불과했으니까요. 한 여자가 죽으면 다른 여자가 모든 일을 맡는 거죠. 저는 그들에게 돈을 듬뿍 주었어요. 그러고는 영국 영사를 불러오라고 시켰어요. 이곳에 온 그는 당연히 저를 레이디 에스터라고 여겼어요. 제 손가락에 그녀의 반지가 끼워져 있었거든요. 그는 무척 친절했고 모든 일을 알아서 처리했어요. 그 누구도 일말의 의심조차 하지 않았지요."

파커 파인은 생각에 잠겨 고개를 끄덕였다. 미쳤다 해도 에스터카는 엄연히 레이디였던 것이다.

"그런 다음에야 저는 후회했어요. 저 역시도 점점 미쳐 가는 것 같았죠. 다른 사람인 척하며 여기에 영원히 머물도록 저주를 받은 것이나 다름없었죠. 여기를 벗어나기란 불가능하다고 생각했어요.

진실을 고백한다고 해도 더더욱 살인자로 의심을 받게 될 테니까요. 아, 파인 씨, 어쩌면 좋죠? 어떡해야 할까요?"

"어떻게 하냐고요?"

파커 파인은 몸이 허락하는 한 최대한 씩씩하게 일어났다.

"가여운 아가씨, 나와 함께 영국 영사에게로 갑시다. 더없이 친절하고 상냥한 분이지요. 물론 썩 유쾌하지 않은 절차를 거쳐야 할 겁니다. 순풍에 돛을 단 것처럼 순조롭지는 않을 거예요. 하지만 살인죄를 뒤집어쓰고 교수형 당하는 일은 없을 것이라고 약속합니다. 그런데 참, 아침 식사 쟁반이 시신과 함께 발견되었다죠?"

"그건 제가 던진 거예요. 그렇게 하면 더욱 저라고 생각할 것 같아서요. 정말 어리석죠?"

"매우 영리한 조치였습니다. 하지만 사실 그것 때문에 아가씨가 레이디 에스터를 살해하지 않았을까 하고 생각했지요. 하지만 만나 보니 아닌 것을 알겠더군요. 다른 건 몰라도 살인할 사람은 아니라는 걸 척 보고 알았지요."

"제가 겁쟁이라서요?"

파커 파인은 웃으며 대꾸했다.

"아가씨의 본능적 반사 작용이 살인을 막았을 겁니다. 자, 갈까요? 이제부터 불쾌한 일을 겪어야 합니다. 하지만 잘 헤쳐 나갈 수 있을 겁니다. 그런 다음에는 스트리탐 힐의 집으로 가면 돼요. 집이 그곳 맞지요? 그래요, 그럴 줄 알았어요. 아까 그곳 버스 번호를 언급하자마자 얼굴이 일그러지는 것을 보았답니다. 자, 가실까요, 아가씨?"

뮤리얼 킹은 망설였다. 그러고는 초조한 어조로 말했다.

"제 말을 믿지 않을 거예요. 그녀의 가문에서도요. 그녀가 그런 식으로 행동했다고 누가 믿겠어요."

"그건 나한테 맡겨 둬요. 그 가문에 대해 제법 잘 알지요. 자, 겁먹지 말아요. 한 젊은이가 슬픔 속에서 한숨 쉬고 있다는 걸 명심해요. 바그다드로 갈 때 그의 비행기를 타고 가면 좋겠군요."

여인의 빨개진 얼굴 위로 미소가 떠올랐다.

"각오가 됐어요."

그녀는 단호히 말하고는 문을 향해 걸어가다 문득 고개를 돌려 물었다.

"저를 보기 전부터 레이디 에스터가 아니라는 걸 알았다고 하셨죠? 어떻게 아셨나요?"

"통계 덕분이죠."

"통계요?"

"네. 미셸데버 경과 그 부인은 모두 푸른 눈입니다. 그런데 영사가 레이디 에스터에 대해 말하면서 이글거리는 '검은 눈'이라고 하더군요. 그래서 무언가 잘못됐다는 것을 알았지요. 갈색 눈의 부모 밑에서 푸른 눈의 아이가 나오는 경우는 간혹 있지만 그 반대의 경우는 없답니다."

"정말 대단하세요!"

뮤리얼 킹은 감탄했다.

값비싼 진주

I

길고도 힘겨운 하루였다. 그늘조차 섭씨 36.7도에 달하는 이른 아침에 암만(요르단의 수도 — 옮긴이)을 출발해 어스름이 깔릴 무렵에야 환상적이고도 충격적인 붉은 바위의 도시, 페트라의 심장부에 위치한 캠프에 도달할 수 있었다.

일행은 모두 일곱 명이었다. 케일러브 P. 블런델 씨는 당당한 풍채의 미국인 부호였다. 그의 비서로 따라온 짐 허스트는 검은 머리의 미남으로, 다소 과묵한 편이었다. 영국의 하원 의원인 도널드 마벨 경은 기력이 다 빠져 피곤해 보이는 정치가였다. 카버 박사는 세계적으로 유명한 중년의 고고학자였다. 용감한 프랑스 사람인 뒤보스크 대령은 시리아에서 근무 중이었는데 휴가차 이곳에 왔다. 그리고 파커 파인은 직업은 다소 모호한 편이었지만 영국인다운 견실

함이 느껴져 왠지 신뢰가 가는 사람이었다. 마지막으로 캐럴 블런델 양이 있었다. 미인이긴 하지만 응석받이인 그녀는 자신이 여섯 명의 남자들에게 둘러싸인 유일한 홍일점이라는 사실을 뚜렷하게 인식하고 있었다.

그들은 각자 잠을 잘 텐트나 동굴을 고른 후 대형 텐트에서 함께 저녁을 먹었다. 근동의 정치가 화제로 오르자 영국인은 조심스럽게, 프랑스 인은 분별 있게, 미국인은 얼토당토않게 대화에 참여했다. 고고학자와 파커 파인은 아무 말도 없었다. 둘 다 듣는 역할을 더 좋아하는 듯했다. 짐 허스트 역시 마찬가지였다.

이윽고 관광을 위해 찾아온 이곳 도시에 대한 이야기가 화제에 올랐다.

"이루 말할 수 없이 낭만적이에요. 이름이 뭐였더라, 나바테아인(고대의 아라비아 종족 ─ 옮긴이)이 오래전 이곳에서 살았다고 상상해 보세요. 선사 시대 전부터 말이에요!"

감탄하는 캐럴을 향해 파커 파인은 온화하게 말했다.

"그 정도는 아닐 겁니다. 안 그래요, 카버 박사님?"

"아, 사실 겨우 2000년 전 일이지요. 그리고 나바테아인이 낭만적이라는 것은 폭력배가 낭만적이라는 것만큼이나 어불성설입니다. 그들은 그저 여행자들에게 자기네 행로를 이용하라고 강요한 돈 많은 협박단에 불과했어요. 다른 대상의 행로를 무지막지하게 위협해 댔죠. 페트라(나바테아인이 세운 왕국의 수도 ─ 옮긴이)는 그런 협박으로 거두어들인 수익을 보관하는 창고였습니다."

"그들이 그저 도둑일 뿐이었다는 건가요? 흔해 빠진 도둑이라고요?"

캐럴이 놀라서 물었다.

"도둑이라는 단어는 어감이 훨씬 약하지요, 블런델 양. 도둑이 보잘 것없는 건달이라면 강도는 훨씬 크게 노는 무리라고 할 수 있어요."

"현대의 자본가들은 어떤가요?"

파커 파인이 눈을 반짝이며 끼어들었다.

"바로 우리 아빠를 두고 하는 말이죠!"

캐럴이 말했다.

"자본가들은 인류를 널리 이롭게 하는 법이지."

블런델 씨가 격언을 하듯 대꾸했다.

"인류라…… 그 은혜를 너무 모르는군."

파커 파인의 중얼거림에 이어 프랑스 인이 외쳤다.

"정직이란 무엇일까요? 그것은 뉘앙스이고 관습이라고 봅니다. 나라마다 다른 의미를 가지고 있지요. 아랍인은 도둑질을 부끄러워 하지 않습니다. 거짓말 역시 부끄러워하지 않고요. 아랍인에게 중요한 것은 '누구'에게서 도둑질을 하고, '누구'에게 거짓말을 하느냐이지요."

"맞아요, 관점의 문제지요."

카버 박사가 맞장구쳤다.

"그것이야말로 서양이 동양보다 우위에 있다는 점을 잘 보여 줍니다. 저 불쌍한 족속들이 교육을 받는다면……."

말꼬리를 흐리는 블런델 씨에 이어 도널드 경이 맥 빠진 목소리로 끼어들었다.

"교육은 하등 쓸모가 없습니다. 가르친답시고 헛소리나 잔뜩 늘어놓지요. 제 말은 그 무엇도 본성을 바꿀 수는 없다는 뜻입니다."

"그게 무슨 뜻이죠?"

"예를 들어 '한번 도둑은 영원한 도둑'이란 말입니다."

순간적으로 얼음장 같은 침묵이 내려앉았다. 캐럴이 부랴부랴 모기에 대해 요란하게 떠들었고, 그녀의 아버지도 맞장구를 쳤다.

도널드 경은 다소 당혹스러워하며 옆에 있던 파커 파인에게 속삭였다.

"제가 실언을 한 것 같은데, 무엇 때문인지 모르겠네요."

"글쎄요, 묘한 일이군요."

파커 파인도 고개를 갸웃하며 대답했다.

무엇이 순간적인 당혹을 야기했든 그 자리에 있는 한 사람만은 아무 눈치도 못 채고 있었다. 고고학자는 꿈꾸듯 멍한 눈으로 말없이 앉아 있을 뿐이었다. 그러다 느닷없이 그가 침묵을 깨고 입을 열었다.

"전혀 다른 관점이지만 저도 그 말에 동의합니다. 사람은 근본적으로 정직하거나 정직하지 않거나 둘 중 하나죠. 이는 변할 수 없는 진리입니다."

"하지만 정직한 사람임에도 불구하고 갑자기 찾아온 유혹에 빠져 범죄자가 될 수 있다고는 생각지 않으십니까?"

파커 파인이 물었다.

"그런 일은 절대 없습니다!"

카버 박사가 단언했다.

파커 파인은 고개를 가로저었다.

"저라면 그렇게 말하지 않겠습니다. 어떤 사건에는 고려해야 할 무수한 요인이 있는 법이지요. 예를 들어 파열점이라는 것이 있지요."

"파열점이라뇨?"

짐 허스트가 처음으로 입을 열었다. 깊고도 매력적인 목소리였다.

"우리의 두뇌는 상당량의 압력을 받으면 그것에 이끌려 갑니다. 위기를 유발하는 것은, 즉 정직한 사람을 부정직한 사람으로 변신시키는 것은 아주 사소한 일일 수도 있어요. 대부분의 범죄가 터무니없게 일어나는 것도 그 때문입니다. 열에 아홉은 파열점을 아주 약간 넘어선 압력으로 인해 일어납니다. 지푸라기 하나가 낙타의 등을 부러뜨린 것이죠."

"심리학적인 접근이시군요."

뒤보스크 대령이 말했다.

파커 파인은 그 생각에 빠져 계속 말을 이었다.

"악인들이 심리학에 정통하다면 엄청난 범죄를 저지르고도 남을 겁니다. 열 명 중 적어도 아홉은 적당한 자극을 줌으로써 내가 원하는 대로 행동하도록 유도할 수 있습니다."

"어머, 설마요!"

캐럴이 탄성을 질렀다.

"심약한 사람이 있다 칩시다. 큰소리로 고함을 치면 그는 얼른 내 말을 따릅니다. 반대로 반항적인 사람도 있겠지요. 그럴 때는 내가 원하는 정반대의 행동을 하도록 강요하면 됩니다. 가장 흔한 타입은 암시의 영향을 강하게 받는 사람이지요. 이들은 자동차 경적 소리만 듣고도 자동차를 '보았다'고 착각합니다. 편지함이 덜컥거리는 소리를 듣고서 우체부를 '보았다'고, 칼에 찔렸다는 말을 듣고서 상처에 박힌 칼을 '보았다'고, 총에 맞았다는 말을 듣고서 총소리를 '들었다'고 생각하지요."

"그런 암시 따위에 누가 휘말리겠어요?"

캐럴이 믿기지 않는다는 듯 반박했다.

"너처럼 영리한 사람은 어림도 없지."

그녀의 아버지도 거들었다.

"아니, 참으로 맞는 말입니다. 선입견은 우리의 감각을 기만하곤 하지요."

뒤보스크 대령이 진지하게 말했다.

캐럴이 하품을 하며 말했다.

"이만 동굴로 가 봐야겠어요. 죽을 만큼 피곤해요. 아바스 에펜디가 내일 일찍 출발해야 한댔는데……. 신에게 제물을 바치던 곳에 간대요."

"아리따운 젊은 아가씨를 산 채로 제물로 바치던 곳이죠."

도널드 경이 말했다.

"설마요! 다들 좋은 밤 되세요. 어머, 이런! 귀걸이가 떨어졌어요."

뒤보스크 대령이 탁자 위로 굴러떨어진 귀걸이를 집어 그녀에게 내밀었다.

"진짜 진주입니까?"

도널드 경이 불쑥 물었다. 그는 커다란 진주가 하나씩 박힌 두 개의 귀걸이를 무례할 만큼 뚫어져라 응시했다.

"진짜고말고요!"

캐럴의 대답에 이어 블런델 씨가 신이 나서 말했다.

"자그마치 8만 달러나 들었습니다. 그런데도 저렇게 느슨하게 하고 다니면서 걸핏하면 떨어뜨리지 뭡니까? 얘야, 이 아비가 파산하는 꼴을 보고 싶은 게냐?"

"저한테 새 귀걸이를 하나 더 사 주신다고 해서 설마 파산까지 하겠어요?"

캐럴이 애교스럽게 말했다.

"그야 그렇지. 그런 귀걸이쯤이야 몇 세트라도 더 사 줄 수 있지."

블런델 씨는 자랑스레 주위를 둘러보며 단언했다.

"정말 대단하십니다!"

도널드 경이 감탄했다.

"자, 신사분들. 나는 이만 자러 가 봐야겠습니다. 다들 안녕히 주무십시오."

블런델 씨가 일어나자 짐 허스트도 뒤를 따라 일어섰다.

나머지 네 명은 뭔가에 공감하듯 서로 미소를 주고받았다.

도널드 경이 점잔을 빼며 말했다.

"아무튼 귀걸이를 잃어버려도 상관없다니 천만다행이군요. 돈 자랑하는 돼지 같으니!"

마지막 문장에는 심술이 가득 묻어 있었다.

"당최 미국인들은 돈이 지나칠 만큼 많아요."

뒤보스크 대령도 거들었다.

"가난한 사람들이 부자를 이해하기란 무척 힘든 일이죠."

파커 파인은 온화하게 웃으며 말했다.

그러자 뒤보스크 대령이 껄껄 웃었다.

"시기와 악의 때문인가요? 맞는 말씀입니다, 무슈. 누군들 부자가 되기 싫겠습니까? 저런 귀걸이를 몇 개씩 사들이고 싶죠. 하지만 여기 이 무슈는 예외일 겁니다."

뒤보스크 대령은 늘 그렇듯 딴생각에 빠져 있는 카버 박사를 향해 고개를 끄덕였다. 박사는 웬 자그마한 물건을 손에 든 채 만지작거리고 있었다.

박사가 정신을 차리고 말했다.

"네? 저 말인가요? 아, 저런 커다란 진주알은 조금도 탐나지 않습니다. 물론 돈은 늘 유용한 것이긴 하지만요."

그러고는 자신의 관심사로 화제를 돌렸다.

"이것 좀 보세요. 진주보다는 백배는 더 흥미로운 것이 있습니다."

"그게 뭐죠?"

"검은색 적철석으로 만든 원통형 도장입니다. 도장의 옆면에 풍경이 새겨져 있어요. 신이 더 높은 옥좌에 앉은 신에게 탄원하는 사

람을 소개합니다. 탄원하는 사람은 제물로 아이를 바치지요. 옥좌에
앉은 위풍당당한 신의 옆에서는 신하가 야자나무 가지로 만든 파
리채를 흔들며 파리를 쫓습니다. 여기 멋들어지게 새겨진 문자들은
이자가 함무라비의 신하라는 것을 말해 주고 있지요. 따라서 이 도
장은 4000년 전에 만들어졌을 거라고 추정합니다."

박사는 주머니에서 점토 덩어리를 꺼내더니 탁자에 펴 발랐다.
이어서 자그마한 병에서 바셀린을 퍼내어 그 위에 바르고는, 도장
을 옆으로 얹은 채 힘을 주어 도르르 굴렸다. 그런 다음 주머니칼을
지렛대 삼아 사각형 점토판을 탁자에서 살며시 떼어 냈다.

"자, 보입니까?"

그가 묘사했던 풍경이 점토판 위에 생생히 펼쳐졌다.

한순간 과거의 마법이 그들 모두를 휘감았다. 그때 밖에서 블런
델 씨가 고래고래 소리를 질렀다.

"멍청한 자식들 같으니! 어서 내 짐을 저 빌어먹을 동굴에서 꺼내
텐트에 갖다 놓으란 말이야! 숨어 있던 벌레들이 떼거리로 뜯어 삼
키려고 덤비는군. 이래서야 어디 눈이라도 붙이겠어?"

"숨어 있는 벌레가 뭐죠?"

도널드 경이 의아해하며 물었다.

"모래파리(흡혈성 파리 ─ 옮긴이)가 있나 봅니다."

카버 박사가 대꾸했다.

"숨어 있는 벌레라…… 많은 것을 암시하는 말이군요."

파커 파인이 말했다.

234

II

다음 날 아침 일찍 출발한 그들은 바위의 색채와 무늬에 감탄을 연발하며 앞으로 나아갔다. '장밋빛' 도시는 자연이 지상 최고의 빛깔과 화려함으로 빚어낸 경이 그 자체였다. 카버 박사가 눈을 땅에 박은 채 종종 자그마한 물건을 줍느라 멈추는 탓에 그들 모두 천천히 걸어갔다.

뒤보스크 대령이 웃으며 말했다.

"고고학자는 척 보면 티가 나요. 하늘이나 언덕이나 자연의 아름다움에는 눈길조차 주지 않죠. 그저 고개를 푹 숙인 채 땅만 보고 걸으니까요."

"그러게요. 도대체 뭘 찾는 걸까요? 박사님, 뭘 주우시는 거예요?"

캐럴이 묻자 고고학자는 살짝 미소를 머금으며 흙투성이 사금파리 두 조각을 내밀었다.

"그냥 쓰레기잖아요!"

캐럴이 비아냥거리듯 외쳤다.

"도자기는 금보다 훨씬 흥미롭지요."

카버 박사의 말에 캐럴은 믿기지 않는다는 표정이었다.

일행은 휙 꺾인 만곡을 돌아 바위를 깎아 만든 무덤 두세 개를 지나쳤다. 그러자 제법 가파른 오르막길이 나타났다. 베두인 안내인들은 바로 옆이 깎아지른 듯한 벼랑인데도 전혀 아랑곳하지 않고 기세 좋게 쭉쭉 올라갔다.

캐럴은 얼굴이 다소 사색이 된 듯했다. 안내인 하나가 위에서 몸을 돌려 그녀에게 손을 내밀었다. 짐 허스트는 캐럴의 앞쪽으로 지팡이를 내밀어 벼랑으로 떨어지지 않도록 난간을 만들어 주었다. 캐럴은 그를 힐끗 돌아보며 고맙다고 하고는 널찍한 바위에 안전하게 올라섰다. 다른 사람들도 천천히 뒤를 따랐다. 태양이 점점 높아지자 열기가 한층 더해졌다.

마침내 정상 가까이에 있는 널따란 고원에 이르렀다. 그곳에서 네모난 바윗덩이로 이루어진 산 정상까지는 그런대로 쉬운 길이었다. 블런델 씨가 안내인들에게 일행만 올라가겠노라고 통보하자, 안내인들은 바위에 편히 기대앉아 담배를 피웠다. 몇 분 후 일행은 모두 정상에 올랐다.

정상은 이상하리만치 황량한 곳이었다. 하지만 사방에 골짜기를 품고 있는 경치가 일품이었다. 평탄하게 네모진 정상에는 옆을 깎아 만든 바위 수반(水盤)과 제물을 바치는 제단이 있었다.

"제물을 바치기에 딱인걸요. 하지만 제물을 여기까지 데리고 오려면 고생깨나 했겠어요!"

캐럴이 열광적으로 외쳤다.

"원래는 구불구불한 바윗길이 있었지요. 반대편으로 내려가면 그 흔적이 남아 있답니다."

카버 박사가 설명했다.

일행은 그곳에 대해 논평하며 한동안 대화를 나누었다. 그러다 또르르 소리가 들리자 카버 박사가 말했다.

"블런델 양, 귀걸이가 또 떨어졌나 보군요."

캐럴이 얼른 귀를 만졌다.

"어머, 이를 어쩌나!"

뒤보스크 대령과 짐 허스트가 귀걸이를 찾기 시작했다.

뒤보스크 대령이 말했다.

"분명 여기 있을 겁니다. 딴곳으로 굴러갔을 리 없어요. 굴러갈 곳이 있어야지요. 사각형 상자 같은 곳이잖아요."

"바위틈에 빠지지 않았을까요?"

캐럴의 말에 파커 파인이 대답했다.

"갈라진 틈이라고는 없으니 안심하십시오. 봐요, 틈 하나 없이 매끈하지 않습니까? 아, 대령님이 찾으셨나 보군요."

"아뇨, 그냥 자갈이군요."

뒤보스크 대령은 멋쩍게 웃으며 그것을 던져 버렸다.

차츰 분위기가 달라졌다. 긴장이 깔린 무거운 분위기였다. 소리 내어 말하지는 않았지만 모두의 머릿속에 '8만 달러'라는 단어가 또렷이 새겨져 있었다.

블런델 씨가 느닷없이 말했다.

"여기서 떨어뜨린 게 확실하니, 캐럴? 오는 길에 떨어졌는지도 모르잖아."

"여기 정상에 올라올 때까지만 해도 분명히 있었어요. 카버 박사님이 귀걸이가 느슨해져 대롱거린다며 꽉 조여 주셨거든요. 그렇죠, 박사님?"

카버 박사가 그랬다고 맞장구쳤다. 모든 사람의 속마음을 소리 내어 말한 이는 도널드 경이었다.

"블런델 씨, 일이 무척 난감하게 되었군요. 바로 어젯밤에 그 귀걸이가 얼마나 값진 것인지 말씀하셨죠? 귀걸이 한 짝만으로도 상당한 금액이 될 텐데. 아무래도 쉬이 나올 것 같진 않군요. 만약 귀걸이가 나오지 않는다면 우리 모두 의심을 받게 될 겁니다."

뒤보스크 대령이 불쑥 끼어들었다.

"제 몸은 얼마든지 수색해도 좋습니다. 그냥 하는 말이라 아니라 수색해 달라고 제 권리로 요구하는 바입니다!"

"제 몸도 수색하십시오."

짐 허스트도 거친 목소리로 동의했다.

"다른 분들은 어떻습니까?"

도널드 경이 주위를 둘러보며 물었다.

"좋습니다."

"아주 좋은 생각이에요."

"나 역시 수색을 받아야 한다고 믿습니다. 굳이 이야기하고 싶지는 않지만 나한테도 그럴 만한 이유가 있습니다."

파커 파인과 카버 박사에 이어 블런델 씨까지 동참했다.

"원하신다면 좋습니다, 블런델 씨."

도널드 경이 정중하게 대답했다.

"캐럴, 너는 아래로 내려가서 안내인들과 기다리겠니?"

캐럴은 아무 말 없이 묵묵히 떠났다. 딱딱하게 굳은 표정이었다.

그처럼 절망 어린 기색은 일행 중 적어도 한 사람의 관심을 끌기에 충분했다. 그는 그 표정이 대체 어떤 의미인지 궁금해했다.

몸수색이 시작되었다. 어느 한 곳 빠짐없이 샅샅이 뒤졌으나 결과는 만족스럽지 못했다. 한 가지는 확실했다. 아무도 그 귀걸이를 가지고 있지 않다는 것이다. 패배감에 젖은 일행은 그만 하산하기로 했고, 안내인의 설명도 듣는 둥 마는 둥 돌아왔다.

파커 파인이 점심 식사에 맞춰 옷을 막 갈아입었을 때 누군가가 그의 텐트 앞에 나타났다.

"파인 씨, 들어가도 될까요?"

"그럼요, 미모의 아가씨야 언제든 대환영이죠."

캐럴이 들어와 침대에 앉았다. 아까 그가 눈여겨보았던 굳은 표정은 여전했다.

"불행한 사람의 문제를 해결해 주는 일을 한다고 하셨죠?"

캐럴이 경직된 어조로 물었다.

"블런델 양, 지금 나는 휴가 중입니다. 어떤 사건도 맡지 않습니다."

파커 파인의 대꾸에도 캐럴은 차분하게 말을 꺼냈다.

"글쎄요, 이 사건은 맡으실 거예요. 파인 씨, 저는 지금 너무도 비참해요."

"무엇 때문이지요? 귀걸이와 관련된 것입니까?"

"네, 그래요. 바로 그것 때문이죠. 짐 허스트는 귀걸이를 훔치지 않았어요. 파인 씨, 그건 확실해요."

"이해가 안 되는군요, 블런델 양. 짐 허스트가 의심을 받을 만한 특별한 이유라도 있습니까?"

"그의 과거 때문이지요. 짐 허스트는 한때 도둑이었어요, 파인 씨. 우리 집에서 붙잡혔죠. 저는…… 그가 너무 불쌍했어요. 아직 젊은 사람이 그토록 절망적으로……."

'게다가 미남이기도 하지.'

파커 파인은 속으로 생각했다.

"그래서 아버지를 설득해 그에게 기회를 주도록 했죠. 아버지는 제 말이라면 뭐든 다 들어주시거든요. 덕분에 짐은 새로운 기회를 얻었고, 보란 듯이 해냈어요. 아버지는 짐을 신뢰하다 못해 의지할 정도까지 되어서 사업상의 모든 비밀을 공유했지요. 이번 일만 아니라면 결혼도 문제없었을 텐데……."

"결혼이라뇨?"

"저는 짐과 결혼하고 싶고, 짐도 저와 결혼을 하고 싶어 해요."

"도널드 경은요?"

"그거야 아버지 생각이죠. 저는 그 사람이 싫어요. 제가 미쳤다고 박제된 물고기 같은 도널드 경이랑 결혼하겠어요?"

영국인 젊은이에 대한 이러한 묘사에 파커 파인은 가타부타 논평 없이 물었다.

"도널드 경의 생각은 어떻습니까?"

"바닥을 드러낸 영지 재정을 제가 잘 채워 주리라고 생각하고 있다는 것은 확실해요."

파커 파인은 이 상황에 대해 곰곰이 생각했다.

"두 가지를 물어야겠군요. 어젯밤에 도널드 경이 '한번 도둑은 영원한 도둑'이라고 말했지요?"

캐럴은 고개를 끄덕였다.

"그 말에 왜 그렇게 당혹스러워했는지 알겠군요."

"네, 짐이 많이 난처했을 거예요. 아버지와 저도 그랬고요. 짐의 표정을 보고 누가 눈치라도 챌까 봐 두려워서 머리에 떠오르는 대로 아무 말이나 지껄였던 거예요."

파커 파인은 생각에 잠겨 고개를 끄덕였다. 그리고 다시 물었다.

"오늘 왜 아버님께서도 수색을 받겠다고 고집하셨죠?"

"모르시겠어요? 그야 뻔하죠. 짐을 모함하기 위한 아버지의 음모라고 제가 오해할까 봐 염려되셨던 거예요. 아시다시피, 아버지는 저를 그 영국인과 결혼시키려고 혈안이 되어 계시니까요. 그래서 아버지가 벌인 일이 아니라는 것을 저한테 입증해 보이려고 그랬던 거예요."

"아, 어떻게 돌아가는 상황인지 이제 알겠군요. 하지만 전반적인 면에서 그렇다는 것이지 이번 사건에는 별 도움이 되지 않는군요."

"설마 포기하지는 않으시겠죠?"

"아, 그럼요."

그는 잠시 침묵한 뒤 입을 열었다.

"블런델 양, 제가 정확히 어떻게 해 주면 좋겠습니까?"

"진주를 훔친 범인이 짐이 아니라는 것을 증명해 주세요."

"실례의 말씀입니다만 만약 짐이 그랬다면요?"

"말도 안 돼요. 절대 그럴 리 없어요."

"네, 하지만 냉철하게 상황을 따져 보았습니까? 진주를 보고 짐이 불현듯 유혹을 느끼지 않았을까요? 진주를 판다면 한밑천 잡을 수 있을 텐데요. 뭐랄까, 무시하기 힘든 유혹이잖습니까? 진주를 판 돈이면 굳이 블런델 씨의 허락을 받지 않고도 당신과 결혼할 수 있을 테니까요."

"짐은 절대 그럴 사람이 아니에요."

캐럴은 딱 잘라 말했다.

이번에는 파커 파인도 그녀의 말을 받아들였다.

"좋습니다! 최선을 다하지요."

캐럴은 고개를 끄덕여 인사를 하고 텐트에서 나갔다. 파커 파인은 침대에 앉아 잠시 생각에 잠겼다. 그러다 느닷없이 크게 웃음을 터뜨렸다.

"이런! 요즘 머리 회전이 영 둔한걸!"

점심을 먹을 때 파커 파인은 매우 유쾌해 보였다.

오후 시간은 평화롭게 흘러갔다. 대부분의 사람들은 낮잠을 잤다. 파커 파인이 4시 15분에 대형 텐트로 가 보니 카버 박사만이 탁자 앞에 홀로 앉아 있었다. 그는 사금파리를 검사하는 중이었다.

"오!"

파커 파인은 의자를 탁자 가까이 끌어당겼다.

"그렇지 않아도 박사님을 만나러 가려고 했답니다. 실례가 되지 않는다면 가지고 다니는 점토 좀 빌릴 수 있을까요?"

카버 박사는 주머니를 더듬더니 막대기처럼 기다란 점토를 꺼내 내밀었다.

파커 파인은 손사래를 치며 말했다.

"아뇨, 그게 아니라 지난밤에 갖고 있던 그 덩어리를 보고 싶습니다. 솔직히 말하자면 제가 원하는 것은 점토가 아니라 그 안에 든 것이죠."

순간 카버 박사가 흠칫하더니 나직이 대꾸했다.

"무슨 말씀인지 잘 모르겠군요."

"잘 알고 계실 텐데요. 바로 블런델 양의 진주 귀걸이 말입니다."

무거운 침묵이 내려앉았다. 이윽고 카버 박사는 주머니에 손을 넣어 점토 넝어리를 꺼냈다.

"대단하시군요."

그의 얼굴에는 아무 표정도 없었다.

파커 파인이 물었다.

"이유를 말씀해 주시겠습니까?"

그사이 파커 파인의 손가락은 분주하게 움직였다. 잠시 뒤, 얼룩이 덕지덕지 묻은 진주 귀걸이가 점토에서 빠져나왔다. 그는 사과하는 듯한 어조로 덧붙였다.

"호기심이 생기는군요. 왜 그러셨는지 궁금합니다."

"말씀드리죠. 하지만 먼저 어떻게 제가 범인인지 알았는지부터 말씀해 주십시오. 현장을 목격하신 겁니까?"

파커 파인은 고개를 저었다.

"그저 추론한 것입니다."

"어쩌다 보니 그렇게 되어 버렸어요. 저는 오늘 아침 내내 당신 뒤에서 걸었어요. 그러다 우연히 발밑에 떨어진 귀걸이를 보았습니다. 바로 전에 떨어진 것이 분명했지요. 블런델 양은 전혀 모르고 있는 눈치였어요. 다른 사람들도 마찬가지였죠. 나는 귀걸이를 주워서 주머니에 넣었습니다. 블런델 양을 따라잡으면 그때 전해 주려고 했지요. 하지만 그만 깜박 잊고 말았습니다. 산을 반쯤 올랐을 때 문득 이런 생각이 들더군요. 저 어리석은 아가씨한테 이깟 보석은 아무것도 아닐 거라고요. 잃어버리면 아버지가 흔쾌히 또 하나 사 줄 테니 말입니다. 하지만 나에게는 커다란 의미가 있었지요. 진주를 판다면 발굴 자금을 마련할 수 있을 테니까요."

무표정하던 얼굴이 갑자기 실룩실룩거렸다.

"요즘 발굴 기부금을 구하려면 얼마나 힘든지 아십니까? 아니, 아실 리가 없지요. 진주만 판다면 발굴을 손쉽게 할 수 있죠. 발루치스탄(파키스탄 서쪽 지역 — 옮긴이)에 꼭 발굴하고 싶은 곳이 있어요. 오랜 역사가 발견되기를 간절히 기다리고 있지요……. 문득 당신이 어젯밤에 한 이야기가 떠오르더군요. 암시의 영향을 강하게 받는 사람들 말입니다. 제가 보기엔 그 아가씨도 딱 그런 타입이었죠. 그래서 정상에 올랐을 때 귀걸이가 헐렁하다고 말하고는 조여 주는 척했습니다. 실은 자그마한 연필 끝으로 귀를 눌렀을 뿐이죠. 잠시 후 저는 자갈을 떨어뜨렸습니다. 단번에 블런델 양은 조금 전까지만 해도 귀걸이가 귀에 걸려 있었는데 그때 떨어졌다고 확신하더군요. 저는 귀걸이를 주머니에 있던 점토 덩어리 안에 밀어 넣었어요. 그렇게 된 겁니다. 유쾌한 이야기는 아니지요. 자, 이제 당신 차례입니다."

"별로 할 말도 없습니다. 박사님은 우리 중 땅에서 뭔가를 주운 유일한 사람이었죠. 그래서 박사님을 용의선상에 올렸던 겁니다. 그리고 자갈이 발견되었다는 것 또한 중요한 요인이었죠. 그 때문에 박사님이 쓰신 수법을 알 수 있었답니다. 그리고……."

"말씀하십시오."

"어젯밤에 박사님은 정직에 대해 약간은 과도할 만큼 단호한 의견을 보이셨죠. 지나칠 정도로 단언하는 것이 어쩐지……. 왜 셰익스피어의 말처럼 '자기 자신'을 확신시키기 위해 그토록 단언하는 것은 아닌가 싶었죠. 그리고 돈에 대해 지나치게 냉소적이셨고요."

앞에 앉은 남자의 얼굴이 일그러지며 피로한 기색이 완연했다.

"그렇게 되었던 거군요. 이제 나는 끝장입니다. 그 잘난 진주 귀걸이는 그 아가씨한테 돌려주시겠죠? 장신구에 대한 원시적 본능이란 참 기묘한 겁니다. 그러한 본능은 구석기 시대에까지 거슬러 올라가요. 여성이 가진 최초의 본능 중 하나인 셈이죠."

그 말에 파커 파인이 반박했다.

"블런델 양을 잘못 보신 겁니다. 그녀에게도 생각하는 머리가 있습니다. 더더군다나 중요한 것은 마음이 있다는 것이지요. 블런델 양은 십중팔구 이 일을 비밀에 붙일 겁니다."

"그 아버지가 가만히 있겠습니까?"

"가만히 있을 겁니다. 아버지에게도 비밀에 붙일 나름의 이유가 있거든요. 이 진주 귀걸이에는 4만 달러의 가치가 전혀 없습니다. 기껏해야 5달러짜리일걸요."

"그렇다면……?"

"네, 블런델 양은 모르고 있지요. 진짜라고 생각하고 있습니다. 어젯밤에 보니 좀 의심스럽더군요. 블런델 씨는 가진 돈을 지나치게 자랑해 댔죠. 경기가 침체하여 자금 사정이 어려워질 때 해야 할 최선책은 그럴싸하게 허세를 떠는 것이지요. 블런델 씨는 허세를 부린 것뿐입니다."

불현듯 카버 박사의 얼굴에 미소가 떠올랐다. 중년 사내의 얼굴에서 매력적인 소년의 미소를 보다니 조금은 기묘하게 느껴졌다.

"그렇다면 우리 모두 똑같은 가난뱅이로군요."

"맞습니다."

파커 파인이 맞장구를 치고는 격언을 인용했다.

"동류의식은 사람을 매우 너그럽게 만들지요."

나일 강 살인 사건

레이디 그레일은 신경이 곤두섰다. S. S. 페이윰 호에 오르는 순간 하나부터 열까지 불만스럽지 않은 것이 없었다. 선실도 성에 차지 않았다. 아침 햇살은 참을 만했지만 오후 햇살은 끔찍했다. 조카인 패밀라 그레일이 반대편 쪽에 있던 자기의 선실을 순순히 양보했다. 그마저도 레이디 그레일은 툴툴거리며 받아들였다.

개인 간호사인 맥노턴 양은 엉뚱한 스카프를 내민 데다 작은 베개를 가져왔다며 타박을 들어야 했다. 레이디 그레일의 남편인 조지 경 역시 힐난을 들었다. 새로 사 온 목걸이가 그녀의 마음에 들지 않았기 때문이다. 그녀는 청금석 목걸이를 사지 왜 홍옥수 목걸이를 샀냐며 멍청한 양반이라고 한껏 쏘아 댔다.

조지 경은 어쩔 줄 몰라 하며 말했다.

"미안해, 여보. 정말 미안해. 가서 바꿔 올게. 시간은 충분해."

조지 경의 개인 비서인 바질 웨스트만은 예외였다. 사실 그 누구도 바질에게는 싫은 소리를 하지 않았다. 그의 미소 한 번이면 입을 열기도 전에 분노가 사르르 녹아내렸기 때문이다.

최악의 비난은 통역관에게 쏟아졌다. 하지만 화려한 옷을 차려입은 통역관은 그 어떤 말에도 끄떡하지 않았다.

버들가지 의자에 낯선 이가 앉아 있는 것을 본 레이디 그레일은 다른 승객이 함께 타고 있다는 사실에 거의 울분에 찬 외침을 폭포수처럼 퍼부었다.

"사무실에서 우리가 유일한 승객이랬잖아요! 여행 시즌이 다 끝나 가서 다른 승객은 없다고 말이에요!"

"지당하십니다, 레이디. 부인 일행과 저기 계신 신사분뿐입니다!"

모하메드는 차분하게 대꾸했다.

"우리뿐이라고 했다니까요."

"지당하십니다, 레이디."

"지당하긴 뭐가 지당해요? 순 거짓말쟁이들 같으니라고! 저 작자가 대체 여기서 무얼 하는 거죠?"

"늦게 표를 샀습니다. 레이디께서 표를 산 다음에 말입니다. 사실 오늘 아침에 샀지요."

"이건 순 사기야!"

"지당하십니다, 레이디. 하지만 저분은 매우 점잖은 신사분입니다."

"바보 같으니! 당신이 뭘 안다고 그래요? 맥노턴 양, 어디 있지?

아, 거기 있군. 내 곁에서 한시도 떠나지 말라고 몇 번을 말했어? 지금 당장이라도 기절할 것만 같아. 선실까지 부축해 줘. 아스피린이 필요해. 그리고 모하메드는 내 곁에 얼씬도 못 하게 해. 그놈의 '지당하십니다, 레이디.' 소리를 한 번만 더 들으면 비명이 터져 나올 거야."

맥노턴 양은 두말없이 팔을 내밀었다.

삼십대 중반의 간호사는 키가 컸으며, 조용하면서도 이지적인 매력을 풍기고 있었다. 그녀는 레이디 그레일을 선실로 데려가 쿠션에 앉힌 뒤에도 아스피린을 조제하는 동안 기나긴 불평을 묵묵히 들어야 했다.

레이디 그레일은 마흔여덟 살이었다. 열여섯 살 이후로 돈이 너무 많은 것을 불평할 정도로 부유하게 살았다. 재산을 탕진한 준남작 조지 그레일 경과는 10년 전에 결혼했다.

레이디 그레일은 거구이긴 했지만 그렇다고 보기 흉할 정도는 아니었다. 다만 성마른 기질이 얼굴에 그대로 드러났고, 주름이 자글자글했다. 덕지덕지 찍어 바른 짙은 화장은 나이뿐만 아니라 기질의 오점까지 더욱 두드러지게 할 뿐이었다. 머리는 백금색과 적갈색으로 번갈아 가며 염색했지만 오히려 지루함만 더할 뿐이었다. 또 보석을 주렁주렁 매다는 등 치장을 지나치게 하는 편이었다.

맥노턴 양이 무표정한 얼굴로 기다리는 동안 레이디 그레일이 마지막 말을 내뱉었다.

"조지 경한테 가서 말해. 그자를 배에서 내리게 하라고 말야! 나

는 사생활을 침해받고 싶지 않아. 지금까지도 얼마나 힘들었는
데……."

레이디 그레일이 눈을 감았다.

"알겠습니다, 레이디 그레일."

맥노턴 양은 선실에서 나왔다.

마지막 순간 탑승하여 분노를 야기한 승객은 여전히 갑판 의자에
앉아, 룩소르(이집트 나일 강변에 위치한 고대 도시 — 옮긴이)를 등진
채 나일 강 너머의 검푸른 사선 위로 아스라이 솟은 황금빛 구릉을
응시하고 있었다.

맥노턴 양은 지나가며 그를 힐끔 바라보았다.

조지 경은 휴게실에 있었다. 그는 손에 든 목걸이를 걱정스레 바
라보고 있었다.

"맥노턴 양, 이 목걸이면 괜찮을까요?"

맥노턴 양은 청금석 목걸이를 슬쩍 보고 대답했다.

"매우 멋진걸요."

"그녀가 좋아할까요?"

"오, 아뇨. 그렇지는 않을 거예요. 레이디 그레일을 만족시킬 수
있는 것은 이 세상에 없어요. 어쩔 수 없는 진실이지요. 그건 그렇고
레이디 그레일께서 마지막 순간 탑승한 승객을 배에서 내리게 하라
고 준남작님께 전해 달라더군요."

조지 경의 입이 떡 벌어졌다.

"어떻게요? 대체 무슨 수로 그런단 말입니까?"

"물론 할 수 없지요. 어쩔 수 없는 일이라고 말씀하시는 수밖에 없지요."

유쾌하면서도 상냥한 목소리였다.

맥노턴 양은 격려하듯 덧붙였다.

"다 괜찮을 거예요."

"정말 그럴까요?"

조지 경의 얼굴은 우스꽝스러울 정도로 애처로웠다.

엘시 맥노턴은 더욱 친절하게 대꾸했다.

"준남작님, 이런 일을 하나하나 마음에 담아 두면 안 돼요. 건강을 생각하셔야지요. 그저 그러려니 여기세요."

"집사람의 건강이 매우 안 좋은가요?"

어두운 그림자가 간호사의 얼굴을 스쳐 지나갔다. 대답하는 목소리에서 묘한 어조가 느껴졌다.

"네. 저…… 제가 보기에 좋은 상태는 아닌 것 같아요. 하지만 걱정 마세요, 준남작님. 괜한 염려로 몸을 상하게 해서야 쓰나요."

맥노턴 양은 조지 경에게 다정한 미소를 지어 보이고는 휴게실을 나갔다.

이어서 패밀라가 들어왔다. 그녀의 하얀 얼굴은 기운 없어 보이면서도 조금은 냉정해 보였다.

"안녕하세요, 삼촌."

"어서 오거라, 패밀라."

"그게 뭐예요? 어머, 예뻐라!"

"예쁘다니 다행이구나. 숙모도 마음에 들어 할까?"

"숙모가 마음에 들어 할 게 세상에 어디 있겠어요? 삼촌이 왜 그런 여자랑 결혼했는지 모르겠어요."

조지 경은 말이 없었다. 실패한 경마, 빚쟁이들의 압박, 매력적이지만 거만하기 이를 데 없는 여인의 모습이 뒤죽박죽 파노라마처럼 떠올랐다.

"가엾은 우리 삼촌! 어쩔 수 없었겠지요. 하지만 그 여자 때문에 우리 둘 다 지옥에 빠졌어요. 안 그래요?"

"다 아파서 그런 거지……."

패밀라는 조지 경의 말을 딱 잘랐다.

"아프기는 무슨! 다 꾀병이에요. 마음만 내키면 뭐든지 하는걸요. 지난번 아스완(이집트의 고대 도시 ─ 옮긴이)에 갔을 때는 어린애처럼 팔팔하기만 했잖아요. 맥노턴 양도 꾀병이라는 걸 다 알고 있을 걸요."

"맥노턴 양이 없었다면 어찌했을지 모르겠구나."

조지 경이 한숨을 쉬며 대꾸했다.

패밀라도 인정했다.

"정말 유능한 간호사이긴 해요. 하지만 삼촌이 홀딱 반할 만큼은 아니에요. 아니라고 부인하실 것 없어요. 멋진 여자라고 여기고 계신 걸 다 알아요. 뭐, 어떤 면에선 정말 그렇기도 하고요. 하지만 속내를 통 모르겠어요. 어떤 사람인지 종잡을 수가 없으니까요. 어쨌든 늙은 고양이를 제법 잘 다루는 건 확실해요."

"얘야, 패밀라. 숙모를 그렇게 부르면 안 된다. 너한테 얼마나 잘해 주는데……."

"아무렴요. 우리 계산서를 다 지불해 주시죠. 그러면 뭐 해요, 사는 게 지옥인데!"

조지 경은 덜 고통스러운 주제로 말머리를 돌렸다.

"그나저나 다른 승객을 어떻게 한다지? 네 숙모는 내리게 하라고 저렇게 난리인데 말이야."

패밀라는 냉정하게 대꾸했다.

"무슨 수로 그래요? 무척 점잖은 사람이던걸요. 전직 공무원이래요. 통계청, 그런 곳이 있는지도 모르겠지만, 아무튼 그런 데서 일했대요. 그런데 왠지 어디서 들어 본 이름인 것 같아요. 오, 바질!"

마침 비서가 들어왔다.

"파커 파인이라는 이름을 어디서 들었을까요?"

바질은 재깍 대답했다.

"《타임스》의 개인 광고란에서 봤을 거예요. '행복하십니까? 그렇지 않다면 파커 파인 씨와 상담하십시오.'라는 문구였죠."

"설마! 이런 기막힌 우연이 있다니! 카이로로 가는 길에 우리의 골칫거리에 대해 몽땅 털어놓으면 되겠어요."

바질 웨스트는 딱 잘라 말했다.

"골칫거리가 어디 있어요? 황금빛 나일 강을 미끄러지듯 내려가며 신전을 쭉 둘러볼 텐데요."

그는 조지 경을 재빨리 힐끔거렸다. 조지 경은 신문을 보고 있었다.

"우리 둘이서 말예요."

마지막 말은 숨소리처럼 나직했지만 패밀라는 알아들었다. 두 사람의 시선이 마주쳤다.

"맞는 말이에요, 바질. 살아 있다는 것 자체가 정말 좋은 것이죠."

패밀라가 유쾌하게 말했다.

조지 경이 일어나 휴게실에서 나갔다. 곧바로 패밀라의 얼굴 위로 먹구름이 드리워졌다.

"왜 그래요, 내 사랑?"

"밥맛없는 숙모가 우리 결혼에……."

바질이 재빨리 대꾸했다.

"걱정 말아요. 그 여자가 그 머리로 어떤 생각을 하든 말든 무슨 상관이 있겠어요? 그저 그러려니 하고 참고 견뎌요."

그는 껄껄 웃음을 터뜨리며 말을 이었다.

"절묘한 위장인 셈이죠."

그때 인자해 보이는 얼굴을 가진 파커 파인이 휴게실로 들어왔다. 바로 뒤이어 모하메드가 그림처럼 우아한 모습으로 들어와 연설할 태세를 취했다.

"신사 숙녀 여러분, 지금 바로 출발합니다. 몇 분 후에 오른쪽으로 카르나크 신전이 지나갈 겁니다. 아버지를 위하여 구운 양고기를 사러 간 꼬마 이야기를 해 드리죠……."

II

파커 파인은 이마를 찌푸렸다. 막 단다라 신전에서 돌아온 길이었다. 당나귀를 타고 오가자니 힘겹기 짝이 없었다. 셔츠를 갈아입으려는데 화장대에 기대 세워진 종이가 시선을 끌었다. 그는 종이를 펼쳤다.

파커 파인 씨께,
아비도스 신전을 방문하는 대신 배에 남아 주신다면 깊이 감사드리겠습니다. 선생님께 긴히 상의할 것이 있습니다.

아리아드네 그레일 드림

파커 파인의 커다랗고도 온화한 얼굴에 웃음이 어렸다. 그는 종이를 한 장 꺼내 만년필 뚜껑을 열었다.

친애하는 레이디 그레일,
실망시켜 드려 죄송합니다만 저는 현재 휴가 중이라 사업상의 일은 하지 않습니다.

그는 서명을 한 다음 승무원에게 편지를 맡겼다. 옷을 다 갈아입을 무렵 다시 편지가 왔다.

파커 파인 씨께,

휴가 중이라는 점은 잘 알겠지만 상담료로 100파운드를 드리겠습니다.

아리아드네 그레일 드림

파커 파인의 눈썹이 위로 향했다. 그는 생각에 잠긴 채 만년필로 이를 톡톡 두드렸다. 아비도스 신전을 보고 싶긴 했지만 100파운드는 무시할 수 없는 금액이었다. 이집트의 물가는 예상보다 지독히 높았다.

친애하는 레이디 그레일,

아비도스 신전은 방문하지 않겠습니다.

파커 파인 드림

파커 파인이 배에 남아 있겠다고 하자 모하메드는 너무 아쉬워했다.

"아주 멋진 신전입니다. 신사분들이 얼마나 좋아하는 줄 모릅니다. 마차를 준비하겠습니다. 선원들에게 선생님을 모시게 하겠습니다."

파커 파인은 이런 모든 유혹적인 제안을 거절했다.

나머지 일행은 관광을 나섰다.

파커 파인이 갑판에서 기다리고 있자니, 곧 선실 문이 열리면서 레이디 그레일이 나왔다.

레이디 그레일은 정중한 어조로 말했다.

"무더운 오후로군요. 배에 그대로 남다니 현명한 선택이에요, 파인 씨. 휴게실에서 함께 차를 마시는 게 어떨까요?"

파커 파인은 재빨리 일어나 여인의 뒤를 따랐다. 부쩍 호기심이 생기는 것을 부인할 수는 없었다.

레이디 그레일은 본론을 말하기가 쉽지 않은 모양이었다. 이 이야기 저 이야기를 꺼내며 수시로 화제를 바꾸었다. 그러다 마침내 목소리를 가다듬고 이야기를 시작했다.

"파인 씨, 이제부터 내가 하는 말은 반드시 비밀로 지켜 줘야 해요! 아시겠죠?"

"물론입니다."

여인은 깊이 심호흡을 했다. 파커 파인은 조용히 앉아서 기다렸다.

"남편이 나를 독살하려는 것인지 알고 싶어요."

파커 파인은 나름대로 여러 상황을 예상해 보긴 했지만 설마 이런 말을 들을 줄은 꿈에도 몰랐다. 그의 얼굴에 경악이 그대로 나타났다.

"이는 매우 심각한 의심입니다, 레이디 그레일."

"나는 어수룩한 바보가 아니에요. 그런 의심이 든 지 벌써 꽤 되었어요. 조지와 떨어져 있을 때면 항상 몸이 좋아졌어요. 음식도 입에 맞고 마치 다른 사람이 된 것처럼 몸이 가벼웠어요. 거기엔 분명 이유가 있을 거예요."

"지금 하시는 말씀은 대단히 심각한 사안입니다. 제가 탐정은 아니라는 점을 유념해 주십시오. 이렇게 말해도 좋을지 모르겠지만, 저는 심리 전문가인지라……."

그녀가 불쑥 말을 잘랐다.

"아, 그건 전혀 문제 될 것 없어요. 내가 원하는 건 경찰이 아니에요. 고맙지만 내 몸은 내가 지킬 수 있어요. 내가 원하는 것은 확신이에요. 진실을 알고 싶어요. 파인 씨, 난 돼먹지 못한 여자가 아닙니다. 나를 제대로 대우하는 사람에게는 나도 제대로 대우합니다. 계약은 계약이죠. 나는 계약을 충실히 지켰습니다. 남편의 빚을 모두 갚아 주었고, 돈 문제로 들볶은 적도 없지요."

파커 파인은 조지 경에 대한 강렬한 연민이 생겼다.

"조카애도 옷이며 파티며 모든 것을 누리게 해 줬습니다. 내가 원하는 것은 그저 정당한 감사함이죠."

"감사한 마음은 강요에 의해 나오지 않는 법입니다, 레이디 그레일."

"강요라니! 말도 안 돼요! 어쨌든 내가 알고 싶은 것은 딱 한 가지뿐이에요! 진실을 알아내 주세요! 일단 알게만 되면……."

파커 파인은 호기심 어린 얼굴로 여인을 바라보았다.

"일단 알게만 되면 어떻게 하시겠습니까, 레이디 그레일?"

"그건 내가 알아서 할 일이에요."

그녀는 입술을 꾹 다물었다.

파커 파인은 잠시 주저하다 입을 열었다.

"실례되는 말씀입니다만 레이디 그레일, 저한테 아직 털어놓지 않으신 것이 있는 것 같은데요."

"전혀요! 선생님께서 알아내야 할 사항을 정확히 알려 드렸잖아요."

"네. 하지만 그 이유는요?"

두 사람의 시선이 마주쳤다. 여인이 먼저 시선을 피했다.

"이유야 말 안 해도 뻔하지요."

"글쎄요, 한 가지 의문이 드는군요."

"그게 뭐죠?"

"그 의심이 맞기를 원하십니까, 빗나가기를 원하십니까?"

"세상에, 파인 씨!"

여인이 벌떡 일어나 노여움으로 바들바들 떨었다.

파커 파인은 온화하게 고개를 끄덕였다.

"네, 네. 하지만 그것은 제 질문에 대한 답은 아닙니다."

"하!"

그녀는 말문이 막히는 듯 바르르 떨며 휴게실을 나갔다.

홀로 남겨진 파커 파인은 깊은 생각에 잠겼다. 너무 몰두한 나머지 누군가가 들어와 맞은편에 앉는 순간까지 모르고 있다가 화들짝 놀랄 정도였다. 맥노턴 양이었다.

"일찍 돌아오셨군요."

파커 파인이 말했다.

"다른 사람들은 아직 오지 않았어요. 두통이 있어서 혼자 먼저 왔답니다."

그녀는 주저하다 말을 이었다.

"레이디 그레일은 어디 계시죠?"

"선실에 계시지 않을까요?"

"아, 잘됐어요. 제가 돌아온 걸 알리고 싶지 않거든요."

"그분이 염려되어 일찍 오신 것 아닙니까?"

맥노턴 양은 고개를 저었다.

"아뇨, 선생님을 만나려고 온 거예요."

파커 파인은 다소 놀랐다. 맥노턴 양이라면 다른 사람의 의견을 구할 필요 없이 자신의 문제는 스스로 알아서 처리할 만큼 유능해 보였기 때문이다. 잘못된 판단이었다니…….

"배에 오른 이후로 선생님을 유심히 보았어요. 폭넓은 경험과 예리한 판단력을 갖추신 분이라 여겨졌습니다. 지금 저는 절실하게 조언이 필요합니다."

"실례일지 모르겠지만 맥노턴 양, 당신은 아무리 봐도 다른 사람의 의견에 의지할 분은 아니신 것 같은데요. 자신의 판단을 믿고 행동하실 분으로 사료됩니다만……."

"보통은 그렇지요. 하지만 지금은 아주 기묘한 상황에 처해 있는지라……."

간호사는 주저했다.

"일반적으로 저는 환자와 관련된 사항은 비밀에 붙입니다. 하지만 지금과 같은 상황에서는 조언이 꼭 필요합니다. 우리가 영국을 떠날 때만 해도 레이디 그레일은 수월한 환자였습니다. 쉽게 말해 건강에 아무 이상이 없었습니다. 사실 꼭 그런 것만은 아니지요. 너무 많은 시간과 너무 많은 돈은 확실히 병리학적 문제를 일으키니까요. 매일 마루를 쓸고 닦거나 대여섯 명의 아이들을 돌본다면 레이디 그레일은 거뜬히 완치되어 훨씬 행복한 생활을 누릴 수 있을 겁니다."

파커 파인은 고개를 끄덕였다.

"직업이 간호사인지라 많은 신경병 환자를 보았어요. 레이디 그레일은 자신의 병을 '즐기는' 유형입니다. 따라서 최대한 요령껏 환자의 고통을 줄이지 않고 보살펴 주는 것이 바로 제 할 일이었죠. 저는 그저 여유롭게 여행을 즐기기만 하면 되었습니다."

"가히 그럴 만도 하군요."

"하지만 파인 씨, 뭔가가 달라졌어요. 레이디 그레일이 지금 아프다고 하는 것은 상상에서 나온 고통이 아니라 진짜 고통입니다."

"그게 무슨 말입니까?"

"누군가가 레이디 그레일을 독살하려는 것이 아닌가 의심이 들어요."

"언제부터 그런 생각을 했지요?"

"3주 전부터예요."

"그럼…… 특별히 의심이 가는 사람이 있습니까?"

맥노턴 양은 시선을 떨구었다. 처음과는 달리 목소리에서 정직함이 사그라들었다.

"아뇨."

"제가 대신 말씀해 드리죠, 맥노턴 양. 의심이 가는 사람이 한 사람 있으며, 그는 바로 조지 그레일 경일 겁니다."

"오, 아니에요. 그럴 리 없어요! 얼마나 가엾은 분인데요. 아이처럼 순진무구한 분이세요. 그런 잔인한 짓을 할 분이 못 돼요."

맥노턴 양의 목소리에는 고뇌가 가득했다.

"조지 경이 안 계실 때마다 레이디 그레일의 상태가 호전되었다가 조지 경이 돌아오면 다시 악화된다는 사실은 이미 눈치채셨겠지요?"

맥노턴 양은 대답하지 않았다.

"어떤 독인 것 같습니까? 비소?"

"그런 종류일 거예요. 비소 아니면 안티몬일 거예요."

"그래서 어떤 조치를 취했습니까?"

"가능하면 레이디 그레일이 드시는 음식을 통제하려고 애썼습니다."

파커 파인은 고개를 끄덕였다. 그러고는 무덤덤한 어조로 물었다.

"레이디 그레일도 눈치를 챘을까요?"

"아뇨. 전혀요!"

"틀렸습니다. 레이디 그레일도 의심을 하고 계십니다."

맥노턴 양이 놀란 표정을 짓자, 파커 파인이 말을 이었다.

"레이디 그레일은 상상 이상으로 비밀을 잘 지키는 분이지요. 속내를 어떻게 감출지 아주 잘 아는 사람입니다."

"정말 뜻밖이군요."

맥노턴 양이 느린 어조로 답했다.

"한 가지 더 묻고 싶은 것이 있습니다. 레이디 그레일이 당신을 좋아하는 것 같습니까?"

"그런 생각은 해 본 적이 없어요."

그때 방해꾼이 들어왔다. 모하메드가 옷을 펄럭이며 활짝 웃는 얼굴로 휴게실에 들어온 것이다.

"레이디 그레일께서 간호사님이 왔다는 소식을 듣고 찾고 계십니다. 왜 안 오는지 묻던데요."

맥노턴 양은 부랴부랴 자리에서 일어났다. 파커 파인 역시 몸을 일으키며 물었다.

"내일 아침 일찍 다시 이야기를 나눌 수 있을까요?"

"네, 그때가 딱 좋아요. 레이디 그레일은 늦게까지 주무시거든요. 아무튼 조심하도록 최선을 다하겠습니다."

"레이디 그레일께서도 주의하실 겁니다."

맥노턴 양이 휴게실에서 나갔다.

파커 파인은 저녁 식사 시간에야 레이디 그레일을 다시 보았다. 그녀는 담배를 피우며 앉아 있다가 편지처럼 보이는 종이를 불에 태웠다. 파커 파인을 보고도 알은체하지 않았다. 여전히 기분이 상해 있는 모양이었다.

저녁 식사 후 파커 파인은 조지 경과 패밀라 그리고 바질과 함께 브리지를 했다. 모두들 조금씩 딴생각에 빠져 있는 듯해서 게임은 일찍 파했다.

몇 시간 후 파커 파인은 잠에서 깼다. 모하메드가 찾아와 그를 깨운 것이다.

"레이디 그레일께서 매우 아픕니다. 간호사님도 매우 놀라서 지금 의사를 부르려고 합니다."

파커 파인은 서둘러 옷을 입었다. 그가 레이디 그레일의 선실 앞에 도착했을 때 바질 웨스트도 거의 동시에 달려왔다. 조지 경과 패밀라는 안에 있었다. 맥노턴 양은 환자를 치료하려고 필사적으로 애쓰고 있었다. 하지만 파커 파인이 들어갔을 때 최후의 경련이 가없은 여인을 뒤흔들었다. 이윽고 여인이 베개 위로 축 늘어졌다.

파커 파인은 패밀라를 살며시 밖으로 끌어냈다.

"너무 끔찍해요! 너무 끔찍해! 설마…… 아니겠죠?"

젊은 아가씨는 반쯤 울먹이며 물었다.

"운명하셨냐고요? 네, 유감스럽게도 그렇습니다."

파커 파인은 아가씨를 바질의 품에 맡겼다. 조지 경이 혼란스러운 표정을 하고 선실 밖으로 나왔다.

"저렇게까지 아플 줄은 전혀 생각지도 못했는데……. 어떻게 이럴 수가!"

파커 파인은 재빨리 그를 지나쳐 선실로 들어갔다.

새하얗게 질린 얼굴을 일그러뜨린 맥노턴 양이 물었다.

"의사를 부르러 갔나요?"

"네. 스트리크닌(신경 흥분제 — 옮긴이)입니까?"

"그래요. 이런 경련을 일으키는 것은 그것밖에 없어요. 세상에, 믿을 수가 없어요!"

간호사가 의자에 주저앉아 흐느꼈다. 파커 파인은 그녀의 어깨를 다독여 주었다.

그러다 문득 어떤 생각이 떠올랐다. 그는 부랴부랴 선실을 나와 휴게실로 향했다. 재떨이에 타다 남은 작은 종잇조각이 있었다. 다행히 몇 글자는 알아볼 수 있었다.

꿈의 묘약

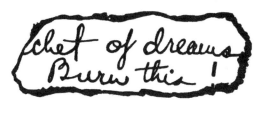

태우세요!

"이것 참 흥미롭군."
파커 파인이 중얼거렸다.

III

파커 파인은 카이로의 한 저명한 관료의 사무실에 앉아 있었다.
"그것이 증거로군."
생각에 잠긴 어조였다.
"그래, 수사도 얼추 끝나 간다네. 지독할 만큼 멍청한 사람이야."
"조지 경이 영리하다고는 할 수 없지."

"아무렴! 레이디 그레일이 쇠고기 수프를 먹고 싶어 하자 간호사가 준비하면서 그 안에 포도주를 탔지. 그 포도주는 조지 경이 따라 주었다고 하더군. 두 시간 후 레이디 그레일은 의문의 여지없이 스트리크닌으로 인해 사망했네. 조지 경의 선실에서 스트리크닌 봉지가 발견되었고, 그의 야회복 상의에도 스트리크닌 봉지가 하나 더 있었어."

"철두철미하군. 그런데 스트리크닌은 어디에서 난 걸까?"

"그 점에 대해서는 다소 의문이 있네. 간호사는 레이디 그레일이 심장 마비를 일으킬 경우에 대비해 준비했다고 했는데, 한두 번 진술을 번복했네. 처음에는 자신이 가져온 스트리크닌이 그대로 있다고 주장하더니 나중에는 다시 줄어들었다고 주장하지 뭔가."

"스트리크닌 양에 대해 확신하지 못하다니 전혀 그녀답지 않군."

파커 파인이 평했다.

"두 사람이 공모한 거야. 서로 좋아하는 사이가 분명해."

"그럴 거네. 하지만 맥노턴 양이 살인을 계획했다면 그보다는 교묘하게 처리했을 거야. 아주 유능한 여성이거든."

"하긴 그야 그렇지. 어쨌든 조지 경의 짓인 것은 분명해. 빠져나가기가 불가능하지."

"글쎄, 나도 한번 살펴보아야겠군."

파커 파인은 조지 경의 조카를 찾아갔다.

패밀라는 분노로 하얗게 질려 있었다.

"삼촌은 그런 짓을 할 분이 아니에요. 절대로, 절대로요!"

"그렇다면 누구 짓일까요?"

파커 파인이 나직이 묻자 패밀라가 바싹 다가왔다.

"누구 짓일 것 같나요? 숙모 본인이 벌인 자작극이에요. 최근 들어 얼마나 괴상해졌는지 몰라요. 온갖 일을 상상해 댔다니까요."

"온갖 일이라뇨?"

"터무니없는 망상이었죠. 바질에 대해서도 그랬어요. 제게 바질이 자신을 사랑한다는 암시를 걸핏하면 주곤 했죠. 하지만 바질은 저와…… 우리는……."

"그렇군요."

파커 파인은 웃으며 맞장구쳤다.

"바질에 대해서는 숙모 혼자 완전히 착각한 기예요. 아마 삼촌과 사는 게 지겨워져서 당신에게 그런 거짓말을 했는지도 몰라요. 그런 뒤 삼촌 객실이랑 주머니에 스트리크닌을 집어넣고 스스로 독을 삼켰겠죠. 세상에는 그런 짓을 하는 사람도 있다잖아요?"

"맞습니다. 하지만 레이디 그레일이 그랬으리라고는 생각되지 않는군요. 이렇게 말해도 될지 모르겠습니다만, 그럴 타입은 아니지요."

"그렇다면 망상은요?"

"네, 웨스트 씨를 만나 그에 대해 확인해 보도록 하죠."

젊은이는 자기 방에 있었다. 바질은 파커 파인의 질문에 선선히 대답했다.

"잘난 척하고 싶지는 않지만 레이디 그레일은 분명 저한테 반해 있었습니다. 그래서 패밀라와의 사이를 감히 알릴 수가 없었죠. 만약 그랬다면 조지 경에게 압력을 넣어 저를 해고시켰을 테니까요."

"그레일 양의 추측에 대해 어떻게 생각하나?"

"글쎄요, 그럴 수도 있겠지요."

회의적인 어조였다.

"하지만 아무래도 석연치 않아. 다른 뭔가가 있는 게 분명해."

나직이 말한 파커 파인은 잠시 생각에 잠기더니 차분히 입을 열었다.

"자백이야말로 최고의 방책이지."

그는 만년필 뚜껑을 열고 종이 한 장을 꺼냈다.

"한번 써 보겠나?"

바질 웨스트는 당황하여 그를 바라보았다.

"제가요? 뭘 말입니까?"

파커 파인은 아버지처럼 인자하게 대답했다.

"젊은이, 나는 모두 알고 있네. 선량한 레이디 그레일을 어떻게 유혹했는지, 그녀가 얼마나 양심의 가책을 느꼈는지 말일세. 또 자네가 아름답지만 무일푼인 조카 아가씨와 어떻게 사랑에 빠졌는지, 그래서 어떤 음모를 꾸몄는지도 다 아네. 천천히 독살시키려고 했겠지. 위장염으로 인한 자연사라 여기도록 말이야. 설령 뜻대로 되지 않더라도 조지 경이 죄를 모두 덮어쓰도록 그의 일정에 맞추어 독을 탔을 테고. 그런데 레이디 그레일이 의심을 하고, 그것과 관련해서 나와 의논했다는 것을 알게 되었지. 당장 조치를 취해야 했겠지. 자네는 맥노턴 양의 약품 상자에서 스트리크닌을 빼냈네. 일부는 조지 경의 선실과 주머니에 넣어 놓고, 치사량을 캡슐 알약에 넣어서 '꿈의 묘약'이라며 레이디 그레일에게 편지와 함께 건네주었지. 아주 낭만적인 방법이야. 레이디 그레일은 간호사가 선실을 나가자마자 묘약을 삼켰고, 다른 이들은 그것에 대해 알 턱이 없었지. 하지만 한 가지 실수를 했네, 젊은이. 여자에게 편지를 태우라고 아무리 말해 봐야 쇠귀에 경 읽기라네. 여자는 결코 편지를 태우지 않아. 두 사람이 주고받은 편지를 모두 찾아냈네. 그 묘약에 대해 적은 것까지도 말이야."

바질 웨스트의 얼굴이 새파랗게 질렸다. 이제껏 그의 자랑이라 할 수 있었던 멋진 매력이 얼굴에서 순식간에 빠져나갔다. 완전히 덫에 갇힌 쥐 꼴이었다. 바질 웨스트는 사납게 으르렁댔다.

"망할 노인네! 그래 모두 알고 있다 이 말이지? 빌어먹을! 남의 일에 웬 상관이야?"

파커 파인은 폭력을 피할 수 있었다. 반쯤 닫힌 문 너머에 증인들을 미리 준비시켜 둔 덕분이었다.

IV

파커 파인은 다시 친구인 고위 관료와 그 사건에 대해 토론했다.

"증거 같은 건 하나도 가지고 있지 않았네! 그저 '태우세요!'라는 말 외에 거의 알아보기 힘든 타다 남은 종잇조각 하나가 다였네. 하지만 전체적인 이야기를 추론해서 그를 떠보았지. 제대로 먹혀들었네. 사실 우연히 맞아떨어졌지. 편지 이야기도 그냥 추측이었다네. 레이디 그레일은 그가 보낸 편지를 모두 태웠네. 하지만 그는 그것을 몰랐지. 정말 특이한 여인이었어. 처음 만났을 때는 매우 당혹스러웠네. 그녀가 원한 것이라고는 남편이 자신을 독살시키려 한다는 증거뿐이었지. 바질 웨스트 때문에 남편을 떠나고 싶었던 거야. 하지만 정당하게 떠나고 싶어 했어. 참, 묘한 성격이야."

"그 아가씨가 참 가엾게 되었네그려."

친구의 말에 파커 파인은 무덤덤히 대꾸했다.

"이거 널 거네. 아직 젊잖나. 조지 경이 너무 늦기 전에 즐거운 인생을 누릴 수 있기를 비네. 지난 10년 동안 벌레 취급을 받으며 살아왔으니 말이야. 하지만 맥노턴 양이 잘 보살펴 줄 거야."

그의 얼굴 위로 빙그레 웃음이 떠올랐다. 그러다 다시 한숨을 푹 내쉬었다.

"그리스에 갈 때는 가명을 써야겠어. 그래야 제대로 휴가를 즐기든가 하지!"

델포이의 신탁

I

윌러드 J. 피터스의 미망인은 내심 그리스가 마음에 들지 않았다. 델포이 역시 탐탁지 않았다.

피터스 부인의 정신적 고향은 파리와 런던과 리비에라였다. 호텔 생활을 좋아하긴 했다. 하지만 호텔이라고 하면 적어도 푹신푹신한 카펫과 화려한 침대, 갓을 씌운 스탠드를 비롯해 충분히 밝은 갖가지 조명들, 콸콸 쏟아지는 더운물과 찬물, 차와 식사와 미네랄워터와 칵테일을 주문할 수 있고 친구와 수다를 떨 수 있도록 침대 바로 곁에 전화기가 있어야 했다.

델포이의 호텔에는 그런 것이라고는 눈 씻고 봐도 찾아볼 수가 없었다. 창문 너머로 그럴듯한 경치가 펼쳐지고, 깨끗한 침대와 새하얀 벽지로 둘러싸인 작은 방을 겨우 하나 구했을 뿐이다. 방 안에는 의자, 세면대, 서랍장이 구비되어 있었다. 목욕을 하려면 따로 부탁을 해야 했고, 더운물이 제대로 나오지 않아 종종 낭패를 맛보았다.

그래도 피터스 부인은 델포이에 가 본 적이 있다고 말할 수는 있게되었으니 그것으로 족하다고 생각했다. 그녀는 고대 그리스에 흥미를 붙여 보려고 나름대로 열심히 애를 썼지만, 도저히 재미가 없었다. 조각상은 아무리 보아도 만들다 만 것 같은 몰골이었다. 머리나 팔이나 다리가 없는 게 부지기수였다. 차라리 죽은 남편의 무덤가에 세워진 날개 달린 천사 대리석상이 훨씬 아름답게 느껴졌다.

하지만 그녀는 이런 속내를 결코 드러내지 않았다. 아들 윌러드한테 무시를 살까 봐 두려웠기 때문이다. 무뚝뚝한 하녀와 정떨어지는 운전사와 춥고 불편한 호텔 방을 감수하는 것도 모두 아들을 위해서였다.

올해 열여덟 살인 윌러드는(최근까지 '주니어'라고 불렀지만 아들은 이 호칭을 질색했다.) 어머니가 자신을 너무 떠받든다며 곧잘 투정을 부리곤 했다. 아이는 고대의 예술에 대해 기묘한 열정을 품고 있었다. 윌러드는 위가 약하여서 그런지 다소 여윈 체격으로, 얼굴색은 창백하고 안경을 꼈다. 그는 아들밖에 모르는 어머니를 온 그리스로 끌고 다녔다.

올림피아에 갔을 때 피터스 부인은 볼품없는 난장판 같다고 생각했다. 파르테논 신전은 그나마 마음에 들었지만 아테네는 구제할 길 없는 도시였다. 코린트와 미케네 여행은 피터스 부인과 운전사 모두에게 악몽이었다.

델포이를 보고 있자니 한계에 다다른 것 같은 비통함이 피터스 부인을 에워쌌다. 길을 따라 줄창 걸은 끝에 폐허를 보는 것 말고는 아무 할 일이 없었다. 하지만 윌러드는 몇 시간이고 무릎을 꿇고 앉아 그리스의 비문을 해독했다.

"어머니, 이것 좀 들어 보세요! 정말 멋지지 않나요?"

아들이 소리 내어 읊어 주는 비문은 멋지기는커녕 지루함 그 자체였다.

오늘 아침에도 윌러드는 비잔틴 모자이크를 보겠다며 일찍 길을 나섰다. 피터스 부인은 본능적으로 비잔틴 모자이크가 (단순히 마음만이 아니라 육체에까지도) 싸늘한 한기만을 안겨 주리라고 생각하고 핑계를 대고 빠졌다.

"왜 그러시는지 다 알아요, 어머니. 극장이나 경기장에 오롯이 앉아 그 속에 푹 빠져들고 싶으신 거죠?"

"그렇고말고, 우리 귀염둥이!"

"여길 좋아하실 줄 알았어요."

윌러드는 의기양양하게 말하고는 호텔을 떠났다.

그런 후에야 피터스 부인은 한숨을 쉬며 자리에서 일어나 아침을 먹으러 갈 준비를 했다.

식당은 식사 중인 네 사람을 빼고 텅 비어 있었다. 더없이 기묘한 의상을 차려입은 모녀가(피터스 부인은 재킷이나 블라우스의 밑자락에 천을 덧붙여 엉덩이를 덮은 페플럼을 생전 처음 보았다.) 무용에서의 자기표현 기법에 대해 논의하고 있었다. 또 피터스 부인이 기차에서 내릴 때 가방을 들어 준 중년의 포동포동한 톰프슨 씨와 전날 저녁에 새로 투숙한 대머리 중년 신사가 앉아 있었다.

새 투숙객은 식당에 마지막까지 남아 있었기에 피터스 부인은 자연스레 그와 대화를 나누었다. 피터스 부인은 원래 다정한 성격이라서 다른 사람과 이야기 나누는 것을 좋아했다. 그런 점에서 톰프슨 씨는 매우 낙심스러운 상대였고(아무래도 영국인다운 고상함 때문인 듯했다.), 모녀는 도도하게 잘난 척을 했다. 그래도 딸은 윌러드와 꽤 잘 지냈다.

새 투숙객은 무척 유쾌한 남자였다. 잘난 척하지 않으면서도 많은 지식을 알려 주었다. 그리스에 대한 사소하고도 재미있는 사실이 흥미진진하게 펼쳐졌다. 책 속의 지루한 역사가 아니라 살아 있는 사람들의 이야기 같았다.

피터스 부인은 새 친구에게 아들 윌러드가 얼마나 영리한 아이인지, 어쩌다 중간 이름으로 '컬처'를 붙이게 되었는지 속속들이 이야기했다. 그 인자하고 온화한 남자에게는 누구든 편하게 말을 꺼내게 하는 뭔가가 있었다.

하지만 그는 자신의 직업이 무엇이고 이름이 무엇인지 말해 주지 않았다. 현재 여행 중이고 일에서(대체 무슨 일일까?) 완전히 해방된 채 쉬고 있다는 것 외에는 자기 자신에 대해 말하려 들지 않았다.

아무튼 덕분에 하루가 생각보다 훨씬 빠르게 지나갔다. 모녀와 톰프슨 씨는 여전히 뻣뻣하게 굴었다. 박물관에서 나오는 톰프슨 씨와 우연히 마주쳤는데, 그가 갑자기 몸을 획 돌려 반대 방향으로

가 버렸다.

피터스 부인의 새 친구는 눈살을 약간 찌푸리며 그 뒷모습을 쫓았다.

"도대체 뭐 하는 사람인지……."

피터스 부인은 그의 이름을 알려 주었지만, 그녀 역시 달리 아는 것이 없었다.

"톰프슨…… 톰프슨이라……. 분명히 처음 보는 사람인데 어쩐지 낯이 익군요. 하지만 아무리 생각해 봐도 잘 기억나지 않아요."

오후에 피터스 부인은 그늘진 곳에서 조용히 낮잠을 즐겼다. 손에는 아들이 추천해 준 뛰어난 그리스 예술 서적 대신 『나룻배의 미스터리』라는 제목의 책이 들려 있었다. 그 안에는 네 건의 살인 사건이 펼쳐지는데, 세 건은 유괴에 대한 것이었고 한 건은 각양각색의 범죄자들이 결집한 대규모 폭력 조직에 관한 것이었다. 그 책을 읽노라니 기운이 펄펄 나면서도 동시에 마음이 차분해졌다.

그녀는 4시에 호텔로 돌아갔다. 그 무렵이면 윌러드가 돌아와 있으리라 확신했다. 불길한 예감은 눈곱만큼도 들지 않았다. 그래서 낯선 사람이 오후에 남기고 갔다며 호텔 주인이 전해 준 편지를 깜빡 잊고 읽지 않을 뻔했다.

지저분하기 이를 데 없는 편지였다. 피터스 부인은 태평하게 봉투를 뜯었다. 하지만 첫 번째 줄을 읽는 순간 그녀는 얼굴이 새하얗게 질리고 몸을 가누기가 힘들었다. 외국인이 쓴 것처럼 서툰 문장이었지만 다행히 영어라서 내용은 이해할 수 있었다.

부인(편지는 이렇게 시작되었다.)!

당신의 아들이 우리에게 안전이 잡혀 있다고 알립니다. 고귀한 젊은이는 무사합니다. 우리 명령 당신이 잘 따른다면 말입니다. 몸값 영국돈 1만 파운드입니다. 호텔 주인, 경찰, 그 누구에게든 알리면 아들은 죽습니다. 잊지 마십시오. 내일 어떻게 돈을 지불할지 알립니다. 따르지 않는다면 고귀한 젊은이의 잘린 귀 받습니다. 그리고 다음 날에도 따르지 않는다면 고귀한 젊은이는 죽습니다. 그냥 하는 말이 아닙니다. 신의 가호를 꼭 비밀을 지키시길.

검은 눈썹 디미트리우스

피터스 부인의 심정을 굳이 말할 필요는 없을 것이다. 졸렬하고 엉성한 문장이었지만 엄청난 위협을 전달하기에는 모자람이 없었다.

윌러드 내 귀염둥이가! 내 아들이! 내 섬세하고도 진지한 윌러드가! 당장 경찰에 신고하겠어. 이 고장을 완전히 뒤엎어 놓으리라. 하지만 그랬다가 혹여……. 온몸이 부들부들 떨렸다.

그녀는 벌떡 일어나 방을 나와서는 호텔 주인을 찾았다. 그는 호텔에서 영어를 할 줄 아는 유일한 사람이었다.

"시간이 이렇게 늦었는데 아직까지 아들이 돌아오지 않았어요."

자그마한 덩치의 유쾌한 사내는 활짝 미소를 지었다.

"네, 아드님께서 노새를 먼저 보냈습니다. 걸어서 오겠다면서요. 그래도 올 시간이 지났는데……. 너무 느긋하게 걸어오고 있나 봅니다."

그는 행복하게 웃어 보였다.

피터스 부인이 불쑥 물었다.

"이 근방에 악한이 살고 있나요?"

악한은 호텔 주인이 모르는 영어 단어였다. 피터스 부인은 더 쉬운 단어로 설명했다. 그러자 호텔 주인은 단호하게 델포이 주위에는 매우 조용하고 선량한 사람들만 살고 있다고 대답했다. 그리고 모두들 외국인에게는 친절하다는 말도 덧붙였다.

진실을 말하고 싶은 마음이 굴뚝같았지만 피터스 부인은 말을 꾹 삼켰다. 무시무시한 위협에 혀가 얼어붙은 것이다. 어쩌면 단순한 허풍일 수도 있었다. 하지만 만에 하나 아니라면? 미국에서 한 친구는 자식이 납치당하자 경찰에 신고했다가 그만 아이를 잃고 말았다. 실제로 그런 일이 자주 일어나곤 했다.

미칠 것만 같았다. 어떻게 하지? 1만 파운드가 뭐 대수야? 재산이야 몇만 파운드나 있는데! 월러드의 생명과 바꿀 수만 있다면 뭐가 문제겠어? 하지만 그런 거액을 델포이에서 어떻게 구한다지? 현금을 인출하거나 돈을 구하자니 난감하기 이를 데 없었다. 갖고 있는 신용장이라야 고작 몇백 파운드에 불과했다.

납치범들이 그것을 이해해 줄까? 그자들에게 그만한 분별이 있을까? 과연 돈을 구할 때까지 기다려 줄까?

하녀가 들어오자 그녀는 사나운 얼굴로 물리쳤다. 저녁 식사를 알리는 종소리에 가엾은 여인은 쫓기듯 식당으로 내려가 기계적으로 식사를 했다. 아무도 눈에 들어오지 않았다. 그녀에게 식당은 텅 빈 것이나 다름없었다.

과일이 식탁에 놓이며 메모가 전달되었다. 피터스 부인은 질겁했지만 공포스러웠던 편지와는 필체가 전혀 달랐다. 깔끔하고도 사무적인 영국인 필체였다. 그녀는 별 관심 없이 메모를 펼쳤다가 그 내용에 마음이 동했다.

델포이에서는 더 이상 신탁을(그렇게 적혀 있었다.) 들을 수는 없지만, 대신 파커 파인 씨와 상의할 수는 있습니다.

그 아래에는 오려진 광고문이 핀으로 꽂혀 있었고, 맨 밑에 여권 사진이 부착되어 있었다. 아침에 만난 대머리 친구의 사진이었다.
피터스 부인은 광고문을 두 번이나 거듭해서 읽었다.

행복하십니까? 그렇지 않다면 파커 파인 씨와 상담하십시오.

행복하냐고? 나처럼 불행한 사람이 세상에 또 어디 있을까? 마치 기도에 대한 응답이라도 받은 듯했다. 그녀는 마침 핸드백에 들어 있던 종이를 꺼내 부랴부랴 휘갈겨 썼다.

제발 도와주세요. 10분 후 호텔 밖에서 만나요.

그녀는 종이를 봉투에 넣어 웨이터에게 건네며, 창가 탁자에 앉은 신사분에게 전해 달라고 부탁했다. 10분 후 차가운 밤공기 탓에 모피 코트를 두른 피터스 부인은 호텔에서 나와 황폐한 유적지로 이어지는 길을 천천히 걸어갔다. 파커 파인이 먼저 와서 기다리고 있었다.

피터스 부인은 숨죽여 말했다.

"당신이 여기에 있었다니 하느님께서 도우셨나 봐요. 그런데 제가 곤경에 처했다는 것을 어떻게 아셨나요?"

파커 파인은 상냥하게 대답했다.

"얼굴 표정은 많은 것을 드러내는 법이지요, 마담. '무슨 일'이 벌어졌다는 것은 쉽게 알아차리긴 했습니다만, 대관절 무슨 일인지 자세히 말씀해 주시겠습니까?"

폭포수처럼 말이 한꺼번에 쏟아졌다. 그녀가 편지를 건네자 파커 파인은 손전등을 비추어 살펴보았다.

"음, 놀라운 편지로군요. 더없이 놀라운 편지예요. 여기에는 몇 가지……."

하지만 피터스 부인은 편지의 특징 따위를 듣고 싶은 마음은 눈곱만큼도 없었다. 윌러드를 어떻게 구할 것인가? 사랑스럽고 연약한 아들 윌러드가 어떻게 될까 봐 걱정이 태산 같았다.

파커 파인은 그녀를 위로했다. 그는 그리스 산적들의 삶을 매력적으로 그려 냈다. 포로는 곧 금맥이나 다름없기에 아주 소중히 대한다는 말에 피터스 부인은 차츰차츰 마음이 가라앉았다.

"하지만 어떻게 해야 할까요?"

피터스 부인이 절규하듯 외쳤다.

"내일까지 기다려 봅시다. 아니면 경찰에 신고할 수도 있고요."

피터스 부인은 안 된다며 경악에 찬 비명을 내질렀다. 사랑하는 윌러드가 살해된다면 어떻게 할 것인가!

"윌러드가 무사히 돌아올 수 있을까요?"

파커 파인은 그녀를 달래듯 대답했다.

"그렇고말고요. 유일한 문제는 1만 파운드를 지불하지 않고도 아들을 되찾을 수 있느냐입니다."

"나는 아들만 무사하면 아무 상관없어요."

"그럼요, 그럼요. 그런데 이 편지는 누가 가져왔습니까?"

"호텔 주인도 모르는 남자래요. 처음 보는 사람이었대요."

"아! 그렇다면 좋은 수가 있습니다. 내일 편지를 가져오면 그자를 미행하는 겁니다. 아들이 돌아오지 않은 사실에 대해 호텔에는 어떻게 설명하실 거죠?"

"생각해 보지 않았어요."

"그렇다면……."

파커 파인은 곰곰이 궁리한 후 말했다.

"아들의 실종에 대해 자연스럽게 염려를 표출하십시오. 그러면 수색대가 조직될 겁니다."

"그랬다가 그 잔인무도한 놈들이……."

피터스 부인은 목이 메었다.

"아닙니다. 납치나 몸값에 대해 아무 말도 안 하는 이상은 그들도

얌전히 있을 겁니다. 아들이 사라졌는데 그 정도 염려하는 거야 그
쪽에서도 이해하지 않겠습니까?"

"그럼 선생님이 알아서 해 주시겠어요?"

"그럼요, 그게 제가 하는 일인걸요."

두 사람은 다시 호텔로 발길을 돌리다가 건장한 한 남자와 부딪
칠 뻔하였다.

"누구였죠?"

파커 파인이 날카로운 목소리로 물었다.

"톰프슨 씨 같은데요."

파커 파인은 생각에 잠겼다.

"아! 톰프슨이라…… 톰프슨……. 음!"

II

피터스 부인은 잠자리에 들면서 파커 파인이 제시한 기막힌 방법
에 감탄했다. 누가 편지를 가져오든 그는 산적들과 접촉할 것이 분
명했다. 마음이 푹 놓인 덕분에 믿기지 않을 만큼 금세 잠이 들었다.

다음 날 아침 옷을 입는데 창가 바닥에 뭔가 떨어져 있는 것이 눈
에 띄었다. 그것을 집어 드는 순간 다시 심장이 쿵 하고 내려앉았다.
바로 그 지저분한 싸구려 봉투였고, 바로 그 증오스러운 필체였다.
피터스 부인은 봉투를 확 찢었다.

안녕하십니까, 레이디!

생각해 보았습니까? 아들 무사하고 건강합니다. 아직까지. 하지만 우리 돈 받아야 합니다. 돈 구하기 어려울 수 있습니다. 다이아몬드 목걸이 있다고 들었습니다. 아주 좋은 보석입니다. 돈 대신 그것 주어도 됩니다. 어떻게 해야 할지 명심하십시오. 그 목걸이 가지고 스타디움(넓은 운동장과 그 주위로 많은 관중석을 갖춘 고대 그리스 건축물 — 옮긴이)으로 옵니다. 부인이 와도 좋고 다른 사람 보내도 좋습니다. 스타디움 커다란 바위 옆 나무까지 올라옵니다. 우리 지켜봅니다. 오직 한 사람 와야 합니다. 그러면 아들 돌아갑니다. 내일 아침 해 뜬 직후 6시 와야 합니다. 나중에라도 경찰 신고하면 차 타고 역으로 갈 때 당신 아들 총 쏩니다.

이것은 마지막 지시입니다. 내일 아침 목걸이 안 오면 아들 귀 보냅니다. 그리고 다음 날 아들 죽습니다.

부인에게 인사를 보내며!

디미트리우스

피터스 부인은 허둥지둥 파커 파인을 찾았다. 그는 주의 깊게 편지를 살폈다.

"다이아몬드 목걸이에 대한 것은 사실입니까?"

"네, 남편이 10만 달러를 주고 사 준 것이죠."

"정보력이 좋은 유괴범들이로군요."

파커 파인이 중얼거렸다.

"뭐라고요?"

"그저 이 사건의 여러 면을 검토하는 중입니다."

"세상에! 파커 파인 씨, 지금 검토 따위 할 시간이 어디 있어요? 아들을 어서 찾아야 해요."

"하지만 피터스 부인, 용기는 다 어디 갔습니까? 그런 거액을 갈취당해도 좋다는 말입니까? 그런 불한당들에게 순순히 다이아몬드를 내주시겠어요?"

"물론 저도 주기 싫어요!"

피터스 부인 안에서 용기와 모성이 치고받으며 격돌했다.

"반드시 놈들에게 복수하겠어요. 벌레만도 못한 놈들! 아들이 돌아오기만 하면 곧바로 근방의 경찰을 몽땅 풀어 그들을 잡아들이겠어요. 까짓것 윌러드와 나를 기차역까지 무사히 호송해 줄 방탄 차량을 구하면 그만이죠!"

피터스 부인의 얼굴이 분노로 벌겋게 달아올랐다.

"네. 하지만 마담, 그자들도 그런 일에는 대비하고 있을 겁니다. 일단 윌러드가 무사히 돌아가기만 하면 분명히 경찰에 신고하리라는 것쯤은 잘 알겠죠. 따라서 미리 대비책을 마련해 두었을 겁니다."

"그러면 저더러 어쩌라는 말인가요?"

파커 파인이 빙그레 웃었다.

"계획이 하나 있기는 합니다만……."

그는 식당을 둘러보았다. 텅 비어 있었고 양쪽 문은 굳게 닫힌 채였다.

"피터스 부인, 아테네에 아는 보석업자가 있습니다. 일등급 모조 다이아몬드를 전문으로 취급하지요."

그의 목소리가 한층 낮아지더니 속삭이듯이 말했다.

"전화로 그를 부르겠습니다. 오늘 오후면 좋은 모조 보석들을 가지고 여기로 올 수 있을 겁니다."

"그렇다면?"

"진짜 다이아몬드를 빼내어 모조품을 박는 거죠."

"세상에! 이런 기막힌 계획은 듣도 보도 못했어요!"

피터스 부인은 찬탄하며 그를 응시했다.

"쉿! 말씀 낮추세요. 청이 있는데 들어주시겠습니까?"

"그럼요."

"전화 통화 소리가 들릴 만한 곳에 아무도 오지 못하게 해 주십시오."

피터스 부인은 고개를 끄덕였다.

전화기는 지배인 사무실에 있었다. 지배인은 전화가 연결되도록 도와준 후 정중하게 사무실에서 나왔다. 그러다 문밖에 서 있는 피터스 부인과 마주쳤다.

"파커 파인 씨를 기다리고 있어요. 함께 산책을 가기로 했거든요."

"아, 그렇군요, 마담."

톰프슨 씨 역시 복도에 있었다. 그는 가까이 다가오더니 지배인과 대화를 나누었다.

"델포이에 세를 내놓은 빌라가 혹시 있나요? 없다고요? 호텔 위에 빌라가 있는 것 같던데……."

"그리스 신사분이 주인입니다, 무슈. 하지만 세를 주지는 않을 겁니다."

"다른 빌라는 없습니까?"

"미국인 숙녀분이 갖고 있는 빌라가 한 채 있죠. 마을의 다른 쪽에 있는데, 지금은 폐쇄되어 있습니다. 또 영국인 예술가분이 갖고 있는 빌라도 있지요. 이테아 포구가 내다보이는 절벽 가장자리에 있습니다."

피터스 부인이 끼어들었다. 원래부터 목청이 컸지만 부러 더 큰 소리로 떠들었다.

"어머나! 그렇지 않아도 마침 이곳에 있는 빌라를 한 채 구하면 좋겠다고 생각하던 중이었어요! 인간의 손길이 닿지 않은 천혜의 환경이라니! 넋이 나갈 만큼 멋진 곳이죠. 안 그래요, 톰프슨 씨? 하긴 빌라를 구하려고 할 정도니 물으나 마나죠. 이곳은 처음이신가요? 설마 그렇진 않겠죠?"

그렇게 결연히 많은 말을 마구 쏟아 낸 끝에 마침내 파커 파인이 사무실에서 나왔다. 그의 얼굴에 감사의 미소가 살짝 비쳤다.

느릿느릿 계단을 내려간 톰프슨 씨는 호텔 밖에서 도도한 모녀와 마주쳤다. 두 사람은 팔이 훤히 드러난 옷 때문에 바람이 불 때마다 한기가 드는지 몸을 움츠렸다.

모든 일이 순조롭게 진행되었다. 보석업자는 저녁 식사가 시작되기 직전 관광객들로 가득 찬 차를 타고 도착했다. 피터스 부인은 목걸이를 그의 방으로 가져갔다. 그는 탄사를 연발하더니 프랑스어로 말했다.

"마담, 쾨테르 트란퀴유. 쥬 레위시레(부인, 안심하십시오. 잘 처리하겠습니다)."

보석업자는 자그마한 가방에서 도구를 꺼내 작업을 하기 시작했다.

11시에 파커 파인이 피터스 부인의 방문을 두드렸다.

"여기 있습니다!"

그는 자그마한 섀미 가죽 주머니를 내밀었다. 피터스 부인은 힐끗 안을 살폈다.

"제 다이아몬드로군요!"

"쉿! 이건 모조 다이아몬드를 박은 목걸이입니다. 진짜처럼 보이지요?"

"어머! 정말 진짜 같아요."

"아리스토풀루스는 정말 대단한 실력을 가진 사람이죠."

"그자들이 의심하지는 않을까요?"

"무슨 수로요? 그놈들은 부인에게 다이아몬드 목걸이가 있다는 걸 압니다. 부인은 그것을 넘겨준 것이고요. 설마 모조품일 거라고는 꿈에도 생각지 못할 거예요."

"아무리 봐도 진짜 같아요."

그녀는 목걸이를 그에게 도로 건네며 말했다.

"파인 씨가 그곳까지 가져다 주시겠어요? 제가 너무 염치없지요?"

"제가 갖다 놓을 테니 염려 마십시오. 참, 정확한 위치를 알아야

하니 편지는 제게 주십시오. 감사합니다. 이제 마음 편히 주무십시오. 봉 쿠라쥬(용기를 잃지 마세요)! 내일 아침은 아드님과 드시게 될 겁니다."

"아, 그렇게만 된다면야!"

"자, 걱정 마십시오. 저만 믿으시면 됩니다."

피터스 부인은 밤새 뒤척였다. 잠이 들었다 해도 악몽에 시달리기 일쑤였다. 아들이 잠옷 바람으로 산에서 달려 내려오는데 방탄차를 탄 무장 강도들이 윌러드를 향해 마구 총을 쏘아 댔다.

잠이 깼을 때는 오히려 감사할 지경이었다. 마침내 새벽빛이 밝아왔다. 피터스 부인은 자리에서 일어나 옷을 입었다. 그리고 앉아서 기다렸다…….

7시에 노크 소리가 들렸다. 피터스 부인은 입안이 바싹 말라서 목소리를 내기조차 힘겨웠다.

"들어오세요."

문이 열리더니 톰프슨 씨가 안으로 들어섰다. 그녀는 그를 빤히 바라보았다. 기가 막혀 말이 나오지 않았다. 대재앙이 닥칠 것만 같은 불길한 예감이 치솟았다. 하지만 톰프슨 씨는 담담하고도 사무적인 어조로 말했다. 깊고도 차분한 목소리였다.

"안녕하십니까, 피터스 부인."

"당신이 어떻게……!"

"이렇게 이른 시간에 결례를 무릅쓰고 방문한 점을 양해해 주십시오. 긴히 드릴 이야기가 있어서 어쩔 수가 없었습니다."

피터스 부인은 비난하듯 그를 노려보며 상체를 내밀었다.

"내 아들을 납치한 게 당신이었군! 산적들 짓이 아니라 당신 짓이었어!"

"산적들 짓은 결코 아니었습니다. 전혀 설득력이 없는 주장이지요. 아무리 좋게 말해도 세련된 설정이라고는 할 수 없지요."

피터스 부인은 한 가지 생각밖에 할 수 없었다.

"우리 아이는 어디 있지요?"

그녀의 눈빛이 분노한 암호랑이처럼 이글거렸다.

"사실 바로 문 앞에 있습니다."

"윌러드!"

문이 활짝 열리더니, 윌러드가 피터스 부인의 품으로 달려와 꼭 안겼다. 면도를 하지 못해 수염이 더부룩한 데다 안경 아래 부분은 검누렇게 뜬 얼굴이었다. 톰프슨 씨는 인자하게 웃으며 그 자리에 서 있었다.

피터스 부인은 어느 순간 이성을 차리고는 그를 향해 돌아섰다.

"당신을 반드시 법의 심판대에 세우고 말겠어. 내 기필코!"

"어머니, 오해예요. 저분이 절 구해 주셨단 말예요."

윌러드가 말했다.

"도대체 어디 있었던 거니?"

"절벽 끝 빌라에 있었어요. 여기서 겨우 1.5킬로미터밖에 떨어지지 않았어요."

그때 톰프슨 씨가 끼어들었다.

"피터스 부인, 허락하신다면 부인의 재산을 돌려드리고 싶습니다."

그는 휴지로 감싼 자그마한 꾸러미를 피터스 부인에게 건넸다. 휴지가 벗겨지면서 다이아몬드 목걸이가 드러났다.

"그 가죽 주머니에 들어 있는 보석은 버리셔도 될 것 같습니다, 피터스 부인."

톰프슨 씨는 웃으며 말을 이었다.

"진짜 다이아몬드는 여전히 목걸이에 박혀 있습니다. 가죽 주머니에 든 것은 뛰어난 모조품이지요. 친구분 말씀처럼 아리스토풀루스는 정말 대단한 실력을 가진 사람입니다."

"무슨 말인지 도통 모르겠군요."

피터스 부인은 들릴 듯 말 듯한 목소리로 대꾸했다.

"제 시각에서 이 사건을 보면 이해되실 겁니다. 어떤 이름 하나가 제 관심을 크게 끌었지요. 그래서 부인과 부인의 친구분을 허락 없이 미행하였습니다. 네, 솔직히 인정하지요. 저는 대단히 흥미로운 대화를 엿들었습니다. 내막을 어느 정도 간파한 저는 지배인에게 도움을 구했지요. 그는 부인의 그 언변이 뛰어난 친구가 전화한 곳의 번호를 종이에 적어 두었습니다. 그리고 웨이터를 시켜 오늘 아침 식당에서의 대화를 엿듣게 했지요. 아주 절묘한 계획이더군요. 부인은 교활한 한 쌍의 보석 도둑의 희생양이 될 참이었습니다. 그 자들은 부인의 다이아몬드 목걸이에 대해 알고는 일부러 여기까지 쫓아왔습니다. 아드님을 납치하고서 '산적'처럼 우스꽝스러운 편지를 쓴 다음, 부인의 신뢰를 확보했던 것이죠. 그다음부터는 아주 쉬

웠죠. 선량한 신사는 부인에게 가짜 다이아몬드가 든 주머니를 건
넸고, 동료와 함께 달아났습니다. 아침이 되어도 아들이 나타나지
않으면 부인은 완전히 이성을 잃겠지요. 그리고 그가 돌아오지 않
는 것에 대해 그 역시도 납치되었다고 믿겠죠. 저는 그들이 어떤 사
람을 시켜 내일 그 빌라에 가도록 조치했다는 사실을 알아냈습니
다. 그 사람은 아드님을 발견할 테고, 모자가 머리를 맞대고 궁리한
다음에야 일부나마 음모를 알아채겠죠. 하지만 그때는 이미 악당들
이 멀리 달아난 뒤겠죠."

"지금 그자들은 어디에 있죠?"

"아, 엄중한 감시하에 잘 있으니 걱정 마십시오. 제가 미리 준비하
고 있다 잡아 두었습니다."

"천하의 몹쓸 놈들 같으니라고! 말만 번지르르한 파렴치한 인간
같으니라고!"

피터스 부인은 그를 무턱대고 믿은 것이 떠오르자 노여움이 머리
끝까지 치솟았다.

"좋은 사람은 못 되지요."

톰프슨 씨가 맞장구쳤다.

"그 모든 음모를 눈치채다니 정말 대단하세요. 머리가 아주 비상
하신 게 틀림없어요."

윌러드가 감탄하자, 그는 아니라며 고개를 흔들었다.

"아닙니다, 아니에요. 가명으로 여행하던 중 자신의 이름이 함부
로 쓰이는 것을 듣는다면……."

피터스 부인이 그를 가만히 응시하더니 불쑥 물었다.

"대관절 당신은 누구시죠?"

신사는 대답했다.

"제가 바로 파커 파인입니다."

〈끝〉

옮긴이 | 김시현

마음껏 책읽기를 소망하다 기어이 번역가의 길에 들어섰다. 험난하면서도 매력적인 길 위에서 좋은 번역가가 되기 위해 한 걸음 한 걸음 내딛고 있다. 동아대학교 회계학과를 졸업했으며, 옮긴 책으로 『토끼 울타리』, 『비밀의 계곡』, 『마키아벨리 뛰어넘기』, 『성공으로 가는 생각법칙』, 『아이들은 따뜻한 말 한마디에 큰다』 등이 있다.

애거서 크리스티 전집

파커 파인 사건집

3판 1쇄 찍음 2022년 6월 20일
3판 1쇄 펴냄 2022년 6월 27일

지은이 | 애거서 크리스티
옮긴이 | 김시현
발행인 | 박근섭
편집인 | 김준혁
책임편집 | 정미리
펴낸곳 | 황금가지

출판등록 | 2009. 10. 8 (제2009-000273호)
주소 | 135-887 서울 강남구 신사동 506 강남출판문화센터 5층
전화 | 영업부 515-2000 **편집부** 3446-8774 **팩시밀리** 515-2007
홈페이지 | www.goldenbough.co.kr

도서 파본 등의 이유로 반송이 필요할 경우에는 구매처에서 교환하시고
출판사 교환이 필요할 경우에는 아래 주소로 반송 사유를 적어 도서와 함께 보내주세요.
06027 서울 강남구 도산대로 1길 62 강남출판문화센터 6층 민음인 마케팅부

© ㈜민음인, 2022. Printed in Seoul, Korea
ISBN 978-89-8273-721-3 04840
ISBN 978-89-8273-700-8 04840(set)

㈜민음인은 민음사 출판 그룹의 자회사입니다.
황금가지는 ㈜민음인의 픽션 전문 출간 브랜드입니다.